그리스 로마 신화

MYTHOLOGY

- TIMELESS TALES OF GODS AND HEROES

Edith Hamilton

그리스 로마 신화

에디스 해밀턴 | 장왕록 옮김

문예출판사

차례

올림포스에 모이는 신들

신비로운 구름에 싸인 옛 영광의 조각
거룩한 이들의 흔적이여,
그들은 숨쉬느니, 아득히도 먼
그들 태어난 곳의
잃어버린 하늘과
올림포스의 바람을.

축복받은 신들의 주거지

그리스 사람들은 신들이 세계를 창조했다고 믿지는 않았다. 도리어, 세계가 신들을 창조하였으며 신들이 있기 전에 이미 하늘과 땅은 형성되어 있었던 것이라고 믿었다. 하늘과 땅이야말로 모든 것의 어버이요, 티탄(타이탄)들은 이 하늘과 땅의 아들들, 신들은 그 손자뻘이라고 그들은 생각했던 것이다.

티탄—이른바 거신족은 일찍부터 이 세계 위에 군림하였다. 그들은 엄청나게 큰 몸집에다 믿을 수 없을 만큼 억센 힘을 가졌다.

9

그 수는 많았지만, 정작 신화에 나오는 수는 몇 안 된다. 그 중에서도 크로노스, 즉 로마 신화의 사투르누스(새턴)는 중요한 존재다. 그는 다른 티탄들을 지배하고 있었다. 그러나 그의 아들 제우스가 마침내 그를 왕위에서 몰아내고 대신 세계를 지배하게 되었다. 로마 신화에서는, 제우스라고 불리는 유피테르(주피터)가 왕위에 오르자, 사투르누스는 이탈리아로 도망가 거기서 그 나름의 황금 시대를 이룩했다. 이 평화롭고 행복한 시대는 사투르누스가 지배하는 동안 줄곧 계속되었다고 일러진다.

그 밖에 알려져 있는 티탄으로서는, 대양(大洋)의 신 오케아노스와 그의 아내 테티스, 태양과 달과 새벽의 아버지 히페리온, '기억'을 의미하는 므네모시네, 흔히 '정의'로 이해되는 테미스, 게다가 이아페투스가 있는데, 이아페투스는 세계를 그 양 어깨 위에 받치고 있는 아틀라스와 인류의 구세주라고 불리는 프로메테우스의 아버지다. 거신족은 대부분 제우스에 의해서 지상에서 사라졌으나, 겨우 이들만이 비록 그 지위는 하락했을망정 지상에 남았던 것이다.

티탄을 계승한 신들 중에서도 최고의 지위에 있었던 신들은 위대한 올림포스(Olympus, 마케도니아와 테살리아의 경계에 가까운 그리스 최고의 산)의 열두 신이었다. 그들의 주거지는 올림포스에 있었기 때문에 올림포스의 신들이라고 불렀다. 그러면, 그 올림포스란 도대체 어디에 있었던 것일까?

처음에는 올림포스란 산꼭대기를 가리키는 말이라고 생각했던 것은 의심할 나위가 없다. 그리고 일반적으로 그리스 동북부 테살리아에 있는 그리스의 최고봉 올림포스 산 정상이야말로 바로 그 성산(聖山)이라고 알려져왔던 것 같다. 그러나 고대 그리스에서도 가장 오래된 시《일리아스》에서조차 이 생각은 이미 버려지려 하고 있었다.《일리아스》속에서 제우스는 많은 봉우리들을 가진 올림포스의 가장 높은 꼭대기에서 신들에게 말을 건다. 이것은 분명히 산의 정상을 의미하고 있다. 그런데, 조금 더 가서 제우스는 이런 의미의 말을 한다. 만일 하려고만 든다면 올림포스의 끝에 대지와 바다를 매어달 수도 있는 일이라고……. 그렇다고 하더라도 천상(天上)을 가리키는 것도 아닌 것 같다. 호메로스는 포세이돈으로 하여금 바다를 지배하게 하고, 하데스로 하여금 죽은 자들의 세계를, 제우스로 하여금 하늘을 다스리게 했다. 이 셋은 모두 올림포스를 주거지로 삼고 있다. 아무튼 올림포스는 지상의 산들 훨씬 저 위에 있는 신비로운 곳이라는 이야기가 되는 것이다.

올림포스에는 거대한 구름의 문이 있어서 사계절의 여신들이 지키고 있다. 신들은 거기서 암브로시아[신의 음식]를 먹고, 넥타르[신의 술]를 마시며, 아폴론의 하프에 귀 기울이면서 산다. 그것은 완벽한 축복을 받은 주거지다. 거기는 바람도 불지 않는다. 그리하여, 호메로스에 의하면 이 올림포스의 평화를 흔들어놓을 일이란 없다는 것이다. 그리고 비도 눈도 내리는 일이 없다. 구름 한 점 없는 하늘이 일망무제(一望無際)로 펼쳐져 태양의 눈부신 햇살이 거기 마구 쏟아지고 있다.

거기서 올림포스의 열두 신들은 성스러운 가족을 이루고 있다.

① 제우스(로마 신화의 유피테르, 주피터)를 주신(主神)으로 하여 그의 두 아우 ② 포세이돈(넵투누스, 넵툰)과 ③ 하데스(플루톤, 플루토)가 있다. ④ 그들의 자매인 헤스티아(베스타)와 ⑤ 제우스의 아내인 헤라(유노, 주노), 그리고 ⑥ 제우스와 헤라의 아들인 아레스(마르스), 그 밖의 제우스의 자식들로는 ⑦ 아테나(미네르바), ⑧ 아폴론(아폴로), ⑨ 아프로디테(베누스, 비너스), ⑩ 헤르메스(메르쿠리우스, 머큐리), ⑪ 아르테미스(디아나, 다이애너) 들이 있고, ⑫ 헤라의 아들로 헤파이스토스(불카누스, 발칸)가 있다. 이 헤파이스토스도 역시 제우스의 아들이라고 일러진다.

제우스와 그 형제는 세계의 3대 영역을 지배하고 있다. 포세이돈은 바다를, 하데스는 땅 밑 죽은 자들의 세계를 지배하고, 제우스는 하늘의 왕으로서 구름을 모으고 비를 부르며, 무서운 천둥 번개를 부린다. 그는 세계의 지상의 지배자다. 제우스의 권력은 절대적인 것이다. 《일리아스》 속에서, 제우스는 신들에게 이렇게 말한다.

"나는 모든 것 중에서 가장 강하다. 한번 하늘에다 황금의 밧줄을 매어, 모든 신들과 여신들이 이것을 붙잡고 매달려보라. 그래도 나 제우스 하니를 끌어내릴 수는 없다. 그러나 내가 원한다면 그 언제라도 그대들을 끌어올릴 수 있다. 나는 그 끝을 올림포스의 끝에 매어 모든 것을, 그렇다, 대지와 바다까지도 매달 수가 있을 것이다."

그러나 제우스가 전지전능하지는 않다. 그는 더러 반항에 부딪히기도 하고 속기도 한다. 포세이돈은 《일리아스》 속에서 제우스를 속이고 있으며, 헤라도 때때로 속일 때가 있다. 신비로운 힘을 가진

올림포스

운명의 여신들은 때로는 제우스보다도 강한 힘을 발휘한다고 알려지고 있다. 운명의 여신들에게서, 죽을 날이 정해진 인간을 구해내기란 제우스의 힘으로도 어려웠던 모양으로, 헤라가 조롱 섞인 말로 제우스에게 그것을 묻는 장면이 있다.

제우스는 인간의 여자에겐 약해서, 잇달아 그들과의 사랑에 빠져 그 외도를 아내인 헤라한테 감추느라 온갖 술책을 다 쓴다. 적어도 모든 신들의 왕의 자리에 있는 자가 어째서 이와 같이 경박한 행동을 계속한 것일까. 학자의 설에 의하면 이렇다. 노래나 이야기에 전해지는 제우스란 이른바 많은 신들을 한데 모아놓은 것과 같은 것이다. 이를테면 어떤 도시에 제우스 신앙이 전해져왔을 때, 거기엔 이미 그 전부터의 지배 신이 있어서, 제우스와 그 원래의 신은 서서히 하나로 융합한다. 원래 신의 아내는 제우스의 아내로 바뀌어버린다. 그 결과, 제우스는 굉장한 바람둥이가 되어버리거니와, 후세의 그리스인들은 이 끝없는 애정 행각에 불쾌감을 느꼈던 것 같다.

한편, 제우스에게는 매우 숭엄한 데가 있다. 《일리아스》 속에서 그리스의 대장 아가멤논은 기원한다.

"가장 큰 영광을 지니신 가장 위대한, 폭풍우를 부르는 구름의 신, 하늘에 계신 제우스 신이시여."

제우스는 인간에게 희생을 요구할 뿐만 아니라, 옳은 행위를 요구한다. 트로이 전쟁에서 그리스 군은 이러한 고지를 받는다.

"아버지이신 제우스는 거짓말을 하는 자, 서약을 깨뜨리는 자를 결코 도와주시지 않는다."

제우스가 가진 이 두 가지 성격, 즉 비속한 면과 숭고한 면은 오랫동안 평행을 이루어 이야기되었다.

그의 방패는 보기에도 무서운 아이기스, 그리고 제우스의 신조(神鳥)는 독수리, 신목(神木)은 떡갈나무다. 그의 신탁(神託)은 떡갈나무의 나라 도도나에서 전해진다. 제우스의 신의(神意)는 떡갈나무 잎이 서로 스치는 소리로 전해지며, 신관들이 그것을 인간이 알아들을 수 있는 말로 옮기는 것이다.

고대 세계의 신들

그러면 제우스 이하의 신들에 대해서 소개해보자.

헤라. 제우스의 누이이자, 아내다. 티탄 족 오케아노스와 테티스 사이에서 태어났다. 그녀는 혼인의 신이요, 특히 결혼한 부인들의 수호신이다. 어떤 고대 시는 이렇게 노래한다.

황금의 옥좌에 있는 신들의 여왕,

신들 가운데서도 가장 아름다운, 빛나는 여신

올림포스의 신들 모두 한결같이 그녀를 공경하고,

천둥 번개의 왕 제우스조차도 경의를 표하도다.

이 여신은 제우스가 사랑한 여성을 벌하는 것을 거의 천직처럼 여기고 있다. 상대의 여성이 제우스의 술책에 넘어갔을 경우나 강제로 당했을 경우나 상관하지 않는다. 여성 쪽에 죄가 있거나 없거나 그것은 문제가 되지 않는다. 아무튼 제우스와 관계를 가진 여성은 누구든 간에 벌하는 것이다. 그 점에 있어서는 매우 공평하다. 노여움은 그 여성에게 한하는 것이 아니라 그 아이들에게까지 미친다. 그녀는 집념이 깊어 원한을 결코 잊는 일이 없다. 헤라의 그 깊은 집념이 없었더라면 트로이 전쟁도 영예로운 평화로 화목하게 끝났을지 모른다. 다른 여신을 자기보다 아름답다고 판정을 내린 데 대한 원한으로 그녀는 트로이를 재로 만들지 않고서는 직성이 풀리지 않았던 것이다.

이 여신에 대해선 오직 하나, 황금 양피를 구하러 떠났던 영웅들을 수호한 일만이 전해질 뿐이다. 이러한 여신이면서도, 집집마다 모셔졌던 것은 결혼한 부인들의 수호신이었던 까닭이리라. 헤라의 신조는 공작, 신수는 암소요, 아르고스는 그녀에게 제사를 드리는 도시다.

포세이돈. 바다의 왕으로 제우스의 동생이요, 제우스에 다음 가는 권력을 가졌다. 양면이 에게 해로 둘러싸인 반도인 그리스는 뱃사람의 나라이기도 하여, 바다의 신은 매우 숭앙되었다. 그의 아내 암피트리테는 티탄 족의 오케아노스(오션)의 손녀딸이다. 포세이돈의 장려한 궁전은 바다 밑에 있으나, 그는 올림포스에 머무는 일이 많다. 이 바다의 신은 인간에게 최초로 말(馬)을 준 신이라고 일러지며, 그 점에서도 숭앙을 받고 있다.

주(主) 포세이돈이여,
그대는 우리에게
힘센 말, 젊은 말들을 주셨을 뿐 아니라
깊은 바다를 지배하게 하셨나이다.

포세이돈의 의지 하나로 바다는 폭풍우로 들썩일 수도 있고, 고요히 잠들 수도 있다.

그가 한번 명령하면 폭풍이 일어나고,
산더미 같은 파도가 밀려오도다.

그러나 그가 황금 마차를 몰아 바다 위를 달릴 때, 포효하는 파도는 이내 조용해지고, 매끄럽게 구르는 수레바퀴 뒤엔 평화로운 수면이 슬그머니 퍼진다. 포세이돈은 일반적으로 지진의 신이라고도 불리며, 언제나 삼지창을 가지고 있어, 원하기만 하면 그 창으로 대지를 뒤흔들고 산산이 부순다. 포세이돈은 말뿐만 아니라 황소와도 관계가 있으나, 황소는 또 다른 신들과도 관계가 있는 동물이다.

하데스. 제우스의 아우로 올림포스 제3위의 신. 그는 지하의 세계를 맡아 죽은 자들을 지배한다. 플루토라고도 불리며, 땅속에 매장된 귀금속을 관장하는 부(富)의 신이라고도 일러진다. 로마인이

나 그리스인이나 모두 하데스라고 불렀으나, 또 디스라고 바꾸어 말하는 일도 많았다. 이것은 라틴어로 '부유함'을 의미하는 말이다. 하데스는 그것을 쓰면 모습이 보이지 않게 되는 모자(투구)를 가지고 있다. 이 신이 그 암흑의 영토로부터 땅 위나 올림포스에 모습을 나타내는 일은 거의 없다. 또 별로 환영을 받는 손님도 아니다. 냉혹하고 무정하고 가차 없는 신이기는 해도 사악한 신은 아니다. 그 아내인 페르세포네는 지상에서 납치해다가 땅 밑의 여왕으로 삼았다.

하데스는 '죽은 자들의 나라의 왕'이다. 그러나 그 자신은 죽은 자가 아니다. 신은 죽지 않는 존재다. 죽은 자를 그리스 사람들은 타나토스라고 부르고, 로마 사람들은 오르쿠스라고 불렀다.

팔라스 아테나. 아테나는 제우스의 딸로, 어머니는 없다고 알려져 있다. 아테나는 제우스의 머리에서 이미 다 성장한 모습으로 갑주를 입은 채 뛰쳐나왔던 것이다. 《일리아스》에서는 이 여신이 무서운 모습으로 나오지만 대개는 자기 나라나 집을 외적으로부터 지키는 경우에만 싸우는 것으로 되어 있다. 아테나는 도시의 여신으로, 시민 생활, 공예, 농업 따위의 수호신이다. 말을 사람이 다룰 수 있게 길들여놓은 것은 이 여신으로, 그녀는 고삐의 발명자라고 일러진다.

아테나는 제우스의 총애를 받는 딸로서, 제우스의 아이기스 방패며 무서운 무기인 벼락을 나르는 역할을 맡고 있었다. 흔히 '잿빛 눈을 한'이라든가, 또는 '섬광 같은 눈을 한'이라고 묘사된다. 세 처녀 신 중의 제1위로, '처녀 신', '파르테노스'라고도 불리며, 그 신전

헬리콘 산 위에 있는 아폴론과 뮤즈들

이 파르테논이다. 얼마쯤 시대를 내려오면서, 그녀는 지혜와 이성
과 순결의 상징으로 여겨지게 되었다.

신목은 올리브, 신조는 부엉이. 아테네가 그녀에게 제사를 드리
는 도시임은 더 말할 나위가 없다.

포이보스 아폴론. 제우스와 레토(라트나) 사이에서 태어났는데,
출생지는 델로스라는 작은 섬이다. '모든 신 중에서도 가장 그리스
적인' 신이라고 일러지고 있다. 미남이요, 뛰어난 음악가이며, 그 황
금의 칠현금 소리는 올림포스의 신들을 즐겁게 한다. 은의 활을 잡
으면 궁사와 원사(遠射)의 수호신이다. 또 인간에게 처음으로 질병
의 치료법을 가르쳐준 의료의 신이기도 하다. 그러나 그러한 것보
다도 우선 그는 광명의 신이어서, 이 신이 있는 곳에 어둠이란 없다.

그리하여 그는 진리의 신이라고도 불린다. 그의 입에서 일찍이 거짓말이 나온 적은 없다고 한다.

오, 포이보스, 그 진리의 옥좌로부터
세계의 복판인 그 주거처로부터
그대 말씀을 내리시도다, 인간들에게.
제우스의 섭리로 거기서 나오는 거짓 없음이여.
그 진리의 말씀에 그늘지는 적 없느니.
다함 없는 옳음으로 제우스가 다짐두는
아폴론의 영예여,
그의 말을 믿지 않는 자, 세상에 없도다.

그리스의 중부, 치솟은 파르나소스 산의 기슭에 자리잡은 델포이 신전에서 들을 수 있는 아폴론의 신탁은 그리스 신화에선 매우 중요한 구실을 맡고 있다. 거룩한 샘 카스탈리아와 거룩한 강 케피소스가 있어서 세계의 중심으로 여겨졌다. 그리하여 그리스뿐만 아니라 다른 나라들에서도 순례자가 밀어닥쳐 그 신전은 다른 신전들과는 비교가 안 될 만큼 융성함을 자랑했다.

괴로운 운이 있는 참배자가 신탁을 구하면, 무녀는 바위 위에 놓인 세 발 달린 청동의 제단에 앉아 일종의 황홀경에 빠진다. 무의식 상태에서 신탁을 받아 그것을 상대에게 알리는 것이다. 이 황홀 상태는 제단이 놓인 바위의 깊은 틈새에서 피어 오르는 김, 일종의 독기에 의한 것이라고 생각된다.

탄생지인 델로스 섬의 이름을 따서 델리언이라고도 불리며, 일찍이 파르나소스의 동굴에 살고 있던 큰 뱀 퓌톤을 죽인 후부터 피티언이라고도 불린다. 이 큰 뱀은 무서운 괴물로 처절한 싸움이 벌어졌으나, 마침내 아폴론의 화살은 어김없이 뱀의 산멱을 꿰뚫었던 것이다. 또 리키언이라고도 불리는 일이 있으나, 이 이름의 의미에 대해서는 늑대의 신, 빛의 신, 리키아의 신 등 여러 가지 설이 있다. 《일리아스》에서는 스민티언 — 즉 쥐의 신이라고 불린다. 쥐의 수호신이란 뜻인지, 쥐를 몰살시켰기 때문에 붙은 이름인지 그 유래는 분명하지 않다. 흔히 태양의 신이라고도 불리며, 그 포이보스(피버스)란 이름은 '눈부신', '빛나는'이라는 뜻이다. 그러나 정확히 말하면 태양은 아폴론이 아니라 티탄인 히페리온의 아들 헬리오스다.

델포이 신전에서 나타나는 아폴론은 신들과 인간들 사이를 맺어주고 그 거룩한 의지를 인간에게 전해준다는 자애로운 신이다. 육친의 피로 더러워진 인간조차 이 아폴론 신전에 참배하면 정화된다고 알려져 있을 정도다. 그러나 거의 모든 신이 그러한 것처럼 이 신에게도 두 가지 면이 있다. 극히 적긴 하지만, 냉혹성과 무자비성을 보이는 이야기도 전해지고 있다.

월계수가 그의 신목, 돌고래와 까마귀는 그의 신수와 신조라고 일러진다.

아르테미스. 델로스 섬의 킨토스 산이 탄생지인 까닭에 킨티아라고도 불린다. 아폴론과 쌍둥이인 여신으로, 아테나, 아프로디테와 함께 올림포스의 세 처녀 신이다. 숲을 사랑하고 또 산과 들에서 사냥하는 것을 사랑하여 야생하는 것들의 신이다. 여신이면서 사냥의 신이라는 점이 좀 기이한 점이다. 모든 뛰어난 사냥꾼과 마찬가지로 그녀는 동물의 새끼를 보호해주는 데 마음을 써, 그로 말미암아 젊은이의 수호신이 되기도 했다. 그러나 그리스의 배들이 트로이 원정에 나설 때에는 젊은 처녀를 제물로 바치게 하고 있다. 꽤 거칠고 또 복수의 집념이 강한 데가 있다. 또 여성이 고통도 없이 갑자기 죽으면 아르테미스의 은 화살에 맞은 것이라고 생각했다.

포이보스가 태양 신이라고 한다면 이 여신은 달의 여신이어서 각각 포이베와 셀레네라고도 불렸다. 그러나 이 해와 달의 관념은 아폴론과 아르테미스에게 원래 있었던 것은 아니다. 포이베는 티탄의 하나요, 셀레네도 또한 티탄으로 달의 여신이었다. 태양 신 헬리오스와 아폴론이 혼동되었던 것처럼 헬리오스의 누이동생인 셀레네가 아르테미스와 혼동되어, 이 두 신은 해와 달과 결부되었던 것이다.

조금 더 시간이 흐르고 나면, 아르테미스는 헤카테와 동일시된다. 하늘에 있을 때는 셀레네, 땅 위에 있을 때는 아르테미스, 그리고 땅 밑이나 어둠이 뒤덮인 땅 위에서는 헤카테가 되는 '세 가지 모양을 갖는 여신'이다. 그녀는 달이 숨은 어두운 밤의 '달의 어둠의 여신'이다. 어두운 행위와 결부되어 있는 여신으로, 사악한 마물이 출몰하고 검은 마술이 행해진다고 하는 유령이 나오는 네 갈래 길의 여신이기도 하다. 무섭고도 사악한 신이라고도 할 수 있으리라.

무서운 헤카테여,
그 힘은 아무리 억센 것도
산산이 부수누나.
그 사냥개 짖는 소리는
어두운 도시에 울리고
세 갈래 길 만나는 곳마다
여신은 서 있도다.

한편 아르테미스는 숲의 사랑스런 여사냥꾼이요, 그 빛으로 만
상을 아름답게 비추는 달의 여신이요, 그리고 또 순결한 처녀의 신
이다. 그녀는 더럽혀지지 않은 순결한 자들의 수호신이다.

마음 깨끗한 모든 이들은
나뭇잎도 과일도 꽃도
마음대로 따 모으도록 하라.
다만 마음 더러워진 자들에겐
결단코 그를 허락하지 않느니.

모든 신에게 공통된다고는 하더라도, 신에게 선과 악의 이면성
을 이처럼 여실히 보이고 있는 여신도 드물다.
신목은 실삼나무요, 모든 야생 동물은 아르테미스와 관련이 있
으나, 그 중에서도 사슴이 이 여신의 신수로 여겨지고 있다.

물거품에서 태어난 아프로디테

아프로디테. 신이나 인간이나를 막론하고 그 누구나 이 사랑과 아름다움의 여신에겐 속게 마련이다. 웃음을 사랑하는 신으로, 아무튼 웃음이 있는 곳엔 아프로디테의 의지가 작용하고 있다. 이 여신에게 걸리면, 현자조차도 그 지혜를 도둑맞는다고 한다. 《일리아스》엔 제우스와 디오네 사이에서 태어난 것으로 되어 있으나, 그보다 후대의 시들에선 바다의 물거품에서 태어났다고 전해진다. 아프로스란 그리스어로 '물거품'을 의미하여 아프로디테란 '물거품이 일다'라는 의미라고 설명되고 있다. 키테라 섬 가까이에서 태어나 키프로스 섬 쪽으로 표류해 갔다고 전해져, 이 두 섬은 아프로디테로 말미암은 성지인 것이다. 키테레아 또는 키프리언이라는 이름이 있는 것은 그 때문이다. 호메로스는 그 찬가에서 '아름다운 황금의 여신'이라고 노래하고 있다.

소리치는 바다 위
여린 물거품에 얹힌 그녀를, 하늬바람은
파도에 둘러싸인 섬 키프로스로 나르다.
황금 꽃으로 꾸민 계절의 여신들이
즐거이 마중을 나오다.
여신들은 그녀에게
불멸의 옷 입히고,

신들의 반열에 참례하게 하다.
제비꽃 꽃관을 쓴 키테레아에게
여신들은 모두
그만 놀라움의 눈을 크게 크게 떴느니.

로마인의 베누스도 또한 마찬가지다. 그녀가 있는 곳에 아름다움이 있다. 그녀가 있는 곳에 바람은 잠들고 구름은 흩어지고 아름다운 꽃들이 땅 위를 장식하고 바다의 파도마저 웃음짓는다. 그녀의 모습은 눈부실 정도의 빛에 싸여 있다. 이 여신 없이는 모든 즐거움과 아름다움이란 존재하지 않는 것이다. 그러나 이 신도 다른 면을 가지고 있다. 트로이 전쟁에서는 인간에게 부상을 당하는 못난 모습을 보이기도 한다. 또 더욱 후세가 되면, 교활하고 심술궂은 여신으로 인간에게 치명적인 해독을 끼친다. 많은 이야기 속에서 그녀는 절름발이에다 추남인 대장장이의 신 헤파이스토스(불카누스)의 아내로 되어 있다.

신목은 도금양(桃金孃), 신조는 비둘기인데, 때론 참새, 또는 백조도 신조로 그려진다.

헤르메스. 아버지는 제우스, 어머니는 아틀라스의 딸 마이아다. 그의 모습은 올림포스의 신들 중에서도 꽤 잘 알려져 있다. 날개 달린 샌들, 날개 달린 모자, 그리고 카두케우스(케리케이온)라는 지팡이를 가지고 있다. 우아한 반면 매우 행동이 민첩하다. 제우스의 심부름꾼 노릇을 하여, '제우스의 명령에 따라 제 마음대로 하늘을 달린다.'

이 신처럼 빈틈 없고 날쌘 신도 없다. 아무튼 탄생해서 채 하루도 지나지 않았을 때 도둑질을 해치웠다고 하는 '도둑의 신'이기도 하다.

새벽에 나타난 그 갓난아기는
그날이 채 저물기도 전에
아폴론의 가축을 훔쳐 갔도다.

제우스는 훔친 가축을 돌려주게 하였다. 헤르메스는 그 자신이 고안해서 거북의 등으로 만든 칠현금을 아폴론에게 선물로 주어 용서를 얻을 수 있었다. 이것은 아주 오래된 이야기이거니와 헤르메스가 교역과 시장(市場)의 신이요, 상인의 수호신이라는 것과 어떤 관계가 있는 것 같다.

이러한 성격과는 아주 맞지 않는 것이지만, 헤르메스는 또 죽은 이의 영혼을 그 최후의 집으로 안내하는 엄숙한 길잡이 '영혼의 인도자(사이코포코스)'이기도 하다. 신화에는 자주 등장하는 신이다.

아레스. 군신(軍神)이다. 제우스와 헤라 사이에서 생긴 자식이지만 호메로스에 의하면 양친 모두 아레스를 싫어했다고 한다.《일리아스》는 전쟁의 시임에도 불구하고, 여기에 등장하는 아레스는 아주 혐오스런 존재다. 영웅들도 때론 '아레스의 전쟁을 좋아하는 성질을 내켜하는' 일이 있으나, 그보다도 훨씬 더 '이 잔인한 신의 노여움'을 피하는 쪽이 많다.

호메로스에 의하면, 아레스는 피투성이의 살인을 즐기는 신으로, 사람의 재난 바로 그 자체다. 더구나 기묘하게도 겁쟁이로, 상처라도 좀 입게 되면 큰 소리로 짖어대고 그만 줄행랑을 친다. 그런데 이 아레스에겐 일련의 권속들이 있다. 누이동생으로 '불화'의 여신인 에리스, 아들인 '파괴', 게다가 전쟁의 여신 에니오(라틴어의 이름 베로나)는 늘 아레스와 함께 다니고 있고, 이 여신에겐 또 '공포', '전율', '공황'이라는 권속들이 있다. 이 패거리가 무리를 지어 전쟁터를 지날 때, 반드시 아비규환의 수라장이 나타나고 피는 강이 되어 흐른다.

그러나 로마인이 말하는 마르스는 아레스와는 좀 다르다. 마르스는 위풍당당하게 눈부신 갑주로 몸을 감싸고 나타나는 곳에 적이 없는 군신이다. 로마의 대영웅 시 《아이네이스》에 등장하는 전사들은 마르스의 모습을 보아도 도망치려 하지 않는다. '마르스의 명예로운 전쟁터에서 쓰러지는 것을 깊은 소망으로 삼고 영광스런 죽음을 향해서 돌진'하는 것이다. 아레스가 아프로디테의 애인이라는 이야기도 있으나, 대체로 아레스는 군신이라는 것 이외엔 그다지 분명한 성격을 가진 존재는 아니다.

이 신을 받드는 도시는 없으나 그리스 동북부의 막되고 거친 사람들이 사는 트라키아 근처로부터 이 신이 왔다고 하는 이야기도 있다. 신조가 콘도르라는 것은 아주 안성맞춤이거니와, 개가 신수로 선택된 것은 무슨 까닭일까.

헤파이스토스. 불의 신이다. 제우스와 헤라의 자식이라고도 하고, 아테나를 낳은 제우스에 대한 보복으로 헤라가 낳았다고도 전해진다. 완전한 아름다움을 갖춘 신들 중에서 이 신만은 추하다. 게다가 절름발이다. 《일리아스》에는 그가 태어나서부터 절름발이었기 때문에 어머니 헤라는 그를 하늘에서 내던졌다고 적혀 있다. 또 같은 《일리아스》에서도 다른 부분에선 제우스와 헤라가 싸움을 했을 때 그가 어머니 편을 들었기 때문에 성난 제우스가 하늘에서 발길로 차 떨어뜨렸다고도 이야기된다. 이 두 번째 이야기는 밀턴의 시에 의해 잘 알려져 있다.

> 진노한 주피터의 손에 의해
> 수정 흉벽으로부터 내던져져
> 어느 여름날의
> 아침부터 한낮,
> 한낮부터 이슬 맺히는 저녁 무렵까지 떨어져 가
> 해질 녘엔 유성처럼 천정점에서
> 에게의 섬 렘노스에 떨어졌도다.

그러나 이것은 훨씬 먼 옛날의 일이었으니, 호메로스의 시에서 헤파이스토스는 올림포스에서 쫓겨나는 일 따위는 없고, 오히려 올림포스의 뛰어난 세공사(細工師)로서 이름이 높았다. 그는 대장장이요, 갑주 제작자요, 또 신들의 집이며 세간들까지도 만들어냈다. 그의 작업장에는 그가 황금으로 벼려서 만들어낸 심부름하는 소녀들이 있어서 그의 일을 거들었다. 후일엔 헤파이스토스의 대장간은 화산 밑에 있다고 하였으며, 그 풀무의 불이 분화를 일으킨다고도 일러졌다.

헤파이스토스의 아내는 《일리아스》에서는 미(美)의 세 여신〔아글라이아, 에우프로시네, 탈레이아〕 중의 하나라고 되어 있고, 헤시오도스는 아글라이아라고 하며, 《오디세이아》에선 아프로디테라고 말하고 있다.

헤파이스토스는 친절하고 평화를 사랑하는 신이요, 천상과 지상을 막론하고 인기가 있다. 아테나와 함께 시민 생활에 중요한 역할을 하는 신이다. 이 두 신은 수공예나 농업에 따르는 기술의 수호신으로, 아테나가 방직공의 수호신인 데 대해서 헤파이스토스는 대장장이의 수호신이다. 아이가 성장하여 정식으로 시민 생활에 참여하게 되었을 때 하는 성인 의식의 신은 헤파이스토스였다.

헤스티아. 제우스의 누이동생인데, 아테나나 아르테미스와 마찬가지로 처녀 신이다. 그러나 별로 분명한 성격을 갖지 못하고 신화에도 거의 나오지 않는다. 화롯가의 신, 즉 가정의 수호신으로, 아이가 태어나면 이 신의 둘레를 돈 연후에야 가족의 일원으로 끼는 게 허락된다. 또 음식을 먹기 시작할 때와 먹기를 마칠 때 반드시 이 신에게 제물을 바친다. 연회 같은 것을 열 때에는 반드시 신 앞에 술을 바쳤고, 또 연회가 끝날 때에도 술을 바쳤다. 헤스티아에 대한 공대를 태만히 했다가는 즐거운 연회를 가지는 일이 어렵게 된다고 생각되었다.

고대의 각 도시에서는 헤스티아 여신을 위해서 공동의 부뚜막이 마련되어, 그 불은 결코 꺼뜨려서는 안 되는 것으로 되어 있었다. 새로운 마을이 들어설 때는 반드시 그 어머니 도시의 부뚜막에서 새로운 도시의 부뚜막으로 불이 옮겨졌다. 로마에선 헤스티아의 부뚜막의 불은 베스탈이라고 불리는, 처녀인 무녀들에 의해서 지켜지고 있었다.

산과 들에 사는 반수신(半獸神)

그러나 하늘의 신들은 열두 신만이 아니다. 실로 갖가지 신들과 요정이 있어 신화 속에서 활약하고 또 인간에게 영향을 미쳐 더할 수 없이 다채로운 이야기를 엮어내는 것이다.

에로스(로마의 신 큐피드와 같음. 라틴어로는 쿠피도)는 잘 알려져 있는 신이다. 옛날 이야기 속에선 에로스는 인간에게 좋은 선물을 하는 젊은이다. 에로스에 대해서는 시인이 아니라 철학자인 플라톤이 이런 말을 하고 있다.

"사랑의 신—에로스는 인간의 심장 속에 산다. 그러나 거기에서 나오기란 쉬운 일이 아니어서 아무 심장에나 들어가 사는 것은 아니다. 이 신의 위대성은 결코 정의가 아닌 것은 행하지 않고, 또 이를 용서하지 않으며, 그리고 자유를 존중하는 데 있다. 이 신을 섬기는가 섬기지 않는가는 누구에게나 자유다. 사랑의 신에게 접촉할 수 있었던 자는 어두운 곳을 걷지 않게 된다."

이와 같이 에로스도 당초엔 아주 진실된 신이었다. 아프로디테의 아들이라 일컬어지게 되고, 장난꾸러기 소년이 된 것은 뒷날의 이야기다.

그 마음은 사악하나, 그 혀는 꿀같이 달아라.
그의 혀에 진실은 없으니, 그의 장난은 잔인한 것.
그의 손은 자그마하지만, 그의 화살은 죽음처럼 멀리 날고,
그의 화살은 정말 작지만 하늘까지 이르나니.
그의 선물에 손대지 말라, 반드시 화상을 입으리니.

에로스가 곧잘 눈을 가린 모습으로 그려지는 것은 사랑은 장님이라는 데에서 연유한 것이리라. 에로스에겐 경박한 사랑의 복수자인 아우 안테로스와, '사모'의 여신 히메로스, 게다가 혼인의 신 히멘 등이 딸려 있다.

청춘의 여신 헤베는 신들의 연회에서 술을 따르는 소임을 맡고 (그녀는 후일 헤라클레스와 결혼했다) 무지개의 여신 이리스는 헤르메스와 교대로 신들의 심부름꾼 노릇을 한다.

올림포스엔 또 한 무리씩의 아름다운 자매 신, 미의 여신들 카리테스(그레이스)와 무사(뮤즈)들이 있다.

미의 여신은 아글라이아(광휘), 에우프로시네(기쁨), 탈레이아(개화), 셋으로 아폴론의 칠현금에 맞추어 신들을 즐겁게 한다. 생활을

31

빛나고 즐겁게 하는 신들로 무사들과 함께 환락에는 빼놓으려야 빼놓을 수 없는 존재들이다.

무사의 여신들은 아홉이다. 그들 클리오(역사), 우라니아(천문), 멜포메네(비극), 탈레이아(희극), 테르프시코레(무용), 칼리오페(서사시), 에라토(연애시), 폴림니아(성가), 에우테르페(서정시)는 저마다 제 영역을 분담하고 있다. 이 무사의 여신들에 의해서 영감을 얻은 사람은 그 어떤 고귀한 신관(神官)보다도 공경을 받았다.

제우스의 양 옆에는 고문과 같은 모습으로 신의 정의를 대표하는 테미스, 인간의 정의를 대표하는 디케가 자리잡고 있다. 호메로스나 헤시오도스에 의하면 네메시스와 아이도스가 이에 해당한다. 네메시스는 정의의 분노를 대표하나, 아이도스는 인간으로 하여금 나쁜 일을 하지 않도록 방지해주는 자존심과 수치심 같은 것의 상징이다. 그러나 이 네메시스와 아이도스가 신과 함께 하늘에 살고 있는지 어떤지는 모른다. 헤시오도스의 말에 의하면, 인간이 아주 구제할 길 없이 타락해버렸을 때 네메시스와 아이도스는 흰 옷으로 그 아름다운 이마를 감추고 하늘로 올라갈 것이라고 한다.

그 밖에 올림포스에는 인간이었다가 신으로 변한 자들도 몇 있긴 하지만, 그들이 하늘로 올라간 뒤의 소식은 그다지 알려져 있지 않다.

거신족이 물러나고 나서 오케아노스 대신 포세이돈이 물의 세계를 지배하게 되었으나, 물의 신들도 숱하게 많다.

'깊은 바다'를 의미하는 폰토스는 '어머니인 대지(大地)'의 아들로서, 네레우스의 아버지다. 네레우스는 '바다의 노인'이라고 불렸다. 그 아내는 오케아노스의 딸 도리스로서, 쉰 명의 딸을 두었다. 이 님프들은 그 아버지의 이름을 따라 네레이데스라고 불렸으며, 그 중의 하나인 암피트리테는 포세이돈의 아내가 되었고, 다른 하나 테티스는 영웅 아킬레우스를 낳았다.

포세이돈과 암피트리테의 자식 트리톤은 커다란 조개 껍데기를 분다. 프로메테우스도 포세이돈의 자식이라고 일러지며 예언할 수 있는 능력이 있고, 제 마음대로 모습을 바꿀 수도 있었다. 나이아드(나이아데스)들은 시냇물이나 샘의 님프들로서, 레우코테아와 그 아들 팔라이몬은 글라우코스와 마찬가지로 인간이었다가 신이 된 자들이다.

지하의 죽은 자들의 세계는 하데스와 그 왕비 페르세포네가 다스리고 있다. 호메로스와 같이 오래된 시대에는 지하 세계가 붙잡을 길 전혀 없는 그림자와 같은 존재였으나, 로마의 시인 베르길리우스 무렵이 되면 매우 명확해진다. 죽은 자들의 세계에 이르는 길에는 '병', '불안', '기아' 따위들이며, 보기에도 소름끼치는 괴물들이 도사리고 있다. 죽은 이가 건너는 강의 나룻배 사공으론 카론이란 노인이 있다. 사후 세계의 문을 지키는 것은 케르베로스라는, 머리 셋 달린 개다. 제우스와 에우로페의 자식인 미노스, 라다만티스들이 죽은 이들을 심판하고 있다.

그런데 요긴한 하데스의 궁전에 대해서는 많은 문이 있고 셀 수 없을 정도의 손님이 있다는 것 말고는 지하 세계의 어디쯤에 있는

가조차 분명하지 않다. 아마도 차가운 납빛 황야에 둘러싸여 그 언저리에는 불사(不死)의 꽃 아스포넬이 귀기서린 창백한 꽃을 피우고 있을 것이다.

베르길리우스에 의하면, 에리니에스라고 불리는 복수의 여신들〔티시포네, 알렉토, 메가이라〕이 이 죽은 자들의 세계에서 악인을 벌주고 있다고 한다.

'잠'과 그 아우 '죽음'도 지하의 주민이다. '꿈'들도 지하의 주민이었으나, 뿔의 문을 통해서 '바른 꿈'들이, 상아의 문을 통해서 '거짓 꿈'들이 인간 세계로 올라왔다고 한다.

다음으로 지상의 신들을 살펴보자. 대지 그 자체는 '어머니인 대지'라고 불렸으나, 하나의 신이라곤 말하기 어렵다. 역시 곡물의 여신 데메테르(케레스)와 포도의 신 디오니소스(바코스)가 대지의 2대 신이라고 할 수 있으리라.

판은 헤르메스의 아들로, 쾌활한 신이다. 산양의 뿔과 산양의 발톱을 가진 반수신이다. 산양을 지키는 신, 목양(牧羊)의 신으로, 춤을 좋아하는 숲의 님프들의 쾌활한 친구다. 놀라운 음악가로 나무 피리로 나이팅게일의 울음 소리와 같은 아름다운 선율을 연주한다. 숲이며 산과 들을 좋아하나, 특히 출생지 아르카디아를 사랑한다. 언제나 님프들 중의 누군가를 사랑하고 있으나, 그 모양이 추해서 늘 거절을 당한다.

밤에 쓸쓸한 숲 같은 곳을 지나가노라면 이상한 소리가 나서 깜짝 놀라게 되는 일이 있거니와, 이것은 모두 판의 짓이라고 한다.

실레노스는 판의 아들이라고도, 그 아우라고도 일러진다. 언제나 술에 취해 있어서 걸음을 걸을 수가 없기 때문에 당나귀를 타고 있다. 그는 술의 신 바코스가 젊었을 무렵의 선생이었으나, 후일에 변하여 그 숭배자가 되었다.

저 유명한 카스토르와 폴리데우케스(폴룩스)의 쌍둥이 형제도 일반적으로 신들로 간주되고 있으나, 이 두 사람은 하늘과 땅에서 절반씩 지낸다고 이야기된다.

이 형제의 출생에 대해서는 여러 가지 설이 있다. 스파르타의 왕 틴다레오스의 왕비 레다는 카스토르와 클리타임네스트라(후일 트로이 공격군의 총수 아가멤논의 처)를 낳았다. 그리고 백조로 변신한 제우스는 이 레다에게 폴리데우케스와 헬레네(트로이의 헬레네)를 낳게 했다고 한다. 그러면 두 사람은 아버지가 달라서 카스토르는 인간, 폴리데우케스는 신인(神人)이라는 이야기가 된다. 그러나 백조로 변신한 제우스에 의해 이 쌍둥이 형제가 태어났다는 설도 있다. 이 형제를 부르는 '디오스쿠로이'란 그리스어로 '제우스의 아들들'을 의미한다. 아무튼 이 두 사람은 트로이 전쟁 전의 이야기인 칼리돈의 멧돼지 사냥이며 황금 양피를 구하는 모험에 참가하고 있다.

카스토르는 이다스와 린케우스의 약혼녀들인 자매를 사랑하여 다툼을 벌이다가 살해당했다. 폴리데우케스는 몹시 비탄에 잠겨 자기의 불멸의 생(生)의 절반을 카스토르에게 나누어달라고 신에게 기도했다. 제우스는 불쌍히 여겨 이를 들어주었다. 그 이래, 둘은 헤어지는 일 없이 오늘 죽은 자들의 세계에서 살면 내일은 올림포스에 가서 지냈다고 한다. 후대의 그리스 작가 루키아노스에 의하면 하나가 하늘로 갈 때에는 하나가 지상에 남아 결코 함께 지내는 일은 없다고도 한다.

카스토르와 폴리데우케스는 뱃사람의 수호자라고 일러지며, 또 로마인은 전쟁터에서 구세주로서 숭상했다. 호메로스에 의하면 카스토르는 말을 조련하는 데에 뛰어나고, 폴리데우케스는 전투를 잘 했다고 한다. 한밤중 하얀 준마에 올라탄 둘의 모습이 전쟁터에 나타났다고 하는 전설도 있다. 제우스는 이 형제의 우애를 기특하게 여겨 둘을 별로 만들었다. 쌍둥이 별자리의 별 '제미니'는 이 형제의 별이라 일러지고 있다.

사티로스들도 판처럼 숲과 산과 들의 신으로, 인간과 산양의 튀기와도 같은 몰골이 추한 신이었다. 그런데 같은 숲과 산과 들의 신이라 할지라도 여신의 경우엔 남자와는 달리 매우 아름답다. 산의 님프들 오레아스, 그리고 드리아스 또는 하마드리아스라고 불리는 나무의 님프들―이 님프들의 수명은 각각 자기가 머물고 있는 나무와 같다.

바람의 신 아이올로스도 지상에 살고 있는 신이다. 그가 살고 있는 곳은 아이올리아의 섬이다. 정확히 말하면 신들 대신 바람을 지배하는 총독과 같은 존재다. 주요한 네 가지 바람은 보레아스(북풍), 제피로스(서풍), 노토스(남풍), 에우로스(동풍)다.

역시 지상에 사는 자들로 신이라고도 인간이라고도 하기 어려운 자들이 있다. 켄타우로스도 그러한 예니, 그들은 반인반마(半人半

馬)의 괴물로서 대체로 인간이라고 하기보다는 야수류에 가까운 야만적인 성품을 지니고 있다. 단, 케이론이라고 불리는 켄타우로스만은 성질이 좋고 게다가 지혜도 많았다. 고르곤(복수는 고르고)이라는 괴물이 세 마리 있는데, 그 중의 두 마리는 불사신이었다. 날개가 달린 용과 같은 괴물로, 그 모습을 본 사람은 돌이 되어버린다고 한다. 그라이아이는 세 자매로 잿빛 여인들이라고 불리며, 셋이서 하나의 눈을 가지고 있었다. 그녀들은 대양의 건너편 기슭에 살고 있다고 믿어졌다. 세이렌이란 어떤 섬에 살고 있는 님프들로서, 아주 고운 목소리를 지니고 있어 노래를 불러 뱃사람들을 섬으로 유인해다간 죽여버렸다. 그녀들이 어떠한 모습을 하고 있는지는, 섬에 다가갔다가 돌아온 자가 없기 때문에 모른다. 마지막으로, 하늘에 사는지 땅 위에 사는지도 모르나, 매우 중요한 자리에 있는 운명의 여신들이 있다. 클로토, 라케시스, 아트로포스, 이렇게 셋으로, 그녀들은 인간이 태어났을 때에 그 운명을 점지한다. 클로토는 생명의 실을 잣고 라케시스는 한 사람 한 사람의 운명을 정하며 아트로포스는 커다란 가위를 가지고 생명의 실을 끊는 소임을 맡고 있다.

대지에 뿌리박은 신앙

여신 데메테르의 고난

신들의 존재가 반드시 인간에게 좋기만 한 것은 아니다. 올림포스의 열두 신만 하더라도 변덕스럽거나 곧잘 성을 내거나 집념이 깊거나 하여 때론 지상에 내려와서 인간 생활에 간섭하고 그 때문에 인간도 무척이나 곤혹을 당하곤 한다. 그러나 여기에 다른 신들과는 달리 시종 인간들과 함께 지상에서 살며 인간과 친근했던 신이 있다. 곡물의 여신 데메테르와 술의 신 바코스다.

데메테르는 크로노스와 레아의 딸로 바코스보다 연상이다. 곡물은 포도보다도 훨씬 일찍 땅에 심어졌다. 곡물을 심은 밭은 지상에서 인간의 생활이 비롯되었을 때부터 이미 있었던 것이라고 말할 수 있다. 곡물을 익게 하는 거룩한 힘, 그것을 고대인이 여신으로서 생각한 것은 지극히 자연스런 일이다. 고대엔 남자들은 사냥이나 전쟁에 나가고, 밭일은 여자의 일이었다. 씨를 뿌리고 익은 곡식을 거두어들이는 일에 대해서는 남신보다도 여신 쪽이 이해가 깊고 또 여자들을 도와주는 신이라고 생각되었던 것이다. 피비린내 나는 희생을 제물로 받아들이기를 즐기는 남신들과는 달라서, 이 여신들은 겸손한 생활만 하고 있으면 반드시 좋은 수확을 가져다준다고 믿어졌다.

밭은 데메테르의 힘에 의해서 정화되고, 거기서 나는 곡물은 '데메테르의 거룩한 곡물'이라고 불렸다. 밭뿐만 아니라 탈곡할 때에도 데메테르가 지켜주는 것으로 생각되었다. 밭도 작업장도 데메테르가 있는 신전이었다. 여자들이 곡물과 왕겨를 키질하고 까불러서 가려내고 있을 때, 익은 곡식빛을 한 누런 머리칼의 데메테르도 거기 앉아서 겨를 불어 가려내고 있을 것임에 틀림없었다. 탈곡한 낱알의 산이 차츰 높아간다. 손에 짚다발과 보리 이삭을 든 데메테르는 그걸 바라보며 미소짓고 있었을 것이다.

데메테르의 제사는 물론 수확기에 행해졌다. 훨씬 옛날엔, 그것은 실로 소박한 감사제였을 것이다. 새로 얻은 곡식으로 빵을 만들고, 인간에게 가장 소중한 혜택을 베풀어준 신에게 감사의 기도를 드리고 모두 함께 나누어 먹는다고 하는 검소한 것이었을 것이다. 그랬던 의식이 시간이 흐르자 보다 신비스러운 대규모 제전과 의식으로 바뀌게 되었다. 자세히는 알 수 없으나, 아무튼 5년마다 9월에는 큰 제사가 행해져, 9일 동안이나 계속되었던 모양이다. 이 신성한 기간에는, 일상적인 일은 다 쉬고 행진하거나, 노래하고 춤추면서 희생을 바치는 여러 가지 즐거운 행사가 있었다. 그러나 신전의 내부에서 그런 일이 행해졌는지는 알 수 없다. 그 의식에 참가한 자들은 실로 굳게 침묵을 지켰기 때문에 현재까지 전해지고 있지 않다.

아테네 근처의 작은 도시 엘레우시스에는 큰 신전이 있어서 여기에서 벌어지는 의식은 '엘레우시스의 신비 의식'이라고 불렸다. 그리스, 로마를 통해서 이 의식은 특수한 신앙을 키우고 있었다. 로마의 웅변가이자 정치가이자 철학자인 키케로(기원전 106~43)는 이렇게 말하고 있다.

"이러한 의식보다 숭고한 것은 없다. 인간의 성격을 부드럽게 하고, 습관을 우아한 것으로 만든다. 거칠고 천박한 상태에서 참다운 인간성으로 변화시켜준다. 단지 생활을 즐긴다는 것뿐만 아니라 보다 좋은 소망을 위해서 어떻게 죽어야 할지를 가르쳐주는 것이다."

그러나 아무리 장엄하고 엄숙하더라도 제사의 원형은 남아 있을 것이다. 이 의식의 가장 엄숙한 한순간은 정적 속에서 한 줄기의 곡물이 베어지는 순간이었다고 한다.

이 엘레우시스의 신전에 데메테르와 나란히 어찌하여 바코스가 모셔지게 되었는지는 확실치 않다.

"심벌즈가 울릴 때, 데메테르와 나란히 긴 머리의 디오니소스는 앉아 있도다."

이렇게 시에도 씌어 있다. 이 두 신이 함께 모셔진다는 것은 결코 부자연스럽지 않다. 빵을 먹는 것, 술을 마시는 것, 어느 것 하나 일상 생활에선 빼놓을 수 없는 것이다. 포도를 거둬들여 짜는 수확의 시기는 바코스의 제사의 시기이기도 하여, "쾌활한 디오니소스, 포도송이의 산에 둘러싸여 빛나는 별이여" 하고 노래도 불려졌다.

그러나 바코스는 다만 쾌활하기만 한 신은 아니다. 데메테르도 수확기의 즐거움만을 노래하는 여신은 아니다. 올림포스에서 이 세상에서도 드문 지복(至福)의 생활을 보내고 있는 신들과 달리 이 지상의 두 신은 그들 나름대로 괴로움도 맛본다. 곡물을 거둬들이고, 가지에서도 나긋나긋한 포도 열매를 따고, 마침내 서리가 내려 들의 푸른 생명을 죽일 때, 밭이며 과수원엔 도대체 어떠한 일이 일어나고 있는 것일까?

그것은 인간에게는 낮이며 밤이며 계절의 변화이며, 별의 운행과 마찬가지로 알아볼 길 없는 불가사의한 일이었다. 데메테르도 바코스도 추수 때에는 쾌활하나, 겨울 동안은 황량한 대지 그대로 잠잠히 그저 슬퍼 보이기만 한다. 어째서 그처럼 서글퍼 보이는 걸까? 고대인이 그처럼 의아히 여겼을 때 이야기는 생겨났다.

데메테르는 외동딸인 봄의 처녀 페르세포네를 잃었다. 비탄에 잠긴 나머지, 대지에 혜택을 베푸는 것을 그만두었다. 대지는 얼어붙은 황무지가 되었다. 페르세포네가 사라졌기 때문에 풍성한 푸르름으로 덮이고 난만한 꽃들로 수놓인 대지에는 얼음이 깔리고 생명은 자취를 감추었다.

페르세포네가 납치당해 갈 때, 그 비명은 산과 들에 메아리치고 바다에 울려 퍼졌다. 그 소리는 데메테르에게도 들렸다. 그녀는 딸의 행방을 찾아서 바다며 육지를 가리지 않고 아흐레 동안을 찾아 돌아다녔다. 그러나 아무도 그녀에게 사실을 말해주는 자가 없었다. 드디어 데메테르는 태양에게로 찾아갔다. 태양은 모든 것을 그녀에게 말했다. 페르세포네는 지하 세계의 왕에게 붙잡혀 땅속으로 끌려가버린 것이다.

이를 듣고 데메테르의 슬픔은 더 깊어졌다. 그녀는 지금까지 살고 있었던 올림포스를 떠나 지상으로 주거를 옮겼다. 자기 모습을 숨겼기 때문에 아무도 그녀를 신이라고는 생각지 않았다. 지상을 방랑하여 돌아다니는 동안에 데메테르는 엘레우시스까지 왔다. 그리고 어느 샘가에 앉았다. 그녀는 검은 옷을 입고 있어 부잣집 늙은 하녀와 같은 모습이었다.

네 명의 귀여운 소녀들이 물을 길러 와서는, "할머니, 거기서 뭘 하세요?" 하고 다정스레 물었다. 데메테르는 해적에게 붙잡혀서 노예로 팔리게 되었다가 요행히 도망쳐나온 길인데, 낯선 땅에서 어찌 할 바를 모르고 있노라고 대답했다. 네 자매는 샘물을 길어 집에 돌아가자 곧 그 사실을 어머니에게 말했다. 어머니인 메타네이라는 바로 그 사람을 데리고 오라고 했다. 데메테르가 그 집에 왔을 때, 작은 사내아이를 안고 있던 메타네이라는 문간 쪽에 후광이 비치는 것을 보곤 놀라고 두려워했다.

메타네이라는 벌꿀술을 권했으나, 데메테르는 그것을 입에 대려 하지 않고 박하가 든 물을 부탁한다고 말했다. 이것은 추수 때에 농부들이 즐겨 마시는 것이요, 그때 데메테르가 입에 댄 성배(聖杯)는 엘레우시스의 보물로 남아 있다. 기운을 차린 데메테르는 갓난아기를 그 향기로운 가슴에 안았다. 이 아기는 현자 켈레오스와 메타네이라 사이에서 태어난 데모폰이라는 아이였다.

데메테르는 이 집에 머물며 아이를 돌보아주게 되었다. 데모폰은 마치 신의 아들처럼 길러졌다. 데메테르는 암브로시아를 아이의 몸에 바르고 밤에는 난로의 불 속에 아이를 집어넣었다. 이것은 신과 같은 불멸의 생명을 베풀어주기 위해서였다. 그러나 어머니 메타네이라는 마음이 놓이지 않아 어느 날 밤 몰래 데메테르가 있는 방을 들여다보았다. 마침 데메테르가 아이를 막 불 속에다 집어넣고 있는 참이었다. 깜짝 놀라서 메타네이라는 비명을 질렀다. 방해를 받은 데메테르는 화가 나서 아이를 집어던졌다.

그러고 나서 데메테르는 여신으로 돌아왔다. 형언할 수도 없는 좋은 향기가 감돌고 집 안은 환하게 밝아졌다. 여신은 말했다.

"나는 데메테르다. 이 도시 가까이에 커다란 신전을 세우도록 하라. 그러면 내 마음도 가라앉으리라."

집 사람들은 두려워 떨었다. 주인 켈레오스는 이 사실을 도시 사람들에게 말했다. 사람들은 즐거이 신전을 짓기 시작했다. 이리하여 딸을 찾다 지쳐버린 데메테르는 이 신전에서 살게 되었던 것이다. 그 해에 지상은 심한 기근에 시달렸다. 곡물의 씨는 조금도 눈이 트지 않고 땅 위의 사람들은 모두 굶주림으로 멸망해버리는 게 아닌가 싶었다. 제우스는 이를 보고 차례차례 데메테르에게 신들을 사절로 보내 달래보려 하였으나, 데메테르는 딸을 찾을 때까지는 결코 지상에 수확을 가져다주는 일은 없을 것이라고 거절했다.

죽은 자들의 세계를 다스리는 왕 하데스는 제우스의 아우다. 제우스는 아우에게 일러서 페르세포네를 어머니 곁으로 돌려보낼 수밖에 없다고 생각하고 헤르메스를 사자(使者)로 지하 세계에 보냈다. 페르세포네는 크게 기뻐했으나, 하데스는 그녀를 손에서 놓고 싶지 않아 여러 가지로 설득했다. 하지만 소용이 없음을 알자 석류씨 하나를 페르세포네에게 먹였다. 이 석류를 먹이면, 그녀가 반드시 자기 곁으로 돌아오리라는 것을 하데스는 알고 있었다. 헤르메스는 하데스의 검은 말이 끄는 금빛 마차에 페르세포네를 태워 손수 말을 몰아 데메테르의 신전으로 곧장 달렸다. 데메테르는 뛰어나왔고, 페르세포네는 어머니의 품에 안겼다. 둘은 와락 끌어안았다. 둘이 이런저런 이야기로 꽃을 피우다가 데메테르는 석류 씨 이야기를 들었다. 그녀는 또 딸을 잃게 되는 게 아닌가 하고 불안해졌다.

제우스는 다시 사자를 보냈다. 이번엔 올림포스 신들 중의 최연장자로 자신의 어머니인 레아에게였다. 레아는 또 데메테르의 어머니이기도 하다. 레아는 황폐해져버린 지상에 내려가, 데메테르의 신전 앞에 서서 딸을 불렀다.

"내 딸아, 신들이 모이는 올림포스의 큰 홀로 다시 한번 돌아오도록 해라. 제우스도 널 기다린 지 오래란다."

그리고 이런 제안을 한다. 1년 중 3분의 1은 페르세포네가 죽은 자들의 세계에 내려가 있는다. 겨울이 끝날 무렵 페르세포네는 땅 위로 나와, 그 어머니와 인간들과 함께 지내게 된다. 이 조건을 승낙하고, 데메테르만이 가져다줄 수 있는 생명을 지상에 다시 불어넣어주겠는가 하는 것이었다.

데메테르는 넉 달이라도 딸을 죽은 자들의 세계에서 지내게 하고 싶진 않았으나, 이 조건을 받아들였다. 인간들은 그녀를 '좋은 여신'이라고 부르며 사모했고, 그녀는 지상에 황폐를 가져오게 한 것을 후회하고 있었다.

이리하여 데메테르는 다시 한번 대지에 생명을 가져다주었다. 지상은 푸르름에 싸이고, 꽃은 피고, 곡식 이삭은 물결을 이루었으며 과일은 가지가 휘도록 익었다. 데메테르는 자기의 신전을 세운 엘레우시스의 족장들 중에서 트립톨레무스를 골라, 그를 자기의 대리로 삼아 곡식의 씨 뿌리는 방법을 가르쳐주었다. 또 트립톨레무스, 켈레오스 등의 사람들에게 거룩한 의식을 가르쳐주었다. 그것은, "깊은 두려움이 혀를 누르기 때문에 아무도 입에 올릴 수 없는 비의(秘儀)요, 이 비의를 본 이는 좋은 내세를 맞이할 수가 있는 것이다"라고 하는 것이었다.

향그러운 엘레우시스의 여왕이여,
대지에 은택을 베푸는 이시여,
오, 데메테르여, 그 우아함을
내게 베푸소서.
그리고 또, 그지없이 아름다운 페르세포네여,
사랑스러운 처녀여,
내 그대를 위해 노래를 바치오리.

그러나 데메테르의 슬픔이 사라진 것은 아니다. 그녀는 때마다 겨울이 가까워 오면 죽어가는(죽은 자들의 세계로 가는) 딸을 전송하지 않으면 안 된다. 페르세포네는 봄과 여름의 빛나는 처녀다. 그 가벼운 발소리가 마른 갈색 언덕의 중턱에 들려오는 것만으로도 땅은 소생하고 푸르름은 눈을 뜨기 시작한다. 그리스의 여류 시인 사포(기원전 600)는 노래했다.

"나는 듣노라, 꽃피는 봄 발소리를……."

그것은 페르세포네가 돌아오는 발소리다.

그러나 페르세포네는 알고 있다. 과일도 꽃도 잎도, 지상의 모든 아름다운 것은 추위가 다가옴과 함께 그녀 자신처럼 죽음의 세계로 끌려가지 않으면 안 된다는 것을. 한 번 죽은 자들의 세계로 끌려온 이상 그녀는 벌써 아무런 괴로움도 모르던 옛날의 처녀는 아니다. 해마다 봄이면 되돌아온다고는 할망정 그녀는 죽음의 세계에서 나오는 것이다. 그 눈부신 아름다움에도 불구하고 그녀에겐 뭔가 신비로운 두려움 같은 것이 따라다녔다. 고대인은 흔히 말했다.

"그 이름을 입에 올려선 안 되느니라……."

올림포스의 신들은 죽음을 모르고 덧없는 세상의 괴로움을 모른다. 인간들이 괴로워하고 비탄에 잠기고, 그리고 죽음을 맞이할 때에 생각하는 것은, 같은 괴로움과 슬픔을 알고 있는 여신에 대해서다.

주연(酒宴)과 광기의 신 바코스

바코스는 제우스와 테베의 왕비 세멜레 사이에서 태어난 자식이었다. 인간의 배에서 태어났으면서도 분명히 신이라고 불리는 것은 이 바코스뿐이니 "테베의 여인은 불사의 신을 낳는다"고 노래 불려졌다. 바코스는 제일 나중에 올림포스의 열두 신에 끼었다.

제우스는 세멜레를 미친 듯이 사랑했기 때문에 그녀가 원하는 것이라면 그 무엇이든 다 해주겠다고 스틱스 강을 두고 맹세했다. 세멜레는 신들의 왕으로서 하늘에 있을 때 그대로의 제우스의 모습을 보여달라고 졸랐다. 이것은 세멜레를 질투한 헤라가 그런 마음을 그녀에게 심어놓은 것이었다. 제우스는 인간이 자기의 그런 모습을 보면 살 수 없다는 것을 알고 있었으나 맹세는 깨뜨릴 수 없었다.

세멜레는 무서운 제우스의 불타는 빛에 얻어맞고 죽었다. 제우스가 세멜레의 뱃속에 있었던 아이를 데리고 가, 헤라의 눈을 피해 탄생의 날까지 보살폈다. 제우스의 명령으로 헤르메스는 이 아이를 지상에서도 가장 아름다운 골짜기인 니사 골짜기의 님프들한테로 안고 갔다. 다른 설에 의하면 바코스를 기른 것은 아틀라스의 딸들 히아데스로서 그 공로로 후에 제우스에 의하여 그녀들은 뭇 별이 되었으며, 이 별들이 지평선에 가까워지면 아버지 아틀라스를 생각하며 흘린 눈물이 비가 되어 내린다고 한다.

바코스는 태어날 때에 불타는 빛의 세례를 받고, 비에 의해서 길러졌다고 한다. 뜨거운 햇빛은 포도를 익게 하고, 비는 포도 줄기와 잎에 생기를 준다. 성인이 되자 바코스는 미지의 땅을 여기저기 떠놀아다녔다.

풍요한 황금의 땅 저 리디아

그리고 또 프리지아

뜨거운 햇빛 마구 쏟아지는 페르시아의 들,

박트리아의 크나큰 벽,

폭풍우가 핥는 메데스의 나라,

그리곤 아라비아, 축복받은 땅.

가는 곳마다 바코스는 포도의 재배법을 가르쳐 모든 곳에서 신으로서 공경을 받았다. 마침내 그는 귀국 길에 올랐다.

어느 날, 그리스의 근해를 항해하던 해적선이 큰 곶의 기슭에서 아름다운 청년의 모습을 발견했다. 억센 어깨에 걸친 짙은 다홍빛 망토에 풍성한 검은 머리가 흘러내려 물결쳤다. 어느 곳의 왕자로 보여, 몸값을 톡톡히 우려낼 수 있을 것 같았다.

해적들은 뭍에 올라 젊은이를 붙잡았다. 그런데 배 위에서 이 젊은이를 묶으려 하다가는 놀랐다. 몇 번이고 묶으려 해도 밧줄이 몸에 닿자마자 스르르 풀어져 내려 아무리 해도 묶을 수가 없었다. 젊은이는 검은 눈에 웃음을 띠고 조용히 앉아 있을 뿐이었다. 그때 조타수가 소리쳤다.

"이분은 보통 사람이 아니셔. 신이신 게 틀림없어. 빨리 배에서 내려드려야지, 그렇잖으면 재앙을 입게 된단 말야!"

그러나, 선장은 어리석은 소리라고 비웃곤, 부하들에게 돛을 올리라고 명령했다. 돛은 오르고 바람에 부풀었으나 이상하게도 앞으로

디오니소스

나아가지 않았다. 더욱 이상한 것은 마스트를 포도덩굴이 감아 올라가며 돛 전면에 가지가 휘도록 포도송이들이 달렸다. 갑판에는 포도주가 흐르고 향기로운 향기가 감돌았다. 해적들은 무서워 조타수에게 배를 기슭으로 돌리라고 소리쳤다. 그러나 때는 이미 늦었다. 젊은이는 사자로 변하여 해적들을 노려보며 무서운 소리로 울부짖었다.

해적들은 바다로 뛰어들었으나 즉시 돌고래가 되어버렸다. 구제된 것은 젊은이를 맨 처음 신이라고 알아차린 그 조타수 한 사람뿐이었다.

술의 신은 인간에게 친절했으나, 때론 인간으로 하여금 엉뚱한 짓을 저지르게도 했다. 이따금 그는 인간을 광기로 몰아세우기도 한다. 여자가 술에 곤드레만드레 취한 상태는 마에나드, 또는 박칸테라고도 불렸다. 격렬한 도취 상태에 빠져 외마디 소리 같은 날카로운 소리를 지르며 솔방울이 달린 지팡이를 휘두르면서 숲이나 산을 뛰어다닌다. 만나는 것은 짐승이거나 무엇이거나 잡아 찢어서 피가 뚝뚝 떨어지는 생살을 아귀같이 먹어치우는 것이다. 그리고는 노래한다.

오, 산 위의 노래와 춤은
달고 달아라.
미친 듯이 달리자.
달리자 달리자,
산양을 쫓아서 붙잡게 되면

해묵은 대지에서 퍼더버리고 앉아
다디달게 앉아
오, 붉은 피 뚝뚝 떨어지는
생살을 뜯는 기쁨,
미칠 듯한 이 기쁨, 기쁨, 기쁨!

바코스의 여사제들에겐 신전이 없다. 그녀들은 먼저 많은 도시
와 붐비는 거리에서 나와 인적 드물고 길도 없는 깊은 숲 쓸쓸한 산
으로 들어간다. 거기가 바코스의 신전이다. 그것은 옛날 인간이 아
직 신을 위해서 훌륭한 신전을 지을 줄을 몰랐던 시대의 습관 그대
로다. 바코스는 그녀들에게 먹을 것, 마실 것을 베풀어준다. 약초,
딸기, 산양의 젖 등이다. 침실은 울창하게 우거진 나무 밑이요, 침대
는 부드러운 목초다. 잠에서 깨면 맑은 시냇물에서 목욕을 한다. 배
가 고파지면 또 피가 뚝뚝 흐르는 생고기를 먹는다. 이것이 푸른 하
늘 아래의 신전에서 행해지는 바코스의 제전이다. 바코스의 신앙은
자유와 도취의 기쁨, 게다가 야생 그대로의 행위에 대한 동경이다.
바코스는 인간에게 이익을 주는 바가 매우 많은 신이었으나 때론
인간을 파멸로 이끌 때도 있다. 이를테면, 탄생지인 테베에서 그는
무서운 면을 보인 적이 있다.

바코스가 테베에 나타나면 많은 숭배자들, 특히 여자들이 긴 옷
위에 사슴 가죽을 걸치고 담쟁이덩굴을 감은 지팡이를 휘두르면서
노래하며 그의 뒤를 따라 걸어갔다. 테베의 왕 펜테우스는 세멜레

의 누이동생의 아들로 바코스의 외사촌 동생이었으나, 설마 이 기묘한 집단의 지도자가 자기 사촌 형일 줄은 꿈에도 몰랐다.

"저놈은 술을 마시고 민중을 선동하는 고얀 놈이다. 즉시 잡아다 대령시키렷다!" 하고 병사들에게 명령했다. 곁에 시립(侍立)해 있던 눈먼 늙은 예언자 테이레시아스가, "저분은 데메테르 신과 함께 매우 존귀한 어른이십니다" 하고 말했으나, 나무 덩굴이 붙은 백발에 사슴 가죽을 걸치고 솔방울이 달린 지팡이를 쥔 노인이 아무래도 그렇게는 보이지 않았기에 펜테우스는 그를 붙잡아다 자기 앞에 대령시키게 했다.

"날 투옥해보았자 헛일이오. 신이 날 자유롭게 해주실 것이오."

바코스는 조용히 말했다.

"신이라?"

펜테우스는 냉소했다.

"그렇소, 신은 여기에 계시오."

"어디에 있다는 거냐? 보이지 않는걸."

"신은 여기에 있다. 마음이 깨끗하지 못하니까 보이지 않는 거다."

왕은 버럭 화를 내며 바코스를 감옥에 처넣으라고 병사에게 명령했다. 그러나 병사들은 이미 바코스에 대한 두려움을 품고 있었다. 바코스는 말했다.

"나에 대한 불경은 신들에 대해서 불경을 범하는 것이다."

바코스의 예언대로 감옥은 소용에 닿지 않았다. 바코스는 다시 펜테우스 앞에 모습을 나타내어 이 새로운 신앙에 대해서 펜테우스

에게 설교했다. 그러나 펜테우스는 바코스에게 더욱 모욕을 줄 뿐
이었다.

그보다 앞서 바코스의 신자들도 투옥되었으나, 탈옥하여 산으
로 도망쳐 모여 거기서 바코스의 제전을 열었다. 여기에는 테베의
여인들도 함께 했는데, 그 중에는 펜테우스의 어머니와 그 자매들
도 끼어 있었다. 펜테우스는 신자들을 쫓아 산으로 올라갔다. 바코
스가 그 무서운 힘을 보인 것은 이때였다. 여자들은 모두 다 광기에
사로잡혀 다가오는 펜테우스를 보고는 사자가 나타난 것이라고 생
각했다. 바코스 신이 들렸을 때의 여성들은 무시무시하다. 여자들
은 일제히 펜테우스에게 덤벼들었다. 그리고 금속성의 소리를 지르
면서 펜테우스를 붙잡아 그 손발을 갈가리 찢어버렸다. 마침내 여
자들이 제정신을 찾았을 때, 펜테우스의 어머니는 비로소 자기가
한 짓을 깨달았다. 모든 사람들이 술에서 깬 것처럼 신의 두려움과
그 불가사의한 힘에 대해서 서로 속삭였다.

이와 같이 바코스는 붉은 화톳불에 그 취한 얼굴이 벌겋게 달아
오른 쾌활한 신인 반면에 야수를 붙잡아서 그 피와 생살을 탐식하
는 잔혹한 일면도 있다. 이것은 술의 신으로서는 당연한 일일 것이
다. 술에는 사람을 쾌활하게 하는 반면에 광기로 이끌어들이는 면
이 있다. 그리스인은 술꾼의 밝은 면과 함께 추악한 면도 간과하지
않았다. 술은 사람의 마음에 불을 붙이고 쾌활하게 하거니와 부주
의한 과실도 저지르게 한다. 술은 인간에게 둘도 없는 소중한 것이
지만 동시에 인간을 파멸로 이끄는 것이기도 하다.

디오니소스의 술은

우선 사람, 사람, 모든 사람들 마음에서

근심을 없애도다.

그러곤 우릴

세상에도 없는 나라로 길 떠나게 하고,

가난한 이를 가멸케,

가멸한 이의 마음이사

크고 너그럽게 하느니,

실로 포도주가 빚은 이 화살은

일체를 정복해버리는구나.

바코스는 사람의 마음을 고양시키고 적어도 잠깐 동안은 공포와
불안을 없애준다. 불가능한 일도 가능하리라는 생각이 들게 한다.
그러나 술이 깨든가, 또는 정신을 잃도록 취해버리면 이 해방감과
자신감은 사라져버린다. 그리고 완전히 술에서 깨면 무언가 들렸던
엄청난 귀신이라도 떨어져 나간 느낌이다. 이것이 바코스 이외의
신과 다른 점이다. 이 신은 사람의 바깥쪽이 아니라 사람의 안쪽으
로 들어간다. 그리고 사람을 자기와 같은 상태로 만든다. 사람은 스
스로는 몰랐던 능력을 소유한 것 같은 느낌을 갖는다. 즉 자기 자신
이 신이 된 듯한 느낌이 될 수 있는 것이다.

　이 관념은 마침내 술 마시고 쾌활하게 떠드는 것만이 바코스의
신앙은 아닌 것 같다는 생각으로 변해간다. 술을 전혀 마시지 않는

바코스의 신자들이 나타나게 된다. 언제쯤인지는 모르나, 아무튼 술에 의한 찰나적인 해방감이 아니라 일종의 영감에 의해서 자신들을 해방시키려 하는 신앙이 생겼다. 이에 의해서 바코스의 신으로서의 지위는 더욱 높아져 그리스의 신들 중에서도 매우 중요한 신이 된 것이다.

데메테르를 주신(主神)으로 삼는 엘레우시스의 신비 의식은 그 풍습이 너무나도 비밀한 가운데 행해져 쓰는 것도 말하는 것도 허락되지 않았기 때문에, 나중엔 희미한 옛날 이야기에 지나지 않게 되었다. 그러나 바코스의 제사만은 남아 해마다 번성하게 되었다. 그리스에는 이와 어깨를 겨눌 제사가 전혀 없다고 해도 좋다. 포도나무가 가지를 뻗기 시작하는 봄에 행해지는 이 제사는 닷새에 걸쳐서 계속된다. 물론 사람들은 일을 쉰다. 이 동안에는 감옥에 들어가게 되는 자는 없다. 죄수도 해방되어 이 제사에 참가할 정도다. 그러나 사람들이 모이는 곳에서 앞서와 같은 미치광이 소동이 벌어지는 것은 아니다. 또 신전에서 엄숙한 의식이 행해지는 것도 아니다. 그것은 하나의 극장이다. 그리스 최대의 시인이 바코스를 위해서 극시를 쓴다. 배우와 가수에 의해서 극은 상연되고 신에게 바쳐진다. 작가도 배우도 가수도, 이 극에 참여한 자들은 모두 신의 종복이다. 그리고 관객들도 신앙에 의해서 맺어져 있다. 바코스 자신도 출석하고 있는 것으로 생각되어 그 사제는 귀빈석에 앉는다.

데메테르가 괴로움을 아는 신인 것처럼 바코스도 고난의 신이다. 포도는 다른 과일 나무와 달라서 항상 가지가 처지고 벌거숭이 줄기만 남는다. 겨우내 툭툭 불거진 마디투성이의 벌거숭이 늙은 줄기는 찬바람에 사정없이 시달린다. 이래 가지고 잎이 다시 날 수 있을까 싶을 정도다. 페르세포네와 같이 바코스도 겨울이 오면 함께 죽는다. 그 죽음은 무참하다. 몸뚱이가 토막토막 끊기고 찢겨 흩어진다. 어떤 이야기로는 이 수난은 티탄에 의한 것이요, 다른 이야기로는 헤라에 의한 것이라고도 한다. 그러나 그는 반드시 되살아난다. 죽어도 반드시 일어난다. 이 즐거운 부활은 바코스 제전 극의 중요한 테마다.

바코스의 신자는 그 부활을 육체가 죽어도 영혼은 영원히 산다는 것의 상징이라고 생각했다. 이 관념은 엘레우시스의 신비 의식에도 관계된다. 최초엔 봄마다 죽음의 세계에서 돌아오는 페르세포네에게 이 생각이 해당되었다. 그러나 페르세포네는 지하 세계의 여왕이다. 죽음의 세계의 그늘이 짙다. 그에 반해 바코스는 분명히 빛의 세계의 주민이다. 페르세포네에겐 죽은 자들의 세계에 얽힌 이야기가 많으나 바코스에겐 아직 만나보지 못한 어머니 세멜레를 죽은 자들의 세계에서 구출하여 올림포스로 데려왔다고 하는 이야기가 있을 뿐이다. 바코스의 부활은 죽음보다도 생명력 쪽이 강하다는 사실을 보이는 것이다. 사람들이 여기에서 진정한 부활을 본 것은 당연하다.

서기 80년경, 그리스의 위대한 작가 플루타르코스(플루타크)는 집에서 멀리 떠나 있을 때에 그의 어린 딸이 죽었다는 슬픈 소식을 받았다. 그 아이는 아주 성품이 온순한 아이였다고 한다. 그는 아내

56

에게 다음과 같은 편지를 써 보냈다.

"여보, 당신도 들었을 것이오. 육신이 없어지면 아무것도 느낄 수 없게 되고 만다는 것을…… 물론 당신은 그런 것을 믿지 않을 것이오. 저 신앙으로 맺어진 자들만이 아는 바코스의 비의(秘儀)로 베풀어진 신성하고도 굳은 약속을 당신은 잊지는 않았을 테니까……. 우리는 영혼은 죽지 않고 불멸한다는 둘도 없는 진리를 굳게 믿고 있소. 우리는 (죽은 이에 대해서) 이렇게 생각해야만 될 것이오. 더 좋은 곳으로 가, 더 행복하게 되는 것이라고. 그러니까 우리들의 생명은 겉치레도 해야겠지만 제발 안쪽은 더 깨끗하고 현명하고 썩지 아니하는 영원한 것이었으면 하는 것이오."

데메테르의 이야기는 호메로스풍의 찬가 중에서도 가장 오래되어 기원전 8세기부터 기원전 7세기 초입 무렵의 것이라고 짐작되며, 아름다운 세계를 단순 소박하게 노래하고 있다. 바코스의 신앙은 비교적 후일의 것으로서, 오래된 것은 기원전 8세기나 기원전 9세기경의 헤시오도스의 시에 드문드문 발견되는 정도다. 기원전 4세기경의 후기 호메로스풍 찬가에도 해적 이야기 밖에 보이지 않는다. 펜테우스의 이야기는 기원전 5세기경의 비극 시인 에우리피데스의 최후 작품에서 다루어지고 있다.

세계의 창조와 인간의 탄생

'어머니 대지'와 '아버지 하늘'

처음에 혼돈 있었도다.
그것은 측량할 길 없는 거대한 심연.
다만 어둡고 황량하여
붙잡을 길 전혀 없도다.

이것은 밀턴의 말이거니와, 그리스인이 생각하고 있던 세계의 처음과 아주 잘 부합하고 있다.

그것은 어느 무렵의 일인지 알 수 없다. 신들이 모습을 나타내기 전에, 모든 것이 측량할 길이 없는 시간의 어둠 속에 묻혀 있던 머나먼 과거의 일이라고 할 수밖에 없다. 어떤 것은 다만 형체 없는 혼돈이었고, 영원한 어둠이 일체를 지배하고 있었다.

이 혼돈 속에서 최초로 태어난 것은 '밤'과 '죽음'이다. 어떻게 태어났는지는 모른다. 아무튼 '밤'과 '죽음'이 존재하게 되었다. 하지만 아직 모든 것은 공허하고 소리도 없고 붙잡을 길도 전혀 없는 상태였다.

그리고 또, 측량할 길 없는 시간이 지나간다. 이 붙잡을 길 없는 허무 속에서 신비롭게도 가장 요긴한 것이 태어난다. 그리스 최대의 희극 시인 아리스토파네스는 그 일을 이렇게 노래하고 있다.

……검은 날개의 '밤'
어둡고 깊은 에레보스의 밑바닥에
바람이 날라온 알 하나
떨어져 누웠으니.
마침내 때는 돌아와,
금빛 날개 찬연히 빛내며
안타까이 그리던 '사랑'은
여기 태어나도다.

어둠과 죽음 속에서 '사랑'이 태어났다. '사랑'의 탄생과 함께 질서와 아름다움이 비롯되고 혼란이 가라앉기 시작한다. '사랑'은 그 반려인 '빛'—빛나는 '낮'을 낳았다. 다음으로 일어난 것은 대지의 탄생이다. 이것 또한 아무도 설명할 길 없는 일이지만, 아무튼 그 일은 일어났다. '사랑'과 빛이 출현한 이상 당연히 대지가 태어날 터였다.

천지 창조를 설명하려 한 최초의 그리스 시인 헤시오도스는 이렇게 쓰고 있다.

이 아름다운 것 '대지',

모든 것을 품어 안는 넓은 품속,

모든 것을 서게 하는 든든한 바탕,

'대지'는 여기 태어나도다.

그리고 거기,

'대지'의 모든 것을 덮어 감싸려

축복받은 신들의 영원한 주거지인

별들 아로새긴 '하늘'은 또 태어났느니.

대지는 물론 장소다. 그러나 그것은 하나의 인격을 가진 것이라고도 생각되었다. 하늘은 푸른 원형 천장이다. 때론 한낱 인간으로도 생각되었다. 봄, 여름, 가을, 겨울, 계절의 바뀜, 바다의 변모, 하늘의 별들의 운행, 이 모든 것은 생명 있는 것의 표징으로 생각되었다. 그것도 분명한 것은 아니었지만 움직임이 있고 변화가 있는 것은 모두 생명과 결부되었다.

이를테면 그들은 모두 '어머니인 대지(가이아)'와 '아버지인 하늘(우라노스)'의 아이들이다. 그들은 일종의 괴물이다. 지구에는 일찍이 보기에도 무서운 괴수들이 어정거리고 있었다. 우리들이 그것을 믿는 것처럼 고대인들도 그렇게 생각하고 있었다. 다만, 그들이 생각하던 괴수란 파충류는 아니었다. 맘모스와 같은 것도 아니었다. 무언가 인간과 닮았으나, 그러나 인간은 아닌 생물들이었다. 그들은 지진이며 태풍이며, 화산의 분출 등을 일으킬 수 있는 무서운 힘을 가지고 있었다. 그들에 대해서 말하는 전설로 미루어보면, 그것은 역시 생물이라기보다는 산을 솟아오르게 하고 바다를 만드는 대자연의, 상상을 초월하는 힘과 운동 같은 것의 상징인 듯하다. 적어도 인간이 생물로서 알고 있는 것들과는 전혀 다른 것이었다.

'대지와 하늘' 사이에서 최초로 태어난 것은 세 괴물이었다. 그들은 엄청나게 컸다. 그리고 50개의 머리와 1백 개의 손을 가졌으며, 상상할 수도 없는 억센 힘을 가지고 있었다.

그 다음 셋은 키클로페스라고 불렸다. 외눈박이로 수레바퀴처럼 큰 눈이 이마 한복판에 붙어 있었다. 이 키클로페스도 바위와 같이 컸으며 억센 힘을 가지고 있었다. 그리고 또 태어난 것이 티탄―거신족이었다. 그들의 수는 많고 앞의 괴물들 못지않은 크기와 힘을 가지고 있었으나 단순히 파괴적이기만 한 것은 아니었다는 점이 좀 다르다. 티탄 중에는 인간의 수호자 역할을 한 자도 있다.

태초의 세계에 이러한 괴물들이 차례차례 태어났다고 하는 것은, 대지의 어두움 밑바닥에서부터라면 또 모르는 일이거니와, 저 아름다운 하늘을 아버지로 삼고서라니 아무래도 수긍이 가지 않는다. 더구나 신화에서 '하늘'은 그다지 좋은 아버지도 아니다. 그는 자기 아들인데도 머리 50개, 팔 1백 개의 괴물을 싫어하며 태어날 때마다 그들을 대지의 비밀 장소에 가두어버렸다. 그리고 키클로페스나 티탄들만은 자유롭게 놔두었다.

이 편애에 '어머니인 대지'는 화가 났다. 그래서 '하늘'에 복수하려고 아이들의 도움을 빌리려 하였다. 그러나 그만한 용기가 있었던 것은 다만 하나, 티탄 족의 크로노스 하나뿐이었다. 그는 아버지를 숨어서 기다렸다가 덤벼들어 심한 부상을 입혔다. 그 피에서 네 번째의 거신족이 태어났고, 또 같은 피에서 에리니스—복수의 여신들이 태어났다. 이 세 자매는 죄인을 벌주는 것이 그 소임이었다. 보기에도 무서운 형상을 하고 있어서 '어둠 속을 걷는 여신'이라고 불렀으며, 머리칼은 뱀, 눈에서는 피의 눈물을 계속 흘리고 있었다. 다른 괴물들이 지상에서 추방된 뒤에도 에리니스만은 남았다. 이 세상에 악한 일이 없어지지 않는 한 그녀들도 없어지지 않는 것이다.

크로노스는 로마인이 사부르누스라고 부른 우주의 왕이요, 그 아내는 레아(옵스)다. 이들 사이에서 생긴 아이 중에서 후세 하늘과 땅의 지배자가 되는 제우스, 로마인의 유피테르가 있다. 제우스는 태어나면서부터 아버지에게 반역할 운명을 지니고 있었다.

크로노스는 자기 자식들 중의 누군가가 자기를 왕좌에서 몰아내리라고 생각하고, 태어난 아이는 바로 잡아먹어버리기로 했다. 그러나 레아가 여섯 번째의 자식 제우스를 낳았을 때 그녀는 남편에게 헝겊으로 감싼 돌을 갓난아이라고 속여 삼키게 하고, 태어난 아이는 은밀히 크레타 섬에다 숨겼다. 제우스는 자라나자, 할머니에 해당하는 '대지'의 힘을 빌려 아버지 크로노스가 삼켜버렸던 다섯 아이를 토해내게 한다.

서기 180년경, 위대한 여행가 파우사니아스는 그리스의 옛 도시 델포이의 신전에서, 한 신관이 그다지 크지 않은 돌에다 기름을 쏟아 매일 깨끗이 하고 있는 모습을 보았다. 전하는 바에 의하면, 그것이 제우스 탄생에 얽혀 있는 돌이었다고 한다.

그리하여 형제인 티탄들의 도움을 받은 크로노스와 다섯 형제자매와 한패가 된 제우스 사이에 무서운 싸움이 시작되었다. 그것은 거의 우주도 부서져 나갈 정도의 큰 전쟁이었다.

무서운 소리는 끝없는 바다를
뒤흔들고,
대지는 큰 외마디 소리를 지르도다.
넓은 하늘은 신음하며 전율하고
아득한 올림포스는
그 바닥에서부터 흔들리다.
죽음을 모르는 신들의 돌진은
어두운 타르타로스까지 떨게 하다.

티탄들은 정복되었다. 제우스는 50개의 머리, 1백 개의 팔을 가진 괴물들을 그 유폐 장소에서 해방시켰다. 그들은 우레, 번갯불, 지진과 같은 강력한 무기로 제우스를 위해서 싸웠다. 또 이아페투스라는 티탄의 자식 중 하나도 용서받았다. 그는 매우 현명하였으며, 제우스 쪽을 편들었던 것이다. 그의 이름은 프로메테우스였다.

제우스는 항복한 적에게 무서운 형벌을 내렸다. 티탄들은 쇠사슬에 묶여 지옥의 그 밑바닥에 있다고 일러지는 주석의 창살로 둘러싸인 타르타로스에 갇혔다. 프로메테우스의 형제인 아틀라스는 영원히 하늘과 땅을 받치는 기둥을 그 어깨에 짊어지지 않으면 안 되었다. '밤'과 '낮'은 항시 한쪽이 지상을 찾아올 때 다른 한쪽은 지상을 떠나야만 했다. 둘이 동시에 들어갈 수 있는 집은 없어서 다만 인사를 교환할 뿐 헤어지지 않으면 안 된다. 이리하여 끊임없이 교대로 여행을 계속하게 되었다.

하지만 티탄이 정복되었다곤 하나, 제우스가 완전히 승리를 거둔 것은 아니었다. '대지'는 최후의 아이를 낳았다. 이것은 지금까지 일찍이 없었으리만큼 무서운 괴물이었다. 그 이름은 티폰이라고 불렸다.

백의 머리를 가진 무서운 괴물,
모든 신들에 맞서 일어서도다.
죽음은 그 무서운 턱에서 휘파람 불고,
그 눈에서는 타오르는 불꽃이 넘실대도다.

그래서 제우스는 이제 우레와 번개를 지배하고 이를 강력한 무기로 삼아 티폰을 친다.

쉴 사이 없는 번갯불,
불꽃을 토해내는 천둥,
불은 그(티폰의) 심장을 바로 꿰뚫어
그 억센 힘을 재로 돌아가게 하였으니,

지금은 다만 뼈대뿐이로다.

때때로 에트나 산은 불을 토하고,

아름다운 과일 익는 시실리의 들은

빨갛게 단 강물에 삼켜지도다.

티폰의 분노는 지글지글 끓어올라

그 숨결은 화살 되어 흩어지도다.

티폰은 패배했으나, 아직 평화는 오지 않았다. 제4의 거인족이 제우스에 반역한 것이다. 그러나 이번엔 신들도 매우 강해졌을 뿐만 아니라, 제우스의 아들인, 힘이라면 당할 자 없고 용맹한 헤라클레스도 활약했기 때문에 하늘의 힘이 땅의 폭력을 꺾고 빛나는 승리를 얻어냈다. 거인족도 타르타로스 속에 던져졌다. 제우스와 그 형제자매들은 이때부터 만물을 지배하게 되는 것이다.

불을 훔친 프로메테우스

티탄이며 거인족의 괴물은 지상에서 일소되었다. 그러나 아직 인간은 나타나지 않았다.

그리스인이 생각한 세계는 평평한 원반 같은 것으로서, 그것은 바다에 의해서 둘로 나뉘어 있었다. 이 바다란, 현재 지중해라고 불리는 곳과 거기에 이어서 흑해라고 불리는 바다가 되었다. 그리스인은 처음에 이 바다를 악세이노스라고 불렀다. '우호적이지는 않다'라는 의미다. 그러나 마침내 이 바다에 친근해지게 되자, 에욱세이노스, 즉 '우호적인 바다'라고 부르게 되었다.

이 원반과 같은 세계의 둘레에는 큰 강, 즉 대양이 흐르는데, 그것은 결코 파도가 치지 않는 조용한 흐름이라고 생각되었다. 이 대양의 아득히 저편, 건너편 기슭에는 신비의 나라가 있다. 동인가 서인가, 남인가 북인가 그것은 알 수 없다. 그리고 또 거기로 가는 방법을 발견한 자는 거의 없다. 이 신비의 나라에는 킴메리아인이 살고 있다고 여겨졌다. 이 나라는 구름과 안개에 덮여 태양이 새벽 하늘에 떠오를 때나 지평선 아래로 빠지는 때나 결코 광채를 발하는 적이 없다. 끝없는 밤이 이 우울한 나라를 덮고 있다.

이 킴메리아를 제외하면 대양의 저쪽 나라는 모두 말할 수 없는 행복에 싸여 있었다. 아득히 북쪽 끝에는 히페르보레이라는 나라가 있었다. 이것은 '북풍의 저쪽 나라'라는 의미로, 거긴 북풍의 저쪽 편이기 때문에 1년을 통해서 차가운 바람이 부는 적이 없다. 이 축복받은 나라를 방문하는 것은 극히 제한된 여행자나 영웅밖에 없다. 거긴 뭍에서나 바다에서나 다가가기 어려운 곳이다. 그 주민들의 생활은 마치 무사이 여신들의 생활과 흡사했다. 여기저기서 처녀들이 춤을 추고, 칠현금이며 피리의 아름다운 소리가 가득 차 있다. 황금의 월계수 잎으로 머리를 묶은 축복받은 민족 히페르보레이인은 웃고 떠들며 환락 속에서 일생을 보낸다. 병도 노쇠도 모르는 사람들이다.

또 훨씬 남쪽에는 에티오피아인의 나라가 있었다. 이 나라 사람들은 신들의 총애를 받아 그 궁전에서 베풀어지는 향연에는 신들도 참석한다는 소문이 있었다.

서쪽 끝에는 축복받은 죽은 이들의 나라가 있었다. 여기선 겨울에도 눈이 오는 일이 없고, 또 심한 비가 내리는 일도 없으며, 대양으로부터 서풍이 살랑살랑 불어와, 그것이 인간의 영혼을 언제까지나 계속해서 살 수 있게 한다. 이곳은 이승에서 모든 악에 대해서 몸을 정결히 지켰던 자들의 영혼이 모여 오는 곳이다.

그네들은 이제 길이
이승의 고통에서 놓여나,
이미 초라한 먹이를 위해
그 억센 손으로 땅을 갈거나
바다에서 고기잡이 하는 일 없도다.
신의 축복으로 사는 이들에겐
이미 눈물이 없고,
그들 축복받은 섬들을 둘러
다정한 바닷바람은 고즈넉이 숨쉬느니.
나뭇가지 위,
그리고 물위서도
금빛 꽃잎들은 오직
눈이 부실 뿐.

이와 같은 세계가 (아직 살고 있는 사람들은 없었으나) 이미 이루어져 있었다. 좋든 나쁘든 죽어서 갈 데까지 준비되어 있는 셈이었다. 인간이 창조될 때가 왔다.

인간 창조에 대해선 몇 가지 이야기가 있다. 어떤 이야기에 의하면, 신들 가운데서 이 일에 뽑힌 것은 프로메테우스와 그 아우인 에피메테우스라는 두 티탄이었다. 프로메테우스라는 이름은 생각이 깊다는 의미다. 그 이름대로 그는 어느 신들보다도 현명할 정도였다. 그런데 에피메테우스라는 이름은 뒷걱정을 의미한다. 무엇이나 충동적으로 해치우고선 나중에 후회한다는 산만한 두뇌의 소유자다. 인간을 만드는 담당자인 에피메테우스는 지닌 버릇을 못 버리고 경솔한 짓을 해버렸다. 인간을 만들어내기 전에 이미 다른 동물들에게 뛰어난 능력을 거의 다 주어버렸던 것이다. 용기, 힘, 민첩함, 영리함 등 그 외에 날개, 털가죽, 등껍질과 같은 것을 주었다. 이래 가지고선 인간은 동물들에게 대항할 만한 것이라곤 아무것도 없는 형편이 된다. 여느 때와 꼭 같이 에피메테우스는 이에 당황하고 후회 막급하여, 형의 도움을 청했다.

이 일을 인계받은 프로메테우스는 인간을 만물의 영장으로 만들 방법을 궁리했다. 그는 인간을 다른 어떤 동물보다도 고귀한 모습으로 만들어냈다. 그리고 신들과 마찬가지로 서서 걸어다니게 했다. 그리고 일부러 하늘에서 빛나는 태양 가까이까지 가서는 인간을 위해서 동물의 힘이나 민첩함이나 날개나 털가죽 따위보다도 훨씬 쓸모가 있는 것을 가지고 돌아왔다.

불을 옮기고 있는 프로메테우스

그리하여 힘은 약하고
덧없는 목숨이면서도
사람들은 타오르는 불을
손에 넣어
이로써
많은 자랑스런 재간을 배워냈도다.

다른 이야기도 있다. 신들은 스스로 인간을 만들어냈다. 최초에
만들어낸 것은 황금의 종족이었다. 이 인간은 수명은 있으나 비탄
이나 고통이란 것은 없고 신을 닮은 생활을 하고 있었다. 땅은 갈지
않아도 풍요한 수확을 가져오고 가축도 얼마든지 불어나고, 그들은
신들의 은총을 받아 안락하게 살았다. 죽으면 그들의 정결한 영혼
은 현세의 인간의 수호자가 되었다.

　　그로부터 신들은 여러 가지 금속으로 인간 창조를 실험해갔다.
그런데 어찌된 셈인지 이 실험은 점점 질이 나쁜 쪽으로 떨어져 가
는 것이었다. 황금 다음으로 만들어낸 것은 은의 종족이다. 이 제2
의 종족은 최초의 종족에 비하면 꽤 떨어져 있는 셈이었다. 지능도
떨어져 서로 상처를 입히는 일까지 있었다. 죽어도 황금의 종족처
럼 그 영혼이 살아남는 일도 없었다. 다음은 황동(黃銅)의 종족으로,
이는 무서운 인간들이었다. 아주 힘이 세고 투쟁을 좋아하며 마침
내는 스스로 멸망하여 없어져버렸다. 그 다음에 신들과 같은 영웅
의 종족이 나타난다. 그들은 모든 시대를 통해서 이야기되고 노래

불려진 중에서도 가장 불꽃 튀기는 싸움을 벌여서, 가장 위대한 모험들을 했다. 마침내 그들은 축복받은 섬들로 옮겨졌고 거기서 영원한 삶을 즐기고 있다.

다섯 번째의 종족, 그것이 현재의 인류이다. 이를 철(鐵)의 종족이라 이른다. 그들은 사악한 시대에 살고 그 성질도 사악에 차 있다. 그 때문에 고통이나 비탄에서 벗어날 수가 없다. 세대가 변함에 따라 그들은 점점 더 나빠져간다. 자식은 부모보다도 항상 질이 나쁘다. 마침내는 권력을 숭배하고 그러한 것이 정의라고 생각할 만큼 그들의 마음이 비뚤어져버리는 시대가 올 것이다. 그렇게 되면, 선(善)을 존중하는 마음 같은 것은 없어져버리는 것이다. 그리고 마침내는 분노도 없고 수치도 모르는 상태로 떨어져버린다. 그때엔 제우스가 그들 모두를 멸망시켜버릴지도 모른다.

여성의 시조 판도라

인류 탄생에 대한 두 가지 이야기, 즉 프로메테우스와 에피메테우스의 이야기, 그리고 신이 만든 다섯 종류의 인간에 대한 두 이야기는 매우 다르지만 한 가지 점에서 일치하고 있다. 즉, 처음에 이 지상엔 남자들만 있고 여자는 없었다는 것이다. 확실히 오랫동안 행복한 황금의 시대를 통해서 여자는 존재하지 않았다.

제우스는 프로메테우스가 너무나도 인간에게 잘해주는 데 화를 내어, 후에 여자를 만들어냈던 것이다. 프로메테우스는 인간을 위해서 하늘의 불을 훔쳐 왔을 뿐만이 아니라, 짐승의 살 중에서 제일 좋은 부분을 떼어서 인간에게 몫지어 주고, 가장 나쁜 부분이 신에게 바쳐지도록 꾀했다.

그는 큰 소를 죽여서 제일 맛있는 부분을 그 가죽에 쌌다. 더구나 그것이 좋은 살코기인 줄 모르도록 그 위에다 내장 따위를 놓아서 눈을 속였다. 그리고 뼈를 모두 모아선, 이를 번들번들 빛나는 비곗덩어리로 감쌌다. 이 두 가지를 나란히 놓고 제우스에게 어느 쪽인가 하나를 골라잡으라고 청했다. 제우스는 하얀 비계 쪽을 골랐다. 그런데 그 밑에서 뼈가 나오자 속았다는 걸 알고 화를 냈다. 하지만 자기 의사로 고른 이상, 그걸 감수하지 않을 수 없었다. 그 이래, 신들의 제단에서 태워지는 것은 짐승의 기름과 뼈로 정해지고 인간은 제일 좋은 살코기를 먹게 되었다.

그러나 인간의 아버지이자 신의 아버지인 제우스가 이와 같은 대우를 받고 그대로 가만히 있을 리 없었다. 제우스는 인류와 그 벗에게 복수할 것을 맹세했다. 그는 인간(남자)에게 가장 해가 될 만한 것을 만들어냈다. 그것은 꽃도 부끄러워할 처녀의 모습을 한, 말할 수 없이 사랑스럽고 아름다운 것이었다. 신들은 너나 할 것 없이 그녀에게 선물을 했다. 빛나는 은빛 의상, 수놓은 베일, 머리에 꽃을 활짝 핀 꽃, 황금의 관(冠) 등등이었다. 그 때문에 그녀는 판도라(모두의 선물을 의미한다)라고 불렸다. 제우스가 이 아름다운 재난을 만들어내기가 무섭게 신도 인간도 이내 그 매력에 사로잡히고 말 것이다. 그야말로 지상 최초의 여성이었다. 그리하여, 본래 여자란 남자에게 해를 끼치는 존재로 만들어졌다는 것이다.

그러나 다른 이야기에 의하면 판도라의 불행의 원인은 그 사악한 성질에 의한 것이 아니라 다만 호기심 때문이라는 것이다. 신들은 온갖 재액을 담은 상자 하나를 판도라에게 주면서 결코 그 상자의 뚜껑을 열어선 안 된다고 일렀다. 마침내 판도라는 에피메테우스한테로 보내졌다. 에피메테우스는 기꺼이 판도라를 맞이했으나 프로메테우스는 그 무엇이든지 제우스한테서 온 것이라면 주의하지 않으면 안 된다고 경고했다. 드디어 에피메테우스는 이 아름다운 존재가 동시에 얼마나 위험한 존재인가를 깨닫고 새삼스레 형의 충고가 옳았음을 깨닫게 된다.

판도라는 여성이라 더 그런지 항상 호기심 덩어리였다. 자신이 받아온 상자 속에 든 것이 궁금해서 견딜 수가 없었다. 어느 날 드디어 그녀는 상자의 뚜껑을 열고 말았다. 상자 속에서는 인류에게 불행을 가져다주는 온갖 재앙이 튀어나왔다. 깜짝 놀라고 무서워서 판도라는 뚜껑을 닫았으나, 이미 때는 늦었다. 상자 속에 남은 것이라곤 다만 하나, 인류를 위해서 유익한 '희망'뿐이었다. 셀 수 없이 많은 재앙 중에서 다만 하나, 이 '희망'이 남아서 오늘날에 이르기까지 불행에 빠진 인간의 유일한 구제가 되고 있는 것이다.

이리하여 인간은 제우스에게 이기는 것, 제우스를 죽이는 것은 불가능하다는 사실을 알았다. 그리고 또 현명하고 생각이 깊은 프로메테우스도 그것을 알게 된 것이다.

그런데 인류에게 여자를 주어서 벌한 제우스는 이젠 프로메테우스 바로 그에게 형벌을 내렸다. 일찍이 프로메테우스는 제우스를 위해서 무척 애썼지만, 그 일에 대해서는 모두 잊고 제우스는 시중꾼들에게 명하여 프로메테우스를 붙잡아서 코카서스로 보내어 아득히 깎아지른 바위 꼭대기에다 결코 끊어지지 않는 쇠사슬로 묶어 놓았다. 시중꾼들은 저주의 말을 뱉었다.

"괴로워하거라, 영원히……. 널 풀어줄 수 있는 자는 아무도 없단 말이야. 네 자신이 신이면서도 신의 노여움을 두려워하지 않고 인간을 그와 같이 사랑하려 하니까 이런 형벌을 받는 거야. 잠자지 말고 쉬지 말고 넌 이 바윌 지키는 거야. 네 입에서 나올 수 있는 건 오직 고민의 신음 소리와 비탄의 울음 소리뿐이다."

제우스가 프로메테우스에게 이와 같이 한 것은 다만 그를 벌하기 위해서만이 아니었다. 제우스는 태어나는 자식 중 누군가가 언젠가는 반드시 자기를 왕좌에서 끌어내리고 하늘의 신들의 주거지에서 몰아낼 것임에 틀림없음을 알고 있었다. 도대체 어떤 어머니에게서 이 반역의 자식이 태어날 것인가? 그 비밀을 알고 있는 것은 오직 프로메테우스, 그뿐이었다.

바위에 묶여 있는 프로메테우스에게 제우스의 사자 헤르메스가 찾아와 비밀을 말하라고 명령했다. 프로메테우스는 대답했다.

"가서 바다의 파도를 설득해보라. 부서져서는 안 된다고……. 만일 그게 안 된다면 아무래도 날 설복할 수 없을걸."

헤르메스는 말하지 않으면 더 경을 쳐놓겠다고 말했다.

"시뻘건 피에 젖은 독수리가 날아와, 네 몸뚱이를 진종일 넝마가 될 때까지 찢어발기고 거무스레한 네 창자를 걸신들린 것처럼 쪼아 먹을 것이다."

그러나 위협도 고문도 프로메테우스에겐 소용이 없었다. 그의 몸은 묶여 있었지만 그 마음은 자유로웠다. 그는 잔혹함이나 포학함에는 꺾이지 않았다. 그는 자기가 어떻게 제우스에게 충성을 다했는가, 그리고 힘 없는 약한 인간들에 대해서 자기가 얼마나 당연한 일을 해주었는가를 스스로 잘 알고 있었다. 이런 꼴을 당하다니 천부당만부당한 일이었다. 그는 헤르메스에게 자기의 신념을 말했다.

"어떠한 힘도 나의 입을 열게 할 수는 없으리라. 제우스가 저 벼락을 던지거나, 눈(雪)의 흰 날개를 펼치거나, 천둥을 울리거나, 지진을 일으켜 세계를 뒤흔들고 뒤집어엎더라도 나의 의지를 굽힐 수는 없으리라."

"미친 녀석, 무슨 잠꼬댈 늘어놓는 거야!"

헤르메스는 마침내 소리질렀다.

우리는 프로메테우스가 결국 사슬에서 풀려났다는 사실을 알고 있다. 그러나, 왜, 어떻게 해서 그가 자유의 몸이 되었는가 하는 점에 대해선 아무데도 분명히 설명되어 있지 않다.

여기에 하나의 기묘한 이야기가 있다. 머리부터 허리까지는 사람, 나머지는 말의 몸뚱이를 하고 있는 괴물 켄타우로스는 불사의 괴물이었지만, 케이론이라고 불리는 켄타우로스는 프로메테우스를 위해서 목숨을 바치기를 원하여 승낙받았다. 제우스는 케이론을 프로메테우스의 대신으로 삼았다 한다.

또 헤라클레스가 프로메테우스의 내장을 쪼아먹어 괴롭히고 있던 독수리를 죽여서, 그를 사슬에서 풀어주었다고 하는 이야기도 있다. 제우스는 오히려 이것을 바라고 있었다고 한다. 그러나 제우스의 마음이 어떻게 해서 변했는지, 프로메테우스는 자유의 몸이 되었을 때 그 비밀을 말해주었는지 어쨌는지 그것은 알 수 없다. 다만 하나 확실한 것은 제우스와 프로메테우스가 화해했다는 것, 그리고 숙이고 들어간 쪽이 프로메테우스는 아니라는 점이다.

프로메테우스, 그 이름은 아득한 옛날부터 오늘에 이르기까지 부정과 권력에 대해서 감연히 싸운 자의 이름으로서 남아 전해지고 있다.

인간의 탄생에 대해서도 또 다른 이야기도 있다. 다섯 시대의 이야기로는 현재의 인간은 철의 종족의 후손이라는 이야기가 된다. 그런데 사실은 그런 것이 아니고 지금의 인간은 돌의 종족이라는 이야기도 있다. 이 이야기는 대홍수로부터 시작된다.

지구상의 인간 모두가 마음이 비뚤어진 자들이 되어버렸기 때문에, 마침내 제우스는 인간을 멸망시켜버리려고 생각했다.

"천재지변을 일으켜 인간들을 하나도 남기지 않고 멸망시키리라."

제우스는 아우인 바다의 신 포세이돈을 불러다가 그 도움을 받아 대지를 물속에 잠기게 하기로 했다. 순식간에 비는 폭포처럼 쏟아지고 강이란 강은 넘쳐 물은 뭍을 덮어버렸다. 어둠에 갇힌 땅 위

판도라의 창조

를 끝도 없이 아득히, 다만 물만이 미친 듯이 꿈틀대며 소용돌이쳐
흘렀다.

　물은 높은 산들의 꼭대기까지 잠기게 했으나, 파르나소스 산의

정상만은 겨우 물에 잠기는 것을 면하고 있었다. 비는 아흐레 낮, 아흐레 밤을 계속해서 내렸다. 마침내 파르나소스 산의 꼭대기에 커다란 나무 상자가 흘러와 닿았다. 그 안에는 살아 있는 두 사람의 인간이 타고 있었다. 남자와 여자였다. 그것은 프로메테우스의 자식인 데우칼리온과 그 아내이자 프로메테우스의 조카딸인 피라였다. 피라는 에피메테우스와 판도라 사이에서 생겨난 딸이다. 세상에서 가장 현명한 사나이 프로메테우스는 홍수가 덮쳐오리라는 것을 미리 알고 아들에게 나무 상자를 만들게 하고 그 속에 필요한 것을 넣고서 그 아내와 함께 타게 했던 것이다.

　다행히 제우스는 언짢게 여기지 않았다. 이 부부는 신앙심이 깊고 항상 신을 숭배하고 있었기 때문이었다. 두 사람은 상자에서 나오긴 했으나, 눈길이 닿는 것은 그저 넘실거리는 물뿐, 생명 있는 것의 모습이라곤 눈 씻고 봐도 찾을 수가 없었다. 제우스는 두 사람을 불쌍히 여겨 물을 빼기로 했다. 천천히 마치 바다의 썰물과도 같이 물은 빠져갔다.

　드디어 육지가 나타나자, 데우칼리온과 피라는 파르나소스 산에서 내려갔다. 지상은 황량한 죽음의 세계였다. 살아 있는 것이라곤 이 두 사람밖에 없었다. 정처없이 방황하고 있으려니까 신전이 하나 보였다. 진흙투성이가 되고 이끼에 덮여 있긴 하나 아주 부서져버린 것은 아니었다. 두 사람은 제단 앞에 꿇어 엎드려 무사히 목숨을 건져 살아남게 된 것을 감사하고 또 허허벌판 넓은 땅 위에 단둘이 되어버린 저희들을 불쌍히 여겨주십사고 신에게 간절히 기원했다. 그러자 한 목소리가 들렸다.

"머리를 베일로 덮고 어머니의 뼈를 뒤로 던져라."

이 신탁은 두 사람을 놀라게 했다. 피라는 말했다.

"그런 짓은 도저히 할 수 없습니다."

데우칼리온도 부모의 시체로 그런 짓은 도저히 할 수 없다고 생각했다. 그러나 말 뒤엔 무슨 뜻이 숨어 있는 건지도 모른다는 생각이 문득 떠올랐다.

'그렇다, 대지는 만물의 어머니다. 그 뼈라면 돌을 말하는 거다. 돌을 던지는 건 별 상관이 없을 것이다. 아무튼 해보자.'

두 사람은 머리부터 얼굴까지 베일로 감싸고 돌을 주워들어 어깨 너머로 던졌다. 두 사람이 베일을 벗고 돌아보자 돌이 떨어진 곳에 인간의 모습이 보였다. 데우칼리온이 던진 돌은 남자, 피라가 던진 돌은 여자가 되어 있었다. 이 인간들은 돌의 종족이라고 불렀다. 튼튼하고 내구력이 있는 인종이었다. 대홍수에 의해서 거칠어질 대로 거칠어진 대지를 소생시키는 데는 안성맞춤의 인간들이었다. 그들이 오늘날 인간의 조상이라는 것이다.

프로메테우스의 형벌에 대한 이야기는 그리스 3대 비극 시인의 한 사람 아이스킬로스(기원전 5세기)의 글에서 찾았고, 다른 천지 창조에 관한 이야기는 주로 헤시오도스〔고대 그리스의 서사 시인, 기원전 8세기경〕에 의한 것이다.

거인과 처녀의 이야기

암소가 된 이오

인간에게 하늘의 불을 훔쳐다준 티탄, 프로메테우스는 그 벌로 황량한 코카서스의 바위 산꼭대기에 사슬로 묶여 있었다. 불어 지나는 건 바람 소리뿐, 때로는 차가운 안개가 프로메테우스의 볼을 어루만졌다.

문득 프로메테우스는 귀를 쫑긋했다. 누군가가 올라온다. 또 제우스의 사자가 자기를 몰아세우려 온 것일까? 아니, 그 발소리는 신이나 인간과는 달랐다.

마침내 나타난 것은 한 마리의 암소였다. 아직 젊은 암소였다. 바위에 걸려 넘어질 뻔하기도 하고 미끄러지기도 하면서 숨차게 올라오는 모습이 아무래도 심상치 않았다. 암소는 프로메테우스를 보자 멈춰 섰다. 그러고는 가만히 이쪽을 바라보았다.

"어머나, 이런 데 묶여 있다니."

고운 젊은 여자의 목소리였다. 그 목소리는 틀림없이 암소의 입에서 나왔던 것이다.

"비바람을 다 맞고 이런 묶여 있다니, 도대체 무슨 나쁜 짓을 하셨나요?"

암소는 안쓰러운 듯이 프로메테우스를 바라보고 있더니, 마침내 서러운 목소리로 말했다.

"여긴 도대체 어디예요? 아, 전 언제까지나 이렇게 떠돌아다녀야만 되는 걸까요? 어떡하면 이 슬픔에서 벗어날 수 있을까요? 전 젊은 여자예요. 하지만 이처럼 머리에는 뿔이 돋아서……. 아, 부끄러워."

"오, 그대는 이나코스의 따님 이오로군요. 하늘의 여왕 헤라 때문에 괴로움을 당하고 있다는 분이죠."

프로메테우스가 말하자 처녀—암소는 깜짝 놀라 눈을 크게 떴다. 이런 곳에서, 낯선 수인(囚人)에게 자기 이름을 불리리라고는 꿈에도 생각지 못했기 때문이다.

"어머, 어떻게 저에 대해 알고 계세요? 말씀하시는 분은 대체 누구세요? 누구 때문에 이런 꼴을 당하고 계시나요?"

"난 인간에게 불을 갖다준 프로메테우스요."

"아, 인간을 구원해주신 프로메테우스님이시군요?"

둘은 서로 자기 신상 이야기를 했다. 이오는 일찍이 왕녀로서 무엇 하나 부럽지 않은 몸이었다. 제우스가 그 아름다움에 눈을 돌린 것이 재난의 시초였다.

어느 날 갑자기 세계가 어두워진 것을 보고 헤라는 또 남편이 구

이오를 암소로 변신시킨 제우스

름을 일으켜 둘레를 어둡게 하곤 좋지 못한 짓을 하고 있음에 틀림
없다고 짚었다. 곧 하늘에서 내려와 구름을 헤치고 본즉 제우스가
어느 강기슭에서 아름다운 암소 곁에 서 있는 게 아닌가. 제우스는
헤라가 오는 것을 알아차리고 이오를 재빠르게 암소로 바꾸어버렸
던 것이다.

　"어머나, 참 귀엽기도 해라. 뭐 하는 동물이에요?"

헤라가 말하자, 제우스는 일이 성가시게 되었다고 생각하면서 대답했다.

"음, 저어, 이번에 지상에 새로이 창조된 동물이지."

"그럼, 이걸 절 주세요."

제우스는 곤란하게 되었구나, 생각했으나 거절하면 더욱 의심받을 게 틀림없었다. 헤라는 드디어 암소를 제 것으로 삼아, 1백 개의 눈을 가진 아르고스에게 지키게 했다. 불쌍한 이오는 인간의 모습으로 돌아오지 못하고 아르고스에게 밤낮으로 감시를 받는 몸이 되었다.

제우스는 신들 중에서도 머리가 좋기로 이름난 헤르메스를 불러 아르고스를 죽이라고 명령했다. 헤르메스는 양치기의 모습을 하고 하늘에서 내려왔다. 헤르메스가 피리를 불면서 다가가자 아르고스는 그 피리 소리에 귀를 기울였다. 아르고스의 눈은 다른 눈은 다 잠들어도 하나만은 늘 뜨고 있는 것이었다. 그래서 헤르메스는 자기 피리의 유래에 대해서 길게 이야기를 들려주었고 마침내 아르고스의 눈은 다 잠들어버렸다. 헤르메스는 그 목을 단칼에 쳐버렸다. 헤라는 아르고스의 눈을 가져다가 자기의 신조 공작의 꼬리에 달았기 때문에 지금도 공작 꼬리에는 많은 눈이 붙어 있다고 한다.

그런데 이오가 여기에서 해방된 것은 아니다. 집념 깊은 헤라는 쇠파리를 한 마리 보냈다. 이 쇠파리는 이오에게 들러붙어서 괴롭혔다.

"그래서 전 쇠파리에서 쫓겨 잠시도 가만히 있을 수 없는 거예요. 먹을 때도 마실 때도…… 잠들 수조차 없이 이렇게 온 세상을 뛰어다니지 않으면 안 돼요."

"참으시오, 그대는 반드시 행복하게 될 것이오. 그대의 일족 중에서 담력 있는 강한 사나이가 나타나 나 또한 반드시 구출해주러 올 것이오."

프로메테우스는 이오를 위로했다.

쇠파리에게 쫓기면서, 이오가 최초로 헤엄쳐 건넌 바다는 이오니아 바다, 그리고 이루리아의 들에서 하이모스의 산을 넘어 트라키아 해협을 건넜기 때문에 이 해협은 보스포러스(암소가 건넌 곳) 해협이라고 불리게 되었다고 한다.

이오는 그로부터 스키티아, 킴메리아인의 나라 등을 방랑한 끝에 나일 강의 기슭에 이르렀다. 여기에서 제우스는 그녀를 원래의 인간의 모습으로 되돌려주었다. 이오는 그 후, 에파포스라는 아들을 낳고 행복하게 살았다고 한다.

이오의 일족 중 강한 사나이란 누군가? 아마도 프로메테우스를 쇠사슬에서 풀어준 헤라클레스를 가리킨 말일 것이다.

이 이야기는 그리스의 시인 아이스킬로스와 로마의 시인 오비디우스(고대 로마의 시인. 사랑을 노래한 연애시로 유명)의 시에서 소재를 얻은 것이다.

에우로페의 꿈

제우스에게 사랑을 받았기 때문에 지금도 지명에 그 이름을 남기고 있는 여성은 이오뿐이 아니다. 페니키아의 왕 아게노르의 딸 에우로페도 그 하나로, 오히려 이오보다도 널리 그 이름이 알려져 있다.

어느 날 아침의 일이다. 에우로페는 일찍 눈을 떴다. 묘한 꿈을 꾼 것이다. 여자의 모습을 한 두 개의 대륙이 그녀를 사이에 두고 말다툼을 하고 있었다. 아시아 대륙은 그녀를 탄생시킨 것은 자기니까 자기 것이라고 주장했다. 또 한쪽의 이름 없는 대륙 쪽은 제우스가 그녀를 자기한테 주신 것이라고 주장했다.

이 묘한 꿈에서 깬 것은 새벽녘이었으나 그녀는 더 이상 이런 이상한 꿈을 계속해서 꾸고 싶지 않았기 때문에 잠들지 않기로 했다. 그리고 친구들과 밖으로 나가기로 했다. 모두 그녀와 같은 나이로 고귀한 태생의 소녀들뿐이었다. 바다 가까이 아름다운 꽃들이 흐드러지게 핀 풀밭이 있었다. 그곳은 그녀들이 즐겨 가는 곳으로 춤을 추기도 하고, 꽃을 따기도 하고, 실오라기 하나 걸치지 않은 알몸이 되어 그 흰 살갗을 그대로 드러내놓은 채 목욕을 하기도 하지만 아무도 보는 사람이 없는 곳이었다. 그곳에 가기로 했다.

모두 하나씩 바구니를 들었다. 지금은 꽃이 활짝 피었을 것이다. 에우로페가 가지고 간 것은 황금으로 세공된 훌륭한 바구니였다. 무슨 사연인지 바구니에 조각되어 있었다. 기이하게도 그것은 이오의 이야기로, 이오가 암소로 변하고 아르고스가 살해되고, 제우스가 다시 이오를 인간의 모습으로 돌려주는 이야기의 그림이었다. 그것은 아주 훌륭한 세공으로 하늘의 올림포스와 세공사 헤파이스 토스의 손으로 이루어진 것인가 의심될 정도였다.

풀밭에는 꽃들이 풍성하게 활짝 피어 있었다. 달콤한 향기를 감돌게 하는 수선, 히아신스, 제비꽃, 노란 크로커스, 그 중에서도 눈부시리만큼 아름다운 들장미의 심홍색, 각양각색의 꽃이 황금 바구니에 넘쳤다. 꽃을 따는 여러 처녀들은 다 우열을 가리기 어렵게 아름다웠으나 그 중에서 에우로페만은 무리 중에서 한층 뛰어나게 아름다웠다.

하늘의 제우스는 이 꽃과 처녀들의 아름다운 풍경을 넋을 잃고 바라보고 있었다. 그러자 사랑의 여신—신들 중에서 이 여신만이 아들인 쿠피도(큐피드)와 함께 제우스의 마음을 좌우할 수 있다—은 사랑의 화살을 제우스의 가슴에 쏘아버렸다. 그 순간 제우스는 에우로페를 어쩔 수가 없으리만큼 사랑하게 되었다. 그렇다고는 해도 헤라의 눈이 어디서 빛나고 있을지 모르는 것이다. 그래서 제우스는 이번엔 스스로 자기 모습을 황소로 바꾸어버렸다. 그것도 세상에 둘도 없을 만큼 아름다운 황소로 말이다. 매끈매끈한 밤색 털에 이마엔 은빛 테가 있고, 뿔은 초승달과 같았다.

정말 온순해 보여 소녀들은 소가 다가와도 무서워하지 않았다. 모두 소의 둘레로 모여와 어루만지곤 했다. 그윽한 향기 같은 게 감돌아 소녀들은 꿈꾸는 듯한 느낌이 되었다. 에우로페가 소를 다정스레 쓸어주자 소는 사랑스럽게 울었다. 그 어떤 피리도 낼 수 없는 아름다운 음악과 같은 소리였다.

드디어 소는 에우로페 앞에 발을 꿇고 웅크렸다. 등에 타라는 시늉 같았다.

"누구 함께 타자, 응?"

이렇게 말하면서 에우로페는 소 등에 올라탔다. 소는 별안간 성큼 일어섰다. 그러고는 무서운 속력으로 바다를 향하여 달리기 시작했다. 소는 바다 속으로 들어간 것이 아니다. 바다 위를 날고 있는 것이었다. 소가 가는 앞길의 물결은 잠들고, 깊은 바다 속에서는 숱한 신들이 나타나 열을 지어서 마중을 나와 제우스의 뒤를 따랐다. 돌고래를 타고 있는 네레이스라고 불리는 님프들, 조개 껍데기를 불어대는 트리톤, 그리고 제우스의 아우인 바다의 신 포세이돈도 나타났다.

에우로페는 깜짝 놀라 한 손으로 소의 뿔을 움켜쥐고, 한 손으로 자색 옷이 젖지 않도록 들어올리고 있을 뿐이었다. 바람은 마치 배의 돛을 부풀려 밀어대듯 소 등에 타고 있는 그녀를 이불처럼 휩싸 안아 나르고 있는 것이었다.

이것은 보통 황소가 아니라고 에우로페는 생각했다. 반드시 신이 틀림없다고…….

"신이여, 제발 절 불쌍히 여기소서. 제발 절 혼자 낯선 땅에다 버려두지 마옵소서."

에우로페는 애원했다.

"두려워하지 말라. 나는 신들의 왕 제우스니라. 이와 같은 일을 한 것은 다름이 아니라, 오직 사랑 때문이니라."

제우스는 에우로페에게 그녀를 크레타 섬으로 데리고 갈 생각
이라고 말했다. 크레타 섬은 어머니 레아가 아버지 크로노스로부터
제우스를 보호해준 곳이다. 거기에서 그녀는 제우스의 아들을 낳을
것이라고 말했다.

영광의 아들들이여,
이 왕홀은 찬란한 빛
땅 위의 모든 자들을
다스리리라.

드디어 크레타 섬이 눈 아래 보이기 시작했다. 제우스인 황소는
에우로페를 태운 채 크레타 섬에 내려섰다. 올림포스의 문지기인
계절의 신들이 혼례 준비를 갖추었다.

에우로페가 낳은 자식들은 이 세계뿐만 아니라 명부에서도 그
이름을 높이 떨쳤다. 미노스와 라다만티스가 그들이다. 그들의 공
정함은 인정을 받아 땅 위의 인민들뿐만 아니라 지하 세계의 죽은
이들까지도 그에게 재판을 받게 되었다. 그러나 뭐니뭐니해도 유명
한 것은 대륙의 이름으로서 지금도 전해지는 그녀 자신의 이름 에
우로페—유럽이다.

이 이야기는 3세기경 알렉산드리아의 시인 모스카스의 시에서 인용했다.

외눈박이 거인의 사랑 노래

인간이 태어나기 전, 이 땅 위에 창조되어 있었던 실패작인 생물들, 터무니도 없이 엄청나게 크고 머리나 팔이 여럿인 괴물들은 인간이 지상에 나타날 무렵엔 거의 자취를 감추었다. 다만 키클로페스라고 불리는 거인족만은 예외였다. 이 '외눈박이 거인족'은 용서를 받아 유폐 장소에서 땅 위로 돌아왔다. 그리고 제우스의 총애를 받고 있었다. 그들은 제우스의 번개를 만들어내는 방법을 알고 있었다.

맨 처음 키클로페스는 셋뿐이었으나, 차츰 그 수가 불어나 많아졌다. 제우스는 그들에게 아직 한 번도 간 일도, 씨를 뿌린 적도 없는 땅을 주었다. 그 땅은 포도와 기타의 과일이 잘 익고 곡물의 수확도 넉넉했다. 그들은 많은 염소며 양을 쳐서 무엇 하나 아쉬운 것 없이 살고 있었다. 그러나 그들 본래의 흉맹(凶猛)한 야성이 결코 없어진 것은 아니다. 법률도 없거니와 법정도 없고, 그들 특유의 제멋대로인 생활을 하고 있었다. 따라서 다른 땅에서 이곳으로 발길을 들여놓은 사람들에게는 결코 기분좋은 장소가 아니었다.

프로메테우스가 벌을 받고 사슬에 묶인 때로부터 꽤 후대의 일인데, 그가 보살펴준 인간의 후손들은 문명을 이룩하고 범선을 건조하여 멀리 항해하는 기술을 배웠다. 그리고 한 사람의 그리스 귀공자가 이 위험한 땅을 찾아왔다. 그 이름은 오디세우스였으니, 트로이의 전쟁에 이긴 뒤 고향 그리스로 돌아가는 도중이었다. 오디세우스는 이 땅에서, 저 격렬했던 트로이의 전쟁터에서도 만난 적이 없었을 정도의 일대 위기에 맞닥뜨리게 된 것이다.

오디세우스는 육지를 발견하자, 다른 배들은 한바다에 정박시켜 놓고 한 척의 배를 타고 해안에 상륙했다. 바다로 향한 험하고 가파른 곳에 동굴이 아가리를 크게 벌리고 있었다. 오디세우스는 열두 명의 부하를 이끌고 동굴을 탐험해보기로 했다. 그들은 식량을 구하고 있었기 때문에 염소 가죽 부대에 하나 가득 강하고 향기 높은 술을 담아 가지고 그것으로 주민의 마음을 살 속셈이었다.

동굴 입구에는 나무 울타리가 서 있고, 나무로 만든 문도 있었으나 열린 채였다. 일행은 동굴 속으로 들어갔다. 아무도 없었다. 동굴 속은 잘 정돈되어 있고, 양이며 염소가 많이 울에 갇혀 있었다. 선반에 많은 치즈가 저장되어 있고, 항아리에는 우유가 출렁출렁 채워져 있었다. 긴 항해를 통해 굶주림으로 괴로움을 당해온 이들로선 도저히 참을 수가 없었다. 그들은 동굴의 주인이 돌아오길 기다리는 동안 사양하지 않고 먹고 마시기로 했다.

곧 키클로페스가 돌아왔다. 그는 작은 산만큼이나 컸다. 게다가 두 번 다시 눈을 뜨고 볼 수 없을 만큼 추악하고 괴이한 모습을 하고 있었으니, 그의 이마 한가운데에 둥그런 눈이 하나 빠끔 열려 있었다. 가축들을 동굴로 몰아넣고 나서 자기도 안으로 들어와 스무 마리의 소로도 끌 수 없을 만큼 큰, 납작한 돌로 입구를 막았다. 그러고는 낯선 자들이 있는 것을 보고, 무서운 소리로 짖듯이 소리쳤다.

"폴리페모스의 집에 허락 없이 들어온 놈들은 누구냐!"

그 모습과 무서운 목소리에 일동은 떨었으나, 오디세우스는 동요하지 않고 대답했다.

"우린 트로이에서 고향으로 돌아가고 있는 그리스의 병사들인데, 폭풍우를 만나서 표류하여 고생을 하고 있는 중이오. 다 같이 제우스 신을 믿는 형제끼리니, 부디 도움을 주시기 바라는 바이오."

"제우스 신이라고? 알 게 뭐야!"

폴리페모스는 또 짖었다.

"난 신 따윈 내 발바닥의 때만큼도 알지 않아!"

폴리페모스는 소나무 줄기와 같은 두 팔을 쭉 뻗었는가 싶더니 그만 양손에 한 사람씩 그리스인을 붙잡았다. 그리고 그들을 머리 위로 치켜들어 동굴 바닥에 내동댕이쳤다. 두개골이 부서져 허연 뇌가 산산이 흩어졌다. 폴리페모스는 천천히, 정말 맛있는 듯이 인간의 고기를 먹기 시작했다. 최후의 한 조각까지 다 먹어치우고 나자 만족한 듯이 땅바닥에 뒹굴어 잠들어버렸다. 일동은 다만 멍하니 그걸 바라보고 있을 뿐이었다. 만일 용기를 내어 잠든 동안에 외눈박이 거인을 죽일 수 있다손 치더라도 입구를 막고 있는 큰 돌을 어떻게 움직이면 좋단 말인가. 여기에 갇힌 채로 못 나가게 되어버리는 게 아닌가.

무서운 하룻밤이 지났다. 폴리페모스는 아침식사로 또 두 사람의 그리스인을 죽여서 먹었다. 그리고 나서 큰 돌을 움직여 가축의 무리를 몰면서 밖으로 나가 또 입구를 막았다. 그런 큰 돌을 가볍게 들어 열고 닫고 하는 것이다.

오디세우스는 생각했다. 이미 네 사람이 눈앞에서 무참한 최후를 마쳤다. 이대로 있다간 조만간에 다 저 키클로페스의 밥이 되고 말 것이다. 어떻게 하지 않으면 안 된다. 그는 한 계책을 생각했다. 가축 우리 곁에 커다란 통나무가 나동그라져 있었다. 20정(艇)의 노 젓는 배의 돛대만큼이나 길고 큰 통나무였다. 그걸 알맞은 길이로 잘라서 끝을 뾰족하게 깎아 불로 달구어 단단하게 만들었다. 그것이 다 되자, 동굴 바닥에 깔아놓은 짚 밑에다 감추었다.

폴리페모스가 돌아왔다. 과연 또 밤참으로 두 사람의 그리스인을 먹어치웠다. 다 먹는 것을 기다려 오디세우스는 쟁반에 술을 따라서 내밀었다.

"사람 고길 잡수신 후에 한잔 하는 것도 괜찮을 겁니다."

폴리페모스는 그걸 죽 들이키자 맛이 있었던지 더 달라고 재촉했다. 또 따라 주었다. 이렇게 마시는 동안에 취기가 돌아 폴리페모스는 벌렁 드러누워 쿨쿨 잠들어버렸다. 오디세우스와 그의 부하들은 준비해둔 통나무를 끄집어내어 불에 다시 달구어서 새빨갛게 타고 있는 그 끝을 폴리페모스의 외눈깔에다가 사정없이 들이박았다. 폴리페모스는 무서운 비명을 지르면서 뛰어 일어나 통나무를 눈에서 비틀어 뽑았다. 그러고는 오디세우스를 붙잡으려 미친 듯이 날뛰었으나 하나밖에 없는 눈을 잃었기 때문에 오디세우스는 요리조리 도망쳐 끄떡없이 붙잡히지 않았다. 마침내 폴리페모스는 입구의 큰 돌을 치우고 거기에 털썩 주저앉아 밖으로 나가려는 자들을 붙잡으려고 큰 손을 벌렸다. 오디세우스는 또 한 계책을 생각해냈다.

부하에게 세 마리씩 양을 붙잡게 하여 늘어 세워놓고는 부드러운 나무 껍질로 만든 끈으로 묶었다. 그리고 새벽을 기다렸다.

날이 밝자 폴리페모스는 가축들을 방목하러 끌어내지 않으면 안 되었다. 그는 가축들이 자기 곁을 통과할 때 오디세우스와 병사들이 도망쳐 내빼지 못하도록 일일이 손으로 만져보았다. 그러나 그리스인들은 세 마리씩 늘어 세운 양 중 한가운데 양의 배에 달라붙어 있었기 때문에 발견되지 않고 감쪽같이 동굴 밖으로 나올 수 있었다.

가까스로 동굴에서 탈출해 나오자 배를 향해서 줄달음질을 쳤다. 배에 뛰어오르자 한바다를 향해서 저어갔다. 그러나 오디세우스는 울화가 가라앉지 않았기 때문에 동굴 입구에 서 있는 눈먼 키클로페스를 향해서 소리쳤다.

"알아모셨느냐, 키클로페스놈아! 그런 커다란 몸뚱이를 하고서 쬐그만 우릴 다 먹어치우지도 못하다니. 제 집에 온 손님 대접도 할 줄 모르는 네 놈이기 때문에 그런 꼴을 당한 거야!"

이 소리를 듣자 폴리페모스는 미쳐 날뛰었다. 산에서 큰 바위를 잡아뽑더니 소리난 쪽을 향해 던졌다. 큰 바위는 배를 넘어서 뱃머리를 아슬아슬하게 스쳐 지적의 거리에 떨어졌다. 그 바람에 배는 거꾸로 육지 쪽으로 밀려 돌아가려 하였다. 일동은 온 힘을 다해 배를 저어서 겨우 배를 해안에서 벗어날 수 있었다. 이젠 됐다고 생각되는 곳까지 오자 오디세우스는 소리쳤다.

"잘 들어라, 키클로페스놈아. 네 눈을 멀게 한 것은 사람들이 무서워 떠는 도시의 파괴자 오디세우스님이시다!"

배는 이제 꽤 멀리 바다로 나왔기 때문에 아무리 거인이라도 이젠 이미 어떻게 할 수가 없었다. 그는 눈이 먼 채로 해안에 앉아 있을 뿐이었다.

폴리페모스에 대한 이야기로 말할 것 같으면 오랫동안 이 이야기밖에 없었다. 몇백 년 지나서도 폴리페모스는 추악하고 괴이하고 거대하며 그 외눈은 반드시 멀어 있었던 것이다. 그러나 흉맹할 뿐인 이 괴물이 마침내 변할 때가 왔다. 이 괴물이 사랑을 한 것이다. 이 이야기에 의하면 적어도 무섭기만 한 괴물은 아니다.

그 무렵 폴리페모스는 시칠리아 섬에 살고 있었다. 멀었던 눈은 회복되었다. 이 이야기에서는 폴리페모스가 바다의 신 포세이돈의 자식으로 되어 있기 때문에, 그 부친이 기적의 힘을 써서 눈이 보이게 되었는지도 모른다. 눈이 보이게 된 것이 그에게 행복한 일이었는지 어쨌는지는 알 길이 없다. 고독한 그는 젖빛 살결을 한 아름다운 바다의 님프 갈라테아를 사랑하고 만 것이다.

이 사랑은 결국 이루어질 수 없는 사랑이었다. 폴리페모스는 사랑에 괴로워하고 몸부림친다. 장난꾸러기 님프는 재미있어하며, 못생긴 거인을 조롱할 뿐이었다. 가슴의 아픔을 참을 길 없었을 때 그는 자신에게 이렇게 타이르는 것이었다.

"왜 가려고 하는 걸 좇는단 말이냐? 넌 양젖이나 짜고 있으면 되지 않는가."

그러나 모처럼 잊으려 하고 있으면, 갈라테아는 어느 결에 살그머니 다가와 그가 소중히 여기는 가축들에게 능금을 집어던지는 것이다.

"이봐, 뭘 그리 우물쭈물하고 있는 거야? 좀 똑똑히 굴어야지. 자, 날 잡으면 용하지."

갈라테아의 목소리는 아름다운 방울 소리와도 같이 거인의 귀에 울렸다. 참을 수 없어져 폴리페모스는 일어선다. 그땐 이미 갈라테아는 훨씬 떨어진 곳에 가 서서 그의 느림보 짓에 허리를 쥐고 웃고 있다. 아무리 쫓아가도 따라잡을 수가 없다. 보기에도 안쓰럽게 실컷 웃음거리를 만든 뒤 그녀는 가버린다. 폴리페모스는 비참한 심정으로 바닷가 모래사장 위에 발을 뻗고 앉아버린다. 옛날의 그였더라면 화난 김에 미쳐 날뛰었을 것이다. 그러나 사랑을 안 지금은 그럴 수 없다. 그런 짓을 한다면 점점 더 웃음거리가 되고 그녀가 싫어하게 될 것이다. 그는 다만 앉아서 퉁명스런 목소리로 신음 소리와 같은 사랑의 노래를 슬프게 부를 뿐이었다. 혹시라도 그 소리를 갈라테아가 듣고서 박정한 마음이 풀리는 날이 오지 않을까 하고 덧없는 희망을 품어보면서…….

그런데 그보다 더욱 후대의 이야기에 의하면 폴리페모스는 갈라테아를 손에 넣을 수가 있게 된다. 다만 그것은 폴리페모스의 사랑의 노래가 가슴을 울려서가 아니었다. 폴리페모스는 바다의 신 포세이돈의 아들, 소홀히 대해서는 이롭지 못하다는 갈라테아의 빈틈없는 계산의 결과였다. 이 일로 갈라테아는 누이동생인 도리스와 이런 이야기를 나눈다.

도리스	시칠리아의 양치기라니, 참 희한한 애인도 다 두셨수, 언닌. 소문이 자자하다는 걸 좀 알아요.
갈라테아	얘두, 그렇게 말하는 게 아니야! 그인 적어도 말이다, 포세이돈의 아드님이란 말씀이야.
도리스	그게 어쨌다는 거야. 제우스님이라면 또 몰라도……. 아무튼 말야, 보기에도 흉측한 괴물이잖아.
갈라테아	그렇게 말하지만, 그래도, 남자다운 데도 있단다. 하긴 눈은 하나밖에 없지만, 두 눈 달린 것이나 다름 없이 잘 보인다는데.
도리스	어머, 마치 꼭 사랑하고 있는 것 같수.
갈라테아	사랑하고 있다고, 폴리페모스를? 얘두, 설마하니! 하지만, 네가 그렇게 말하는 기분을 내가 모르지도 않아. 아무튼 그가 관심이 있는 건 나뿐이야. 너 같은 건 거들떠보지도 않는다구,
도리스	어머머, 외눈박이 양치기라니, 멋쟁이 애인을 두셔서 부러워 못 견디겠어. 하지만 요리하는 데 첫째 품이 안 들어서 좋겠네. 아니, 그 괴물은 나그네가 제 집에 들르면 그 사람을 요리해서 맛있는 요릴 만드는 게 자랑이라면서. 난 알고 있어.

그러나 결국 폴리페모스는 실연한다. 갈라테아는 아름다운 귀공자 아키스와 사랑에 빠졌던 것이다. 폴리페모스는 풀 깎는 낫으

로 수염을 깎기도 하고 물 거울에 얼굴을 비춰 보고 용모를 걱정하기도 하였으나, 결국 승부거리가 되지 않았다. 그가 열심히 사랑의 노래를 부르고 있는 동안에 갈라테아는 아키스와 숲 속에서 밀회를 하고 있었다.

어느 날, 두 사람은 그 밀회 장면을 폴리페모스에게 들키고 만다.

"이걸 너희들의 마지막 만남으로 만들어주겠다!"

폴리페모스는 에트나 산이 흔들릴 만큼 큰 목소리로 짖어대면서 바위를 뽑아 아키스에게 던졌다. 큰 바위는 아키스를 납작하게 만들었다. 흐른 피는 시내가 되고 죽은 아키스는 이 시내의 신이 되었다고 한다.

폴리페모스가 사랑한 것은 갈라테아 하나뿐이요, 그 밖에 누구를 사랑했다거나 또 누구에게서 사랑을 받았다거나 했다는 이야기는 없다.

첫째 이야기는 호메로스의 《오디세이아》로부터, 둘째 이야기는 3세기경의 알렉산드리아의 시인 테오크리토스에 의한 것이요, 셋째 이야기는 2세기경의 그리스의 풍자 작가 루키안에 의한 것이다.

꽃에 감추어진 비극

수선화는 말한다

그리스의 꽃은 아름답다. 물론 어디에 피어 있어도 꽃의 아름다움에는 변함이 없을 것이다. 특히 그리스의 꽃은 아름답게 보인다. 그리스는 비옥한 평야의 나라는 아니다. 험한 바위산과 돌과 언덕의 나라다. 솟구친 산꼭대기에 이어진 경사면에 카펫처럼 피어 얼크러진 꽃들, 바위의 틈새에 피어난 한 송이 꽃, 그 뜻하지 않음과 대조의 묘 때문에 그리스의 들꽃은 한층 가련하게, 그리고 아름답게 보이는 것이다.

이것은 지금도 옛날과 다름이 없다. 마치 무지개의 망토처럼 언덕의 경사면을 수놓은 꽃들, 그 모습을 보았을 때의 기쁨과 놀라움은 몇천 년이 지난다고 하더라도 변함이 없다. 고대 그리스의 이야기꾼들은 이 꽃들이 어떻게 해서 지상에 생겨나게 되었는가, 어떻게 해서 이렇게 아름다운가를 끊임없이 이야기해왔다. 그들이 자연의 모든 존재를 신과 결부시킨 것은 당연한 일이었다. 하늘과 땅 위

98

의 모든 것은 거룩한 힘과 연결되어 있었다. 특히 아름다운 것은 신비한 것으로 간주되었다. 아름다운 꽃은 신 자신의 화신이라고 생각되었다. 나르키소스—수선도 그러했다. 수선이라고 해도 현재 우리가 생각하고 있는 그런 것은 아니다. 선명한 자색과 은빛을 띤 정말 아름다운 꽃이다.

데메테르의 딸 페르세포네는 엔나의 골짜기에서 다른 처녀들과 꽃을 꺾고 있었다. 부드러운 목초 속엔 장미, 크로커스, 사랑스런 제비꽃이며 붓꽃, 히아신스들이 피어 흐드러져 있었다. 갑자기 페르세포네는 꽃들 가운데서 두드러지게 눈을 끄는 꽃을 발견했다. 지금까지 본 적이 없는 꽃으로 형언할 수도 없는 아름다움은 땅 위의 인간들뿐만 아니라 하늘의 신들조차 경탄할 정도였다. 한 뿌리에서 1백 송이 가까운 꽃이 피고, 달콤한 향기가 언저리에 가득 차 있었다. 하늘의 허공도, 끝없이 펼쳐지는 대지도, 바다의 물결까지도 이 꽃을 보면 미소짓지 않을 수 없으리라고 생각되었다.

그런데 이 꽃을 발견한 것은 페르세포네뿐이었다. 다른 처녀들은 조금 떨어진 곳에 있었다. 그녀는 꽃 가까이 다가갔다. 혼자여서 어쩐지 불안했으나, 그 꽃을 따서 바구니에 채우고 싶은 유혹에는 이길 수가 없었다. 그것이 모두 제우스가 꾀한 바였다. 제우스는 자기 아우이며 지하의 죽은 자들의 세계 왕인 하데스가 페르세포네에게 눈독을 들인 것을 알고 그 사랑을 도와주려고 이 새로운 꽃을 땅 위에 만들어준 것이다.

페르세포네가 꽃을 따려 손을 뻗은 순간, 대지는 입을 벌리고 칠

흑빛 말들이 끄는 이륜 마차가 뛰어나왔다. 말을 모는 이는 머리 끝부터 발 끝까지 검은 차림에 아름답고도 무서운 풍모를 가진, 죽은 자들의 세계의 왕 하데스 바로 그였다. 그는 연약한 처녀한테로 손을 뻗자마자 품 안에 와락 끌어안았다. 다음 순간, 페르세포네는 밝은 빛이 넘쳐 흐르는 봄의 지상에서 어두운 땅 밑 죽은 자의 세계로 끌려가버렸다.

수선(나르키소스)에 대해서는 또 이런 이야기도 있다. 주인공은 나르키소스라는 이름의 세상에 둘도 없이 아름다운 청년이었다. 그 빛나는 아름다움은 그를 한 번이라도 본 처녀라면 영락없이 마음을 사로잡아 안타까이 사모하게 만들었지만, 그쪽에선 거들떠보지도 않았다. 아무리 아름다운 소녀가 아무리 그의 마음을 끌어보려고 애써도 그의 관심을 끌 수는 없었다. 소녀들의 마음의 상처 따윈 그가 알 바 없는 일이었다. 아름다운 산의 님프, 에코(메아리)조차도 그의 마음을 움직일 수는 없었다.

에코는 숲이며 들짐승들의 여신 아르테미스의 총애를 받았다. 그러나 뜻하지 않은 일로 하늘의 여왕 헤라의 노여움을 사게 된다. 헤라는 여느 때와 같이 남편의 바람기를 잡으려 하고 있었다. 제우스가 님프들 중 누군가와 또 놀아나고 있지 않은가 의심하던 터였다. 그런데 에코가 재미있는 이야기로 헤라의 기분을 어루만지고 있는 사이에 다른 님프들을 도망치게 하여 제우스로 하여금 외도의 증거를 없앨 시간을 주려 했다. 헤라는 이를 꿰뚫어 보고 에코를 벌하기로 했다.

"넌 사람이 한 말만 되풀이하고 있으면 돼. 이제부턴 결코 네 스스로 이야기해선 안 되니까, 그렇게 알아라."

이리하여 에코는 스스로는 아무 말도 할 수 없고, 어떤 사람이 말한 것을 되풀이하기만 할 수 있을 뿐이었다.

에코는 나르키소스가 산에서 산으로 사냥을 하러 돌아다니는 것을 보고 그 뒤를 밟았지만, 아무리 이야기를 걸려 해도 스스로는 아무 말도 할 수 없었다. 그러던 어느 날 기회가 왔다. 나르키소스는 일행에게서 떨어져버리자 큰 소리로 사람들을 불렀다.

"어어이, 거기 누구 없소오?"

그래서 에코는 나무 그늘에 숨으면서 그 말을 되풀이했다.

"어어이, 거기 누구 없소오?"

나르키소스는 소리쳤다.

"있으면, 이리 나오시오!"

아, 이 말을 에코는 얼마나 안타까이 기다렸던가. 에코는 기뻐서 "있으면, 이리 나오시오!" 하고 되풀이하면서 나무 그늘에서 나타나 나르키소스에게 다가가 두 손을 그에게로 뻗었다. 그 순간 나르키소스는 역력히 혐오의 빛을 띠었다.

"그만둬. 너하고 함께 될 처지라면 차라리 죽어버리는 게 낫겠다!"

"죽어버리는 게 낫겠다!"

불쌍하게도 에코는 그 말만 겨우 할 수 있었다. 그러곤 부끄러워 몸을 감추며 사람의 눈에 띄지 않는 동굴 속으로 들어가버렸다.

지금도 에코는 그런 동굴 속에 살고 있다. 그녀의 몸은 슬픔 때

에코와 나르키소스

문에 여위어가다가 드디어는 사라져 없어지고, 이젠 그 목소리만
겨우 남아 사람의 말을 되풀이하고 있을 뿐이다.

이와 같이 나르키소스는 남의 애정을 거들떠보지도 않는 잔인한
짓을 계속했다. 그런데 마침내 그로 말미암아 마음에 상처를 깊이
받은 처녀 하나가 신들에게 기원을 했다. 신들은 이 기원을 들어주
었다.

"음, 좋아, 그처럼 남을 사랑할 수 없다면 자기 자신을 못 견디게
사모하게 만들어주지."

이 일을 맡은 것은 복수의 여신 네메시스였다.

어느 날, 나르키소스가 깨끗한 샘물을 마시려고 몸을 구부리자, 자기 자신의 모습이 물에 비쳤다. 그 순간, 그의 몸 안에 사랑의 불꽃이 타올랐다. 그는 자기 자신의 모습을 사랑하게 된 것이다. 그러나 물 속의 자기를 껴안으려 해도 그 그림자는 어느 결에 도망쳐버린다. 몇 번을 되풀이해도 마찬가지였다.

'아, 나는 지금껏 몹쓸 짓을 남들에게 해왔단 말인가. 이 가슴을 태우는 사랑의 불꽃이 얼마나 내 몸을 괴롭히는 것인가. 붙잡으려야 붙잡을 길 없는 나 자신을 사랑하다니⋯⋯. 이 고통에서 벗어나는 길은 죽음뿐이다.'

나르키소스는 한순간도 샘 곁에서 떠날 수 없게 되고, 물에 어린 자기 그림자를 바라보며 깊이깊이 생각에 잠겼다. 그는 날로 여위어갔다. 에코는 나르키소스의 곁에 붙어 있으면서 그 모양을 지켜보고 있었으나, 어떻게 해줄 수도 없었다. 마침내 죽게 되었을 때, 나르키소스는 물에 어린 자기 그림자에게 이별을 고했다.

"안녕히, 안녕히."

에코도 나르키소스에게 최후의 말을 속삭였다.

"안녕히, 안녕히⋯⋯."

나르키소스는 죽은 자의 세계의 강을 건널 때 물에 어리는 자기 그림자를 붙잡으려다 배에서 떨어져버렸다고 한다. 그에게서 냉혹한 대우를 받았던 님프들도 그의 죽음을 슬퍼하고 장례를 치러주려 하였으나, 그의 주검은 아무데도 보이지 않았다. 다만, 나르키소스의 주검이 누워 있었던 자리에는 지금까지 일찍이 본 적이 없는 사

랑스러운 꽃이 피어 있었다. 그 꽃은 나르키소스 ― 수선화라고 불
리게 되었다.

아름다운 소년 히아신스

히아킨토스의 제사는
고요한 밤을 밤으로 이어
끝날 줄 모르누나.
아폴론과 경기를 하다 다쳐 넘어진
젊은이의 죽음을
깊이깊이 슬퍼하여.

히아신스, 이 꽃도 지금 우리가 그렇게 부르고 있는 꽃과는 다른
꽃이었던 것 같다. 백합꽃을 닮고, 빛깔은 짙은 자색 또는 훌륭한 진
분홍이었다고 한다. 이 꽃도 한 소년의 비극적인 죽음을 이야기하
고 있다.

소년 히아킨토스는 아폴론의 좋은 놀이 동무였다. 어느 날 아폴
론과 원반 던지기를 하며 놀다가 아폴론이 던진 원반이 예상 외로
멀리 날아가 히아킨토스의 이마에 맞았다. 히아킨토스의 이마에선
금세 붉은 피가 샘솟고 얼굴은 해쓱해지면서 넘어졌다. 아폴론은
깜짝 놀라 얼굴빛이 변해서 히아킨토스를 일으켜 안아 상처를 눌러

피를 멈추게 하려 했으나 이미 때는 늦었다. 히아킨토스는 마치 줄기가 꺾인 꽃과도 같이 고개를 꺾더니 그만 숨져버렸다. 이렇게 아름다운 소년이 이렇게 젊은 나이로 목숨을 잃다니……. 아폴론은 시체 곁에 꿇어앉아 눈물을 흘렸다. 설혹 그의 잘못은 아니었다 하더라도, 아무튼 이 소년을 죽여버린 것이다. 그는 울면서 말했다.

"아, 너한테 내 목숨을 줄 수 있다면, 아니면 함께 죽을 수라도 있었더라면……."

그러자 피에 젖은 풀이 다시 푸른빛이 되고, 거기에 지금까지 보지 못했던 꽃이 피어났다. 아폴론은 그 꽃잎에 마음의 슬픔을 적었다. 그것은 히아킨토스의 머릿글자였다고도 하고, 또 '아, 슬프도다'라는 의미의 그리스어 Ai, Ai였다고도 하며 그 글씨는 지금도 그 꽃잎에서 읽을 수 있다고 일러진다. 그렇다곤 하더라도 히아킨토스가 어째서 이런 재난을 당하게 되었는가 하는 데 대해선 전해지는 이야기가 있다. 서풍의 신 제피로스도 이 소년을 사랑하고 있었으나, 아폴론에게 빼앗겼기 때문에 질투하여 원반이 소년에게 맞도록 바람으로 조종했다는 것이다.

이와 같이 생명의 봄에 죽어가 꽃으로 화한 젊은이의 이야기는 슬프고도 아름답다. 그러나 이러한 이야기가 엮인 배후에는 환상적인 아름다움과는 반대인 가혹한 현실 생활과 고대인의 어두운 행위가 숨어 있음을 보지 못하고 지나칠 수는 없다.

고대인의 생활은 대지에 뿌린 씨가 얼마만큼 수확을 가져오는가 하는 데 달려 있었다. 봄이 되고 과일 나무의 꽃이 피지 않는다면, 곡물의 눈이 트지 않는다면, 그것은 부락 전체의 생사에 관계되는 문제가 된다. 그러한 점으로 해서, 고대인은 대지와 자기들의 생명을 분리해서 생각할 수는 없었다. 대지는 자기들을 길러준다. 따라서 때로는 대지에 자기들의 생명을 바침으로써, 거기 자기들의 피를 쏟음으로써, 수확이 적은 땅을 비옥하게 만들 수도 있다고 생각했다. 거기엔 올림포스의 신들처럼 인신 공양을 싫어하고 어쩌고 할 여유 같은 게 없었다.

그리하여 아름다운 소년 또는 소녀들이 희생으로 바쳐지고, 젊은 피는 대지에 쏟아져서 푸른 풀을 붉게 물들였다. 그리고 거기에서 꽃이 피면 사람들은 죽은 소년(또는 소녀)이 꽃으로 다시 태어난 것이라고 이야기했다. 그렇게 하면 무참한 죽음이 얼마간이라도 구제되는 듯한 느낌이 들었던 것이다. 사람들은 해마다 꽃이 필 적마다 이러한 이야기를 서로 나누었다. 시대가 지나고 이러한 잔혹한 행위가 사라져 없어진 뒤에도 이야기는 그대로 전해졌다. 그리고 차츰 미화되어갔던 것이다.

바람에 지는 꽃 아네모네

해마다 피와 같은 빛을 한 아네모네의 꽃이 필 무렵이 되면, 그리스의 소녀들은 미의 여신에게 사랑을 받은 고대의 한 청년의 죽음을 애도한다. 사랑과 미의 여신 아프로디테는 신이나 인간이나 그녀의 마음대로 그들의 사랑의 감정을 조종할 수가 있었으나 마침 내는 그녀 자신이 그만 사랑에 사로잡히게 되었다.

아프로디테는 갓 태어난 아도니스를 보았을 때 이미 사랑을 느끼고 자기 것으로 삼으려고 마음먹었다. 그래서 지하 죽은 자들의 세계의 여왕 페르세포네에게 그를 맡기고 책임지고 기르도록 명했다. 그런데 아도니스를 데리러 갔더니 페르세포네도 내어주려 하지 않았다. 두 여신이 다 양보하려 하지 않아서 마침내 제우스가 조정 역을 맡고 나서게 되어, 서로 돌아가며 아도니스를 자기 것으로 삼도록 했다. 가을부터 겨울은 지하 세계의 여왕에게, 봄 여름은 사랑과 미의 여신에게라는 식이었다.

아도니스와 함께 있을 때, 아프로디테는 어떻게 해서든지 이 청년을 기쁘게 해주려고 애썼다. 아도니스가 사냥에 열중하고 있을 때, 아프로디테는 늘 하늘을 달리는 백조가 끄는 이륜 마차에서 내려서, 여자 사냥꾼과 같은 차림으로 아도니스를 따라 숲 속으로 들어갔다.

어느 날, 아도니스는 멧돼지를 쫓고 있었다. 불행히 그날 아프로디테는 따라가지 않았다. 사냥개들은 멧돼지를 몰아서 따라잡았다. 아도니스는 창을 던졌으나 멧돼지에게 상처를 입혔을 뿐이었다. 그는 급히 비키려 하였으나, 성난 짐승은 덤벼들어 그 무서운 어금니로 아도니스를 받아 쓰러뜨렸다.

백조의 이륜 마차에 탄 아프로디테는 아도니스가 괴로워 신음하는 소리를 듣고 지상으로 날아 내려왔다. 아도니스는 이미 숨이 가

쁘고 그 흰 눈 같은 살결은 피로 물들었으며, 눈동자엔 안개가 덮이고 있었다. 아프로디테는 애인에게 키스를 했으나, 아도니스는 그것조차 알지 못하고 드디어 숨을 거두고 말았다. 아도니스가 입은 상처는 치명적이었다. 아프로디테의 가슴은 깊은 상처를 입었다. 그녀는 아도니스가 이미 들을 수 없다는 것을 알면서도 애인의 귀에다 대고 노래하였다.

오, 그토록 안타까운 나의 바람
그대는 갔어라.
내 소망 덧없이 꿈으로 사라져
내 사랑의 띠, 아름다움의 띠는
그대와 함께 갔어라.
더구나 여신인 나는
그대 뒤를 쫓을 수 없으니,
한 번만, 한 번만 다시
키스해줘요, 마지막 긴 키스를…….
그대의 영혼일랑 내 입술 속에
그대 사랑일랑 송두리째 다
빨아서 빨아서 삼키도록까지.

오, 그는 갔어라.
아도니스의 죽음을 서러워하여

산들은 소리쳐 울고,

나무들 흐느끼느니, 흐느끼느니.

메아리도 아도니스의 죽음이 서러워

슬픈 메아리로 대답하누나.

사랑의 신들 모두 울고,

무사이 신들도 다 우누나.

"아도니스여, 그대의 피는 꽃으로 변하고, 그 죽음과 나의 슬픔
은 해마다 새로워지리라."

아프로디테는 피 위에 신주(神酒)를 뿌렸다. 신주와 피가 한데 섞
이자, 연못에 비가 떨어지듯 물거품이 일었다. 거기서 핏빛 꽃이 한
송이 피었다. 그것은 여리디여린 덧없는 꽃으로, 바람이 불면 꽃이
피고, 또 한 번 불면 져버렸다. 그래서 그리스 말의 바람을 의미하는
'아네모스'로부터 '아네모네'라고 불리게 되었다고 한다.

수선화에 대한 첫 번째 이야기는 기원전 7, 8세기경 호메로스풍 찬가의 특징
이 보인다. 수선화에 대한 두 번째 이야기는 로마의 시인 오비디우스에게서
얻은 것으로 그리스와 로마의 신화의 차이가 분명히 나타나 있다. 히아신스의
제사에 대해서는 에우리피데스와 아포로도로스와 오비디우스도 쓰고 있다.
아도니스의 이야기는 3세기경 알렉산드리아의 시인 테오크리토스와 비온에
의한 것이다.

황금 양피를 찾아서

아르고 호의 출범

아득한 옛날, 그리스의 동북부 테살리아에서 어떤 목적을 위해 멀리 동쪽 흑해 안쪽까지 긴 여행을 계획한 한 무리가 있었다. 그것은 유명한 오디세우스의 항해가 이루어지기 한 세대나 전의 일이라고 생각되며, 아마도 그 이전에 이만한 대여행을 계획한 것은 유럽에서는 거의 없었던 일이 아닐까 한다.

물론 물위의 여행이었다. 그 밖엔 길이 없었다. 강, 호수, 바다, 그것들이야말로 열려 있는 유일한 길이었다. 그러나 위험은 항시 물 위에만 있다고는 할 수 없었다. 배는 밤에는 바람에 이끌리는 돛으로 달릴 수 없다. 따라서 낯선 섬에 정박하지 않으면 안 되었거니와, 그러한 곳에 어떤 괴물이나 마법사가 숨어 있어서, 폭풍우나 난파보다도 더 무서운 어떤 재난에 말려들게 될지 아무도 예상할 수 없는 일이었다. 적어도 그리스 밖으로 나간다고 하는 것은 대단한 용기가 필요한 일이었다.

황금 털 양 가죽을 찾아서 먼 항해를 계속한 아르고 호의 이야기가 그것이다. 물론 한 항해에서 이처럼 많은 여러 가지 재난에 부딪친다는 것은 좀 납득이 가지 않는 일일지도 모른다. 그러나 이 무리는 모두 일당백의 용사들뿐으로, 그 중에는 그리스에서 선두를 다투는 영웅도 있었다. 어떠한 곤란에도 견뎌낼 수 있는 힘만은 가지고 있었다.

테살리아에 아타마스라 불리는 왕이 있었다. 자기 아내에게 싫증을 내어 이혼을 하고 이노라는 다른 여인을 왕비로 맞아들였다. 전처 네펠레에게는 두 아이가 있었다. 네펠레는 이 두 자식이 안전할까 걱정했다. 특히 아들인 프릭소스는 후처가 자기 아들로 대를 잇게 하기 위해서 죽일 우려가 있었다.

두 번째 왕비는 테베의 왕 카드모스의 딸로 명문 출신이었으나, 예상대로 전처의 아들을 죽이려는 음모를 꾸몄다. 하지만 이 계획에는 신중함이 필요했다. 그녀는 밭에 뿌리는 곡물의 씨를 몰래 모으게 해서 이를 불에 구운 뒤에 농부들에게 나누어주었다. 물론 싹은 트지 않았다. 왕은 놀라서 이 흉작은 무엇 때문인가 신탁을 들어보기로 하였다. 왕비는 이 신탁을 왕에게 전하는 소임을 맡은 사내를 매수하여 이렇게 말하게 했다.

"저 젊은 왕자를 제물로 바치지 않는 한 곡식의 싹은 트지 않으리라. 신탁은 이와 같이 나왔사옵니다."

사람들은 기근이 다가올까 겁을 먹고 신이 말하는 대로 희생물을 바치도록 왕을 몰아세웠다. 당시 그리스에선 이와 같이 인간을 제물로 바치는 일이 그다지 드문 일은 아니었다. 소년은 마침내 신전의 제단에 뉘어졌다. 그 젊은 피가 대지의 신에게 바쳐지려 하는 순간 온몸이 금빛 털로 싸인 양이 나타나 그 소년과 누이동생을 등에다 태우곤 하늘로 날아올라갔다. 이는 오누이의 어머니의 기원을 받아들여 헤르메스가 보낸 양이라고 일러진다.

양은 두 사람을 태우고 유럽과 아시아 사이의 해협을 날아서 넘어갔다. 그런데 이때 누이동생은 양의 등에서 미끄러져 바다에 빠져 죽었다. 이 소녀의 이름은 헬레라고 한다. 그래서 이 해협은 '헬레의 바다'—헬레스폰투스라고 불리게 되었다. 현재의 다르달네스 해협이다.

양은 더 날아가서 콜키스까지 가서 소년을 무사히 땅 위에 내려놓았다. 이 나라는 당시 '좋아하지 않는 바다'[흑해, 그 당시는 아직 그리스와 이 지방의 교섭이 없었다]의 동쪽 기슭에 있었다. 콜키스 인은 용맹한 민족이었으나, 프릭소스에겐 친절하게 대해주었다. 콜키스 왕 아이에테스는 그 딸 중 하나를 프릭소스에게 아내로 주었다. 프릭소스는 목숨을 구해준 감사의 표적으로 금빛 양을 제우스에게 제물로 바쳤다. 목숨을 건져준 양을 죽인다는 것은 좀 묘하지만, 아무튼 그는 이렇게 한 것으로 알려져 있다. 그리고 세상에서 진귀한 황금 양피를 아이에테스 왕에게 선물한 것이다.

프릭소스에겐 숙부가 있었다. 원래 아타마스의 왕국과 가까운 나라의 왕이었으나 실권은 조카인 펠리아스가 쥐고 있었다. 프릭소스의 숙부에겐 이아손이라는 이름의 아들이 있었다. 왕국의 정식

계승자이지만, 어릴 때 안전한 곳으로 몰래 보내졌다. 왕위 찬탈자 펠리아스는 어느 해 이런 신탁을 받았다.

"너와 같은 핏줄을 가진 자에게 목숨을 잃을 것이다. 샌들을 한 짝만 신은 자를 조심할지어다."

마침내 예언된 것과 같은 한 젊은이가 모습을 나타냈다.

아무도 그 젊은이의 얼굴을 몰랐다. 억센 체격을 가진데다 꼭 맞는 옷을 입고 어깨에는 표범 가죽을 걸치고 있었다. 아름다운 고수머리는 자르지 않고 뒤로 넘기고 있었다. 아주 훌륭한 풍채였으나, 어찌된 일인지 샌들을 한 짝밖에 신지 않고 있었다. 그는 곧장 도시로 들어와 사람들이 들끓는 시장에 모습을 나타냈다.

"훌륭한 젊은인데, 누구야?"

"글쎄 본 일이 없는 얼굴인데, 혹시 아폴론 신이 아닐까?"

"대담해 뵈는 사내야. 포세이돈의 아들들은 죽었을 텐데……"

저마다 이런 말을 하고 있노라니까, 연락을 받고 펠리아스가 서둘러 쫓아왔다. 젊은이가 샌들을 하나밖에 신지 않은 것을 보고 가슴이 섬뜩했으나 얼굴에는 나타내지 않고 물었다.

"그대는 어디서 온 사람인가? 숨기지 말고 거짓 없이 사실을 말하라."

그러자 젊은이는 침착한 어조로 대답했다.

"내 나라는 여기요. 나는 내 집의 영광을 되찾기 위해서 돌아온 것이오. 제우스께서 내 아버지에게 내리신 이 나라는 지금 잘못된 지배자 밑에 있소. 나는 당신의 사촌 되는 사람이오. 사람들은 내 이름을 이아손이라고 부르오. 사촌이여, 칼이나 창에 호소하지 말고 모든 것을 정의에 비추어서 하시오. 재산도 가축도 당신 손으로 모은 것은 당신 것이오. 그러나 군주의 표시인 왕홀과 옥좌만은 나에게 내어놓지 않는다면 그것은 곧 싸움의 화근이 될 것이오."

펠리아스도 조용히 대답했다.

"과연 이아손 왕자였구나. 꼭 그대 말대로 거행하리로다. 그러나 그 전에 한 가지 해내지 않으면 안 될 일이 있도다. 신탁에 의하면, 돌아가신 프릭소스 왕께선 저 황금 양피를 내 나라에 가져오지 않으면 당신의 영혼도 고향에 돌아오실 수 없다고 하셨는데…… 보는 바와 같이 난 이미 늦었으나, 그대는 지금 한창 나이, 어떨까, 이 신탁이 명하는 바를 수행해주시 않겠는가. 그렇게만 해준다면 제우스 신에 맹세코 이 나라를 그대에게 양도하리다."

펠리아스는 아무래도 살아서 돌아올 수는 없으리라 생각하고 그렇게 제안한 것이었다.

모험은 이아손이 바라는 바였다. 그는 승낙했다. 그리고 온 그리스에 이 대항해를 알리고 사람들을 모았다. 온 그리스에서 모험심에 넘치는 청년들이 모여들었다. 후에 그리스 제일의 영웅이라고 불리게 된 헤라클레스, 게다가 테세우스, 카스토르와 폴리데우케스 쌍둥이 형제, 아킬레우스의 아버지 펠레우스, 네스토르 등의 젊은 이들이 잇달아 모여들었다. 음악가인 오르페우스도 참가했다. 제우스의 아내 헤라는 이 모험에 한 팔을 걸고 나서, 어머니 곁에서 죽치고 마냥 하는 일 없이 시간이나 보내고 있을 게 아니라 목숨을 걸

고라도 모험에 나서야 한다고 젊은이들의 마음에 용기를 불어넣었다고 일러진다. 헤라는 이 모험에서 끝까지 이아손과 그 일행을 수호했다.

이아손은 아르고스를 고용하여 노가 50개 달린 배를 건조하게 했다. 당시 그리스의 배들은 전부 작은 배 아니면 통나무배였기 때문에 이 큰 배를 보고는 모두들 눈을 둥그렇게 떴다. 이 배는 배를 만든 자의 이름을 따서 '아르고'호라고 불리게 되고, 모험자들은 '아르고의 무리'라고 불리게 되었다.

드디어 출범하게 되었을 때, 이아손은 손에 황금의 잔을 쥐고 신주를 바다에 부으면서 제우스 신에게 빌었다.

"제우스 신이시여, 당신의 손에 드신 창(번개)과 같이 이 배를 신속히 나아가게 하소서."

머나먼 나라 콜키스

아르고 호는 항해를 계속하여, 어떤 기묘한 섬에 닿았다. 이 섬에는 여자밖에 살고 있지 않았다. 그녀들은 남성에 대해서 반란을 일으켜 남자들을 몰살시켜버렸던 것이다. 단 한 사람 늙은 왕만은 목숨을 건져 상자에 담긴 채 바다에 던져졌다. 이 왕의 딸 힙시필레가 여자들을 다스리고 있었다. 이러한 무서운 섬이었으나, 아르고 호는 환영을 받고 식량이며 술, 옷까지 선물받았다.

앞에서도 말한 것처럼 당시의 배는 원시적이어서 밤에는 항해하지 않았다. 따라서 밤이 오기 전에 정박할 장소를 찾지 않으면 안 되었다.

하루는 배를 기슭에 대고 상륙해보니 몹시 늙어빠진 노인이 혼자 살고 있었다. 진실을 말하는 신인 아폴론이 이 노인에게 예언의 능력을 부여해서 노인은 미래의 일을 틀림없이 맞힐 수가 있었다. 제우스는 이런 것을 좋아하지 않았다. 그렇지 않아도 아내인 헤라는 그릇된 추측을 잘하는 성격인데, 미래의 일까지 다 드러내어버려선 어떻게 해볼 수가 없는 노릇이었다. 그래서 노인에게 무서운 형벌을 주기로 했다. '제우스의 사냥개'라고 불리는 괴조(怪鳥) 하르피이아를 보냈던 것이다.

이 하르피이아라는 괴조는 날카로운 부리와 발톱을 가졌으며 심한 악취를 내뿜어 그 냄새를 약간만 맡아도 기분이 나빠져 병이 나버릴 정도였다. 노인—이름은 피네우스—이 음식을 먹으려고 하자, 이 하르피이아는 무리를 지어 날아 내려와서 음식을 빼앗아 가버린다. 그 때문에 노인은 쇠약해져서 뼈와 가죽만 남아 기어 다니는 것이 고작이었다.

피네우스 노인은 아르고 무리를 보자 아주 기뻐했다. 그는 스스로의 예언 능력에 의해서 알고 있었다. 아르고 무리 중에 북풍의 신 보레아스의 두 아들에 의해서 자기는 구출되리라는 것을……

노인 앞에 음식이 놓였다. 보레아스의 아들들은 칼을 뽑아들고 기다리고 있었다. 노인이 음식을 한 입 먹으려고 하는 순간 하늘에

116

서 불길한 날개 부딪는 소리가 나고 괴조들이 날아 내려왔는가 싶더니, 눈깜짝할 새에 그만 음식을 빼앗아 순식간에 먹어치우곤 심한 악취를 남기면서 날아가버리려 했다. 북풍의 아들들은 이 순간을 놓치지 않았다. 바람같이 괴조들을 따라 번개같이 칼을 휘둘렀다. 만일 그대로 두었다면 그들은 괴조들을 한 마리도 남김없이 토막쳐버렸을 것이다. 그때 신들의 사자 '무지개의 여신'이 하늘에서 내려와 스틱스 강의 물에 걸고서 맹세코(결코 깨뜨릴 수 없는 맹세) 앞으론 절대로 피네우스를 괴롭히는 일이 없을 테니, 제우스의 사냥개들을 죽이는 것은 그만둬달라고 전했다.

일동은 개가를 올리고 기뻐하는 노인과 함께 그날 하룻밤을 아주 즐겁게 보냈다.

피네우스 노인은 이제부터의 항해에 대해서 여러 가지로 주의를 주었다. 특히 '부수는 바위'—심플가데스에 대해서는 조심에 조심을 하라고 일렀다. 이것은 커다란 두 개의 바위로 이루어져 있어 근처의 바다가 지글지글 끓으면 이 큰 바위가 흔들리기 시작하고 때론 무서운 힘으로 서로 맞부딪친다고 한다. 이때 배가 지나가고 있다면 박살이 나 가루가 되고 마는 것이다. 그러나 아무래도 여기를 지나지 않으면 안 되기 때문에, 그때엔 우선 비둘기를 날려보는 게 좋으리라고 노인은 말했다. 비둘기가 무사히 이 큰 바위 사이를 날아 지나가면 배는 지나가도 좋지만 만일 비둘기가 바위에 끼여버리면 항해는 단념하는 게 좋으리라는 것이었다.

이튿날 아침, 아르고 호는 출범했다. 드디어 심플가데스가 보였다. 과연 두 개의 큰 바위가 심하게 흔들려 서로 맞부딪쳤다. 아무래도 지나가기 어려울 것 같았다. 비둘기를 날려 보내자, 바위 사이를 막 날아 지나갔다고 생각되는 순간 큰 바위는 무서운 기세로 맞부딪쳤다. 비둘기의 꼬리 깃털 끝이 끼여 가루가 되어 흩어졌으나 비둘기는 가까스로 살아났다.

"제기랄, 어떻게 되겠지!"

배는 큰 바위 사이로 돌진했다. 노 젓는 사람들은 전력을 다해 힘을 냈다. 어떻게 가까스로 통과했다고 생각되는 순간, 큰 바위는 무서운 기세로 맞부딪쳤다. 고물의 장식이 가루가 되어 날았다. 조금만 늦었더라면 아르고 호는 박살이 날 뻔했다. 이렇게 아르고 호가 통과하고 나자, 두 개의 큰 바위는 튼튼히 바다 밑에 뿌리를 박고 이후로는 뱃사람들을 괴롭히는 일이 없어졌다고 한다.

아르고 호는 아마존의 나라에 닿았다. 그녀들은 화합의 여신의 딸들이었으나, 아버지가 무서운 전쟁의 신 아레스여서 그 피를 이어받고 있었다. 아르고의 무리는 처음엔 기분좋게 상륙했지만, 결국은 그녀들과 싸우게 되고야 말았다. 아마존은 적으로서도 꽤 힘겨운 상대였다. 쌍방 모두 사상자가 나왔다. 때마침 순풍이 불어 일행은 급히 배에 올라 이 나라를 떠났다.

'좋아하지 않는 바다'의 해안을 따라서 항해를 계속하는 동안에 프로메테우스가 사슬에 묶여 있다고 하는 코카서스의 산들이 보였다. 그리하여 아르고 호는 마침내 '좋아하지 않는 바다'의 동쪽 끝, 콜키스에 이른 것이다. 이 낯선 나라에서 아르고 무리가 믿고 있는 것은 자기들의 용기 이외엔 아무것도 없었다. 그러나 헤라는 그들을 지켜보고 있었다.

이아손을 비롯한 아르고 무리는 콜키스 왕국으로 향했다. 왕궁의 위사(衛士)들은 하나같이 만만찮은 모양과 기백을 가진 이국 젊은이들의 무리를 보자, 정중히 문 안으로 모셔들이고, 이내 왕에게 이 사실을 알렸다. 콜키스의 왕 아이에테스는 크게 일행을 환영했다. 진귀한 손님들을 맞이하여 왕궁의 시종들은 목욕 준비를 하기도 하고 먹을 것과 마실 것을 나르기도 하면서 분주했다. 이 소동 중에, 아이에테스의 딸 메디아는 어떤 손님들일까 하고 살짝 내다보았다. 그녀의 눈길이 이아손에게 머문 순간 쿠피도는 그 화살을 그녀의 가슴 깊이 박았다. 그녀의 가슴에선 뜨거운 불꽃이 타오르고 마음은 달콤한 아픔으로 녹아내릴 것만 같았다. 메디아는 혼자서 볼을 붉히면서 자기 침실로 돌아왔다. 이것은 헤라가 아프로디테에게 부탁하여 그 아들 쿠피도의 손을 빌려 한 일이었다.

손님들이 목욕을 하고 충분히 먹고 마시고 여행의 피로를 푼 것을 보고선 왕은 처음부터 듣고 싶다고 생각한 일을 물었다.

"한데, 무슨 용건으로 먼 길을 이렇게 오셨나요?"

이아손은 대답했다,

"실은 말씀입니다만, 우리는 이 나라에 있다고 들었던 황금 양피를 얻어 그리스로 가지고 돌아가고 싶어 멀리 여기까지 나그네길을 더듬어 온 자들입니다. 만일 청원을 받아들여만 주신다면 그 대신 우리 일동이 이 나라를 위해서 무언가 해드리고 싶습니다."

이 말을 듣자 왕의 마음속엔 분노가 치밀어올랐다. 그는 원래 이 국인을 좋아하지 않았다.

'자기 나라에 처박혀 있으면 될 것을 건방지게 슬금슬금…… 즉시 죽여 없애버릴 것을…….'

그러는 동안에 한 가지 생각이 떠올랐다. 그는 화를 누르면서 말했다.

"나는 용사에 대해서는 아무것도 아끼지 않을 참이오. 따라서 당신들이 참다운 용기의 소유자들인지 확인할 수만 있다면 황금 양피도 기꺼이 드리겠소. 그 전에 당신들이 용기 있는 자들이란 것을 내 눈앞에서 보여주기 바라오. 그리 어려운 일은 아니오. 나도 할 수 있었던 일이니까."

용기 있는 자의 시험이라는 것은 이러했다. 우선 청동의 발을 가지고 불의 숨결을 토하는 두 마리의 황소에 멍에를 씌우는 일. 씌우는 데 성공하면 그 소로 밭을 간다. 그 다음에 용의 이를 밭에 뿌린다. 이 용의 이는 곧 싹을 틔워서 갑주를 입은 전사(戰士)가 되어 덤벼들 테니까, 그것을 하나 남김없이 베어 거둬들이는 것. 이런 난제였다.

"이걸 하실 수 있다면 황금 양피를 드리기로 하지요. 나 자신보다 약한 자에게 소중한 것을 넘겨줄 수는 없는 일이니까 말이오."

이아손은 한참 동안 침묵한 뒤에 잘라서 말했다.

"해보지요, 설령 목숨을 잃는 한이 있더라도……."

배로 돌아오자, 일동은 이아손을 위해서 걱정을 했다. 대신 자기가 그 시험을 받겠다고 하는 자들이 잇달아 나왔지만, 이아손은 받아들이려 하지 않았다.

한편 아이에테스의 딸 메디아도 그날 밤은 거의 잠들 수 없었다. 그녀는 부왕(父王)의 계략을 알고 있었다. 아무리 이아손이 강하다 하더라도 무사히 넘길 성싶지가 않았다. 이아손의 죽음을 눈앞에 보고 있는 것보다는 차라리 죽을까 하고 독약 상자에 손을 대기도 했다. 그러나 아침이 되어 해가 떠오르자, 그녀의 마음은 결정되었다. 사랑하는 이를 위해서 전력을 다하기로 결심한 것이다. 그녀는 마술을 좀 부릴 줄 알았다.

이아손에게도 무사히 이 시험을 뚫고 나갈 수 있다는 자신은 없었다. 그러던 차에 메디아에게서 '힘이 되어드리겠어요'라는 전갈이 왔기에 지정된 장소로 나갔다. 이아손이 나타나자 메디아의 가슴은 뛰었다. 그녀는 가슴에 꼭 안고 왔던 작은 상자를 말없이 이아손에게 내주었다. 그 속에는 프로메테우스의 피가 땅 위에 방울져 떨어졌을 때 최초로 싹이 튼 풀로 만들어진 불가사의한 고약이 들어 있었다. 이아손은 메디아의 눈을 가만히 들여다보았다. 두 사람의 눈길은 맞부딪친 채 움직이지 않았다. 두 사람의 마음은 서로 흘러가고 흘러들어와 입술 위엔 사랑의 미소가 어렸다. 메디아는 한참만에 입을 열었다.

"이 고약을 몸에 바르시면 하루 동안은 대적할 사람이 없을 것입니다. 무기에 바르시면 그 무기를 당해낼 무기도 없게 됩니다."

그리고 메디아는 자세히 이아손에게 주의를 주었다.

"이젠 궁전으로 돌아가지 않으면 안 됩니다. 무사히 고국에 돌아가시게 되면 꼭 이 메디아를 기억해주소서. 저도 결코 잊지 않을 것입니다."

"잊을 리 있겠습니까. 그보다도 그리스로 우리와 함께 가지 않으시렵니까. 결코 소홀히 대접하지 않으리다. 둘이서 영원히 삶의 기쁨을 함께 누리십시다."

메디아는 궁전으로, 이아손은 배로 두 사람은 헤어졌다.

기다리던 날, 이아손의 무리가 아레스 신의 숲으로 가자, 이미 많은 콜키스 인들이 몰려와 있었다. 왕도 자리에 앉았다. 마침내 무서운 형상의 두 마리 황소가 불의 숨결을 토하면서 뛰어나왔다. 그 맹렬함과 흉포함에 보고 있던 자들은 모두 사시나무 떨듯 하였으나, 이아손만은 마치 밀어닥치는 파도 속에 우뚝 선 바위와도 같이 꿈쩍도 하지 않았다. 그는 먼저 한 마리를 붙잡아 억누르고, 두 마리째는 무릎을 꿇려 멍에를 씌워버렸다. 보고 있었던 자들은 그 무서운 힘에 모두 놀랐다.

두 마리의 소를 몰면서 땅을 갈고 거기에 용의 이를 뿌렸다. 그러자 이상하게도 거기서부터 한 무리의 전사들이 돋아 나와서 갑주를 빛내면서 이아손에게 덤벼들었다. 이아손은 메디아의 주의를 생각해내곤 하나의 큰 돌을 집어들어 전사들 한복판에 집어던졌다. 그러자 전사들은 저희 편끼리 죽이기 시작하여 서로의 창에 찔려서 하나도 남지 않고 죽어버렸다. 왕은 이것을 보곤 아주 입맛이 쓴 듯이 자리를 떴다. 그는 마음속으로 황금 양피를 결코 건네주지 않으리라고 벼르면서, 다른 방책을 강구하지 않으면 안 되겠다고 생각했다.

그날 밤, 아무것도 모르는 아르고의 무리가 배에서 행운을 서로 축하하고 있으려니까, 메디아가 살그머니 남몰래 찾아왔다. 그리고 이렇게 말했다.

"여러분, 아직 안심할 수는 없습니다. 황금 양피는 무서운 큰 뱀이 지키고 있습니다. 제가 마술을 써서 이 큰 뱀을 잠들게 하겠으니, 그동안에 황금 양피를 손에 넣으소서. 하지만 곧 도망치지 않으면 안 됩니다. 그렇잖으면 모두 살해되고 말기에……."

그러곤 메디아는 고뇌의 빛을 얼굴에 띠면서 말했다.

"아, 아버님을 배반한 전 이미 이 나라엔 머물 수 없는 몸입니다. 소원이오니, 함께 데리고 가주소서……."

무릎을 꿇고 그렇게 말하는 메디아를 이아손은 안아 일으켜 다정하게 포옹하고서 말했다.

"걱정할 것 없소. 그대는 내 아내요. 그리스로 돌아가면 바로 결혼하기로 합시다."

무리는 그날 밤중으로 메디아와 함께 배로 강을 거슬러 올라가 황금 양피가 감추어져 있는 비밀의 숲으로 향했다. 황금 양피는 나뭇가지에 걸쳐져 있고 보기에도 끔찍한 한 마리의 무서운 큰 뱀이 지키고 있었다. 메디아가 두려움도 없이 다가가 잠을 부르는 마법의 노래를 부르기 시작했다. 큰 뱀이 잠든 것을 확인하자, 이아손은 재빨리 황금 양피를 나뭇가지에서 내려 그 자리에서 도망쳤다. 일행이 배로 돌아왔을 때는 날이 새려 하고 있었다. 대기하고 있었기에 일동이 배에 타기가 무섭게 배는 기슭을 떠나 강을 따라 내려가기 시작했다.

이를 알게 된 왕은 바로 전사를 풀어 뒤를 쫓게 했다. 메디아의 아우 압시르토스를 대장으로 한 대군이 아르고 호를 추격하기 시작했다. 아르고 호는 아무래도 도망치기는 어렵지 않은가 생각했다. 이때, 메디아는 자기 동생을 죽여서 이아손 등을 구출했다고 일러지고 있다.

그에 대해선 이런 이야기가 있다. 메디아는 동생에게 사자를 보내어, 자기는 돌아가고 싶어 견딜 수가 없으니, 오늘 밤 어떤 장소에서 자기와 만나주면 아르고 호를 포획할 수 있도록 도모하겠다고 말을 전하게 했다. 압시르토스가 아무런 의심도 없이 찾아왔을 때 이아손이 그를 쳐 꺼꾸러뜨렸다. 메디아는 뛰어 물러섰으나, 압시르토스의 피는 누나의 은빛 옷을 붉게 물들였다. 대장을 잃은 추격군이 혼란 상태에 빠진 틈을 타서 아르고 호는 강을 내려가 넓은 바다로 나와버렸다.

또, 이런 이야기도 있다. 어째서인지는 모르나, 아무튼 압시르토스는 누나 메디아와 함께 아르고 호를 탔다. 아이에테스 왕이 배로 추격해 와서 아르고 호를 따라잡게 되었을 때 메디아는 몸소 동생을 죽여 그 손발을 잘라서 아무렇게나 바다에다 뿌렸다. 왕은 사랑하는 아들의 수족을 줍기 위해 배를 멈추었고 그 틈에 아르고 호는 도망쳤다고 한다.

돌아오는 길도 결코 평온하진 않았다. 어떤 섬에 상륙하려 하

자. 이 섬에는 옛날 동(銅)의 시대 최후의 인간이 하나 남아 살고 있다고 메디아가 말했다. 그 사람은 발뒤꿈치를 제외하곤 모두 동으로 되어 있다는 것이다. 그런 이야기를 하고 있으려니까, 동의 인간이 기슭에 나타나 가만히 이쪽을 바라보면서, 만일 더 이상 배를 가까이 대면 바위로 부숴버리겠다고 위협했다. 메디아는 정성을 다해 마왕(魔王)에게 빌었다. 동의 인간은 날카롭게 뾰족한 큰 바위를 들어올려 배를 향해서 던지려 했다. 그때, 그의 발뒤꿈치가 바위 모서리에 스쳐 상처가 났다. 그러자 상처에서 피가 콸콸콸 끊임없이 쏟아져 나와 그는 그 피 속에 빠지다시피 되어 죽어버렸다.

그런데, 저 용맹무쌍의 헤라클레스는 어찌되었는가? 그의 이야기가 조금도 나오지 않는 것은 어찌된 영문일까? 실은 그는 콜키스에 이르기 전에 이미 아르고의 무리와 헤어져버렸던 것이다.

아르고 호가 렘노스 섬을 떠나서 얼마 되지 않아 어떤 곳에 상륙했을 때, 헤라클레스의 시중꾼인 히라스라는 소년이 물을 길러 간 채 돌아오지 않았다. 그는 아주 아름다운 소년이었기 때문에, 샘의 님프가 키스하고 싶어져 그가 샘에 그릇을 담갔을 때 손을 뻗쳐 목을 안고 샘 밑으로 끌어들여버렸던 것이다. 헤라클레스는 이 소년을 몹시 사랑하고 있었기 때문에, 미칠 듯한 심정이 되어 히라스의 이름을 부르면서 숲 속으로 달려가 그대로 나오지 않았다. 아무리 기다려도 돌아오지 않았기 때문에 아르고 호의 무리는 할 수 없이 그를 놓아두고 출범했던 것이다.

메디아의 복수

그리스로 돌아오자, 아르고의 무리는 흩어져 각각 고향으로 돌아갔다. 이아손과 메디아는 황금 양피를 가지고 펠리아스한테로 갔으나, 거기서 두 사람은 의외의 사실을 알았다. 이아손의 양친이 어떻게 죽었는지 그 내막에 대해서 알게 되었던 것이다. 펠리아스가 이아손의 아버지에게 자살을 강요했고 어머니도 그것을 슬퍼한 나머지 죽었다고 하는 사실이었다. 이아손은 이 비열한 펠리아스에게 반드시 복수를 해주리라고 맹세하고 메디아의 힘을 빌리기로 했다.

메디아는 펠리아스의 딸들에게 자기는 노인을 다시 젊어지게 하는 방법을 알고 있노라고 말했다. 펠리아스의 딸들은 효심이 지극하여 그 방법을 시험하고 싶어했다. 그래서 메디아는 다 늙어빠진 수양을 죽여서, 그 고기를 저며 끓는 물을 채운 독 속에 넣고 뚜껑을 덮었다. 그러고선 주문을 외고 나서 뚜껑을 열자 독 속에서 어린 양이 뛰어나와 껑충껑충 뛰어서 달아났다. 딸들은 아주 감동하여, 자신들의 아버지에게도 제발 다시 젊어지는 마법을 베풀어달라고 부탁했다. 그래서 메디아는 딸들에게 펠리아스에게 강한 수면제를 먹여 깊이 잠든 연후에 칼로 저미라고 일렀다. 딸들은 주저했다. 그러나 그렇게 하지 않으면 부왕은 다시 젊어질 수가 없다는 바람에 마침내 이 무서운 일에 착수했다. 그리고 그 고기 조각을 독 속에 넣어 메디아에게 주문을 외어달라고 부탁했다. 하지만 메디아는 그런 말을 언제 했냐는 듯이 돌아보지도 않고 궁전에서 나와 모습을 감추어버렸다. 펠리아스의 딸들은 드디어 부모를 죽인 큰 죄를 범해버린 것을 깨닫고 전율하였으나, 어찌할 길이 없었다.

펠리아스가 죽은 뒤 이아손과 메디아는 코린토스로 찾아갔다. 부부 사이에는 아들까지 생겼다. 만사는 잘 되어가고 있는 것처럼 보였다. 메디아는 고향을 멀리 떠나 있었기 때문에 쓸쓸하지 않은 건 아니었으나, 이아손에 대한 사랑에 비교하면 그런 일은 아무것도 아니었다.

그런데 이아손은 의외의 일면을 보이게 된다. 그는 코린토스의 왕녀와 결혼하려고 생각한다. 이것은 애정에 의한 것이 아니라 단순한 야심에서 나온 것이었다. 메디아는 놀라고 괴로워한 끝에, 만일 그런 짓을 한다면 왕녀를 그냥 두지 않을 거라고 얼떨결에 말해버렸다. 이것이 코린토스의 왕의 귀에 들어가, 왕은 딸의 신상을 염려하게 되었다. 그러자 이아손은 메디아에게 아이들과 함께 즉시 이 나라를 떠나라고 명령했다. 이것은 죽음을 선고받은 것이나 마찬가지였다. 어린 아이들을 품에 안고 타국에서 여자 혼자서 어떻게 살아갈 수 있단 말인가.

그녀는 어찌할 바를 몰라하면서 생각했다. 차라리 죽어버릴 것인가. 이아손에 대한 사랑 때문에 자기는 지금까지 얼마만큼 희생을 치르고 얼마만큼 악한 일을 거듭했던가. 아버지를 배신하고, 고국을 버렸으며, 동생을 죽였고, 또 펠리아스의 딸들을 부모를 죽이는 큰 죄악 속에 빠뜨렸다. 그런 일을 생각하고 있노라니까, 이아손이 나타나서 차갑게 말했다.

압시르토스를 바다에 던지는 메디아

"전혀 분별이라곤 없는 여자야. 그런 바보 같은 소리만 하지 않았어도 이 코린토스에서 살 수 있었을 텐데……. 하지만 죽음을 면한 건 내가 왕에게 간곡히 부탁한 덕택이야. 자, 황금이든지, 뭐든지 노자로 줄 테니까, 썩 나가줘."

"당신이 나와 함께 가주신다면……."

메디아는 남편의 얼굴을 원망스러운 듯이 쳐다보았다.

"난 당신을 구했어요. 이것은 온 그리스 사람이 알고 있는 일이에요. 황소, 용의 전사들, 황금 양피를 지키는 큰 뱀, 모두 내가 물리쳐준 거예요. 하지만 모두 당신의 공로가 되었어요. 난 당신을 위해 아버지와 집을 버렸고, 이렇게 낯선 타국에 온 거예요. 동생에게도 펠리아스에게도 난 아무런 원한이 없었어요. 당신 때문에 참혹하게 죽인 거예요. 이제, 당신은 나가라고 하시지만, 어디로 가면 좋지요? 아버지한테로요? 펠리아스의 딸들한테로요? 모두 내 적이 되어버리지 않았어요? 난 당신이야말로 모든 사람들에게 존경받는 훌륭한 남편이라고 생각하고 있었는데……. 아, 신이여, 전 어떡하면 좋단 말입니까? 전 지금 저 혼자뿐입니다."

"조금 사람들 입에 오르내렸다고 해서 우쭐하지 말라구. 무사히 황금 양피가 손에 들어온 것은 신의 가호에 의한 거란 말야. 나라를 버렸다고 하나, 이와 같은 문명국에 와서 살 수 있게 된 것은 도대체 누구 덕택인데 그래. 이번의 내 결혼을 두고 말해도, 기뻐하면 기뻐할 일이지 토를 달고 나설 일이 아니지 않나 이 말이야. 저런 명문가와 인연을 맺으면 널 위해서도 아이들을 위해서도 이익이 될 일이야. 그런데 네 자신의 어리석음 때문에 여기에서 쫓겨나게 되어버린 거란 말이야."

"더 이상 할 말은 없어요. 아무것도 받고 싶지도 않고요."

"네가 고집을 세우고 억세게 굴어봐라! 못된 것! 그럴수록 넌 고생길이 훤해. 친절을 베풀려던 사람까지 널 돌아보지 않게 된단 말이다."

이아손은 이렇게 내뱉고 나가버렸다. 그 순간, 메디아는 복수를 결심했다.

"이아손의 신부를 죽이자! 그러곤? 아니, 아무튼 이아손의 신부를 죽이는 거다!"

메디아는 옷 상자에서 제일 아름다운 옷을 꺼냈다. 거기다 약을 바르고 상자에 넣어 아이들을 시켜서 신부한테 보냈다.

"알았니? 축하 선물을 받아주시는 증거로 그 자리에서 한번 입어주십사고, 그렇게 말하는 거야."

아이들은 코린토스의 왕녀한테로 그 의상을 가지고 가, 어머니가 일러준 대로 말했다. 왕녀가 그 옷을 입자마자 무서운 불꽃이 타올라 왕녀를 감쌌다. 그녀는 쓰러져 죽었으나, 불꽃은 그 몸뚱이를 다 태워 없앨 때까지 꺼지지 않았다.

이아손이 신부의 죽음을 듣고 분노에 몸을 떨며 메디아를 죽이려고 쫓아왔을 때, 메디아는 두 아이들까지 죽이고 지붕 위에서 용이 끄는 이륜 마차에 막 올라타려는 참이었다. 이아손은 메디아를 향해서 저주의 말을 내뱉었으나, 메디아를 태운 이륜 마차는 하늘 높이 달려가버리고 말았다.

황금 양피의 전설은 기원전 4세기경 시인 로데스의 아폴로니오스의 장시(長詩)에 의해서 알려져 있다. 이아손과 펠리아스의 이야기는 기원전 5세기 중엽에 그리스의 서정 시인 핀다로스에 의해서 씌어진 유명한 시에서, 이아손과 메디아의 이야기에 대해선 기원전 5세기경의 그리스 비극 시인 에우리피데스의 작품에서 첨가했다.

페르세우스와 메두사의 머리

상자 속의 어머니와 아들

아르고스의 왕 아크리시오스에겐 다나에라는 외동딸이 있어 온 나라에서 그 아름다움에 견줄 자가 없었다. 다만 왕은 아들이 없는 것을 섭섭히 생각하고 있었다. 그리하여, 델포이의 아폴론 신전에 참배하여 사내자식을 낳을 수 있는가 없는가 신탁을 들어보기로 했다. 무녀는 그 소망은 이루어지지 않는다고 하는 신탁을 전했다. 그뿐만 아니라 그보다도 더 나쁜 신탁을 덧붙였다.

"네 딸은 사내아이를 낳을 것이다. 그 아이는 너를 죽일 것이다."

신탁이 말하는 운명을 면하기 위해서는 다나에를 즉시 죽이는 수밖에 없었다. 그러나 그것은 차마 할 수 없는 일이었다. 아버지로서의 애정이 더 깊다고 하기보다는 신의 형벌을 두려워했기 때문이다. 무서운 신의 벌은 왕왕 피를 나눈 일족에게까지 미친다. 아크리시오스는 아무래도 딸을 죽일 수는 없었다. 그래서 청동만을 사용해서 한 채의 집을 지었다. 이걸 땅속에 묻고, 지붕 부분을 열어놓아

공기와 빛이 들어가도록 했다. 여기에 다나에를 가두고, 엄중히 감시를 시켰다.

고운 다나에는
참고 참아 견디었어라.
기쁨의 햇빛은 청동의 벽으로 변하고,
무덤처럼 답답한 방에
수인(囚人)으로서 갇혔어라.
그래도 제우스는
황금의 비 되어 다나에를 찾았어라.

다나에는 청동의 집 속에 앉아 할 일도 없이, 다만 머리 위로 지나가는 구름을 바라보면서 몇 시간이고 며칠이고 지냈다. 그러던 어느 날 이상한 일이 생겼다. 하늘에서부터 황금의 비가 이 집 안으로 쏟아져내렸던 것이다. 이 황금의 비가 제우스의 화신이었다고 한다. 그것을 어떻게 다나에가 알았는지는 이 이야기에서 밝혀져 있지 않다. 아무튼 다나에는 자기가 낳은 아들이 제우스의 아들이라는 것을 알고 있었다.

다나에는 아이가 태어났다는 사실을 아버지에게 감추었다. 그러나 좁은 청동의 집에서 언제까지나 감출 수 있는 일은 아니었다. 드디어 어느 날, 사내인 갓난아기—그 이름은 페르세우스였다—를 그 할아버지 아크리시오스에게 들키고 말았다.

"누구냐, 이 아인? 아비는 대체 어떤 놈이냐?"

"아이 아버지는 제우스예요."

다나에는 자랑스레 말했으나, 아크리시오스는 믿을 수가 없었다. 다만 한 가지, 이 아이가 자기에게는 몹시 위험한 존재라는 것만큼은 확실했다. 하지만 신의 벌을 두려워하는 아크리시오스는 이 아이를 죽일 수도 없었다. 그래서 직접 손을 대지 않아도 언젠가는 죽게 되는 그런 방법을 쓰기로 했다. 큰 상자를 만들어 그 속에 어미와 아들을 집어넣은 것이다. 그리고 그 상자를 바다에 띄워버렸다.

상자 속에서 다나에는 아들을 안고 앉아 있었다. 날이 저물고, 상자는 정처도 없이 흘러갔다.

바람 불고 물결 칠 적마다

상자 속 다나에는 무서움에 떨며

꼬옥 아기를 껴안고

눈물 지으며 말하는도다.

내 아가야, 이 설움

어이할거나.

이 한심스런 집,

청동으로 두른 상자 속에서

고이고이 잠든 천둥 벌거숭이야,

보이느니 다만 어둠의 밤,

부드러운 솜털엔

덮쳐 오는 파도의 물보라,

목청 높은 바람의 울음 소리도

듣지 못한 채

붉은 망토 속에 고이 감싸인

내 사랑스러운 아가 얼굴.

밤새 상자는 파도에 흔들리고, 조수에 씻기고 또 씻기었다. 아침이 왔으나, 뚜껑이 덮인 상자 속은 어두웠다. 상자는 그때, 많은 섬들이 있는 쪽으로 흘러 나아가고 있었다. 다나에는 밖을 내다볼 수는 없었으나, 상자가 파도에 실려 다니다가 밑바닥에 무언가 단단한 것이 닿는 것을 알 수 있었다. 상자는 육지에 닿은 것이었다. 그러나 뚜껑이 굳게 닫혀 있어 두 사람은 밖으로 나갈 수 없었다.

다행히도—아마도 그것은 제우스의 가호였을 것이다—상자는 디크티스라고 불리는 친절한 어부에게 발견되었다. 디크티스는 상자를 열어보고 깜짝 놀라, 모자를 자기 집으로 데리고 돌아갔다. 아내도 그와 마찬가지로 친절했다. 두 사람에겐 자식이 없었기 때문에, 다나에나 페르세우스를 육친처럼 보살펴주었다.

세월이 흘렀다. 페르세우스는 훌륭한 젊은이로 성장하였으나, 다나에는 아들이 어부로서 평온 무사하게 지내주었으면 그것으로 족하다고 생각하고 있었다. 그런데 평화로운 생활이 깨질 날이 왔다. 그 작은 섬의 왕 폴리데크테스는 디크티스의 형제였으나 잔인하고 냉혹한 왕이었다. 그는 오랫동안 다나에와 페르세우스 모자에 대

해 몰랐으나, 우연한 기회에 다나에게 눈길을 보내게 되었다. 다나
에는 이때까지도 그 눈부시리만큼의 아름다움을 잃지 않고 있었다.
폴리데크테스 왕은 그녀를 손에 넣으려 했으나, 자식 쪽은 방해물이
었다. 그래서 어떻게 해서든 페르세우스를 없애버리려고 별렀다.

그 무렵, 고르곤이라는 괴물 이야기가 널리 사람들 사이에 퍼져
다들 무서워하고 있었다.

고르곤, 그 수는 세 마리
저마다 날개를 달고
머리칼은 뱀
소름끼치는 무서운 괴물
그 모습을 바라본 자
다시금 생명의 날숨을
내쉬는 자 없도다.

왜냐하면 그들의 모습을 본 자는 순식간에 돌로 변해버리고 말
기 때문이다.

폴리데크테스는 세계의 그 어떠한 것보다도 이 괴물의 머리를
손에 넣고 싶다는 이야기를 미리 페르세우스의 귀에 들어가게 해
놓았다. 그러고는 자기의 결혼이 가깝다는 것을 발표하여 전야제의
축하연을 베풀었다. 그 축연에는 페르세우스도 초대를 받았다. 다
른 손님들은 각각 축하 선물을 가지고 왔다. 그러나 페르세우스에

겐 아무것도 선물할 것이 없었다. 그는 젊고 자부심이 강했기 때문에 몹시 굴욕을 느꼈다. 그는 여러 사람 앞에 일어서서, 자기는 왕에게 최고의 선물을 할 생각이다, 메두사의 머리를 가져다 보여드리도록 하겠다고 선언해버렸다. 메두사란 고르곤 중 한 마리의 이름이었다. 폴리데크테스의 생각대로 된 것이었다.

고르곤을 잡겠다는 그러한 무모한 일을 돕겠다고 나서는 이는 아무도 없었다. 그는 궁전에서 나오자, 어머니에게 한마디도 알리지 않고 그대로 배를 타고 그리스로 향했다. 그리스로 가면 고르곤이 있는 곳을 알 수 있으리라고 생각한 것이었다.

잿빛 여인들

그리스에 도착하자, 페르세우스는 델포이의 신전으로 가, 신탁에 의해서 고르곤이 있는 곳을 알고자 했다. 그런데 어느 무녀든 하는 소리는 매한가지였다.

"데메테르〔농업의 여신〕의 황금의 곡물이 아니라, 사람들이 도토리를 먹고 사는 땅을 찾으라."

페르세우스는 상수리나무의 나라 도도나로 갔다. 거기에는 제우스의 신의(神意)를 전하는 '말하는 떡갈나무'가 있고, 도토리로 빵을 만드는 셀리 사람들이 살고 있었다. 고르곤이 어디에 있는지는 여기 사람들도 몰랐다.

페르세우스에 의해 잘린 메두사의 머리

　페르세우스는 정처없이 고르곤을 찾아서 헤매었다. 그러다가 이상한 젊은이를 만났다. 말할 수 없이 아름다운 젊은이로, 날개 달린 지팡이를 지니고 날개 달린 모자를 썼으며 날개 달린 샌들을 신고 있었다. 이는 바로 헤르메스의 모습이었다. 페르세우스의 가슴속에는 희망이 샘솟았다.

　그 젊은이는 페르세우스에게 이렇게 일러주었다. 메두사를 토벌하는 데는 그 나름의 무기가 있다. 그 무기는 북쪽 나라의 님프들이 가지고 있다. 이 님프들이 있는 곳은 '잿빛 여인들'밖에 아는 이가 없다. '잿빛 여인들'은 모두 땅거미의 어스름한 빛 속에 싸인 나라에 살고 있다. 이 나라에선 태양의 빛도 볼 수가 없다. 이 잿빛의 나라에 세 사람의 '잿빛 여인들'이 살고 있다. 그녀들은 얼마만큼 오래 살았는지 모를 만큼 오래 살아 그 누구나 잿빛 머리칼을 하고 있다. 이 기묘한 자매는 세 사람이 눈 하나밖에 갖고 있지 않다. 그래서 하나의 눈을 이마에 붙였다 떼었다 하며 세 사람이 서로 돌아가며 쓰고 있다.

헤르메스는 페르세우스를 '잿빛 여인들'이 있는 곳으로 안내하겠다고 말했다. '잿빛 여인들'이 있는 곳에 도착하면 페르세우스는 가까운 곳으로 몸을 숨긴다. '잿빛 여인들' 중의 하나가 눈을 떼어서 다른 자에게 건네줄 때, 이때는 세 사람 중 아무도 눈이 보이지 않는 셈이니까, 그때 뛰어나와 눈을 빼앗아버린다. 그녀들이 눈을 돌려달라고 말하면, 북쪽 나라의 님프들이 있는 곳으로 가는 길을 가르쳐주면 돌려주겠다고 한다. 이런 방법을 쓰면, 북쪽 나라의 님프들 있는 곳을 알게 될 것이다……. 이렇게 헤르메스는 친절히 가르쳐주었다.

헤르메스는 나아가서 페르세우스에게 칼을 하나 주면서 고르곤의 비늘이 아무리 단단하다 하더라도 이 칼은 꺾이거나 휘거나 하지는 않으리라고 말했다. 그러나 아무리 명검이라 할지라도, 그것을 휘두르기도 전에 그 임자가 돌이 되어버리면 어찌해볼 도리가 없으리라. 그런데 또 다른 신이 도움의 손길을 뻗쳐주었다. 아테나가 나타나서, 그녀가 가지고 있는 눈부시게 닦인 청동의 방패를 페르세우스에게 주면서 말했다.

"고르곤이 덤벼오면, 이 방패 그늘에서 상대방을 보도록 하라. 거울을 보듯이 상대를 잘 볼 수가 있으리라. 이 방패를 통해서 보면 고르곤의 무서운 마력을 막을 수가 있으리라."

페르세우스는 황혼의 어스름 빛에 싸인 잿빛 나라를 향해 출발했다. 나그네길은 길었다. 대양(大洋)의 강을 건너고, 킴메리아인이 사는 검은 나라의 끝까지 갔다. 헤르메스가 따라갔기 때문에 길을 잃는 일은 없었다. 마침내 회색의 나라에 이르러 '잿빛 여인'들을 발견했다. 어스름 빛 속에서 그녀들은 회색 새처럼 보였다. 그녀들은 백조와 같은 모양을 하고 있었던 것이다. 그러나 머리는 인간이고, 날개 밑에는 손이 있었다.

페르세우스는 헤르메스에게 가르침을 받은 대로 했다. 그는 그늘에 숨어서 기회를 엿보았다. 마침내 '잿빛 여인들' 중의 하나가 이마에서 하나의 눈을 떼어내어 다른 자매에게 건네주려 할 때 페르세우스는 뛰어나와 그 눈을 빼앗았다. 여자들은 눈이 없어진 것을 알고는 다른 자매가 가져간 것으로 아는 모양이었다.

"눈은 여기가 있소. 북쪽 나라의 님프들이 있는 곳을 가르쳐주시오. 그렇지 않으면 눈은 돌려주지 못하겠소."

노파들에게 단 하나인 눈은, 그 무엇과도 바꿀 수 없는 것이었다. 그리하여 그녀들은 페르세우스에게 북쪽 나라의 님프들 있는 데로 가는 길을 자세히 가르쳐주었다. 페르세우스는 노파들에게 눈을 돌려주고 북쪽 나라로 향했다.

그가 향하고 있는 곳은, 그 자신은 몰랐으나 '북풍 저쪽 편의 나라' ─ 축복받은 나라 히페르보레이였다. 이 나라는 '히페르보레이인이 모인 곳으로 가는 불가사의한 길은 뱃길로도 육로로도 발견되지 않는다'고 이야기되는 땅이다. 그러나 헤르메스가 이끌어주는 페르세우스는 마치 저절로 길이 열리는 것과 같이 그 나라에 이를 수가 있었다.

그곳에선 축복받은 사람들 히페르보레이인이 끊임없이 연회를 열고 즐거이 떠들며 놀고 있었다. 그들은 페르세우스를 친절히 맞아주었다. 페르세우스는 그들의 연회에 초대되었다. 거기선 처녀들이 춤을 멈추고 페르세우스가 요구하는 것을 날라다주었다. 그것은 세 가지였다. 날개 달린 샌들, 속에 넣는 것에 따라서 크게도 작게도 되는 마법의 자루, 그리고 가장 중요한 것은 쓰면 모습이 보이지 않게 되는 모자였다.

이 세 가지 물건과 헤르메스에게 받은 칼, 아테나가 베풀어준 방패를 가지고 페르세우스는 드디어 고르곤과 싸우게 되었다. 헤르메스는 고르곤이 있는 곳을 알고 있었다. 페르세우스는 헤르메스의 가호 밑에 대양의 강을 건너서 되돌아와 '공포스런 자매들의 섬'으로 건너갔다.

운이 좋게도, 페르세우스가 발견했을 때 고르곤의 자매들은 잠들어 있었다. 그는 아테나의 방패를 통해서 그 모습을 익히 볼 수가 있었다. 이들 괴물은 커다란 날개를 가졌고 온몸은 황금의 비늘로 덮였으며 머리칼은 똬리져 꿈틀거리고 몸을 비트는 뱀들이었다.

헤르메스뿐만 아니라 이제 아테나도 페르세우스 곁에 붙어 있었다. 두 신은 페르세우스에게 어떤 것이 메두사인가를 가르쳐주었다. 이것은 중요한 일이었다. 왜냐하면 다른 두 마리는 불사신이었기 때문에 착오를 일으키면 큰일이었던 것이다.

페르세우스는 날개 달린 샌들을 신고 고르곤들의 머리 위를 날면서 방패 그늘에서 상황을 살폈다. 그리고 겨냥을 하고 날아 내리면서 온 힘을 다해 메두사의 목을 칼로 찔렀다. 단 한 칼에 메두사의 목은 산적 꿰듯이 꿰뚫렸다. 그러나 페르세우스는 결코 정면으로 메두사를 보지 않고 방패를 통해서 상대를 보면서 또 날아 내려와 메두사의 목을 베었다. 그 머리를 자루 속에 넣고 자루목을 졸라맸다. 다른 두 마리의 고르곤은 그 광경을 보자 날아오르면서 페르세우스에게 덤벼들었으나, 페르세우스는 모자를 쓰고 그들에게 모습을 감추었다.

돌로 변해버린 사람들

그리하여 칠칠한 머리숲의
다나에의 아들 페르세우스는
날개 달린 샌들을 신고
바람처럼 마음껏
바다 위를 날다.

은빛 자루 속엔,
무서운 괴물의 머리가 들고
마이아의 아들인 저 헤르메스
제우스의 사자는
늘 그 곁에 있다.

돌아오는 길에 페르세우스는 공중에서 에티오피아로 내려왔다. 헤르메스는 그의 곁에서 떠났다. 여기에서 페르세우스는 바닷가에 혼자 앉아 있는 아름다운 처녀를 보았다. 그녀의 이름은 안드로메다. 무서운 큰 바다 뱀의 제물로 바쳐져 거기에 버려져 있었다. 그녀는 어리석은 어머니의 허영심 때문에 희생이 된 것이었다.

별들이 그 꾸미개라는
에티오프의 여왕님은
바다의 님프들과 그 고우심을 다투시다
님프들에게 노여움을 일으키다.

안드로메다의 어머니는 에티오피아의 왕비였다. 그녀는 자기의 아름다움에 빠져 바다 신의 하나인 네레우스의 딸들보다도 자기 쪽이 아름답다고 자만했다. 신을 자기보다도 내려다보려고 하는 인간은 반드시 비참한 운명을 맞이하게 마련이었다. 그럼에도 불구하고, 자기와 신을 비교하려는 인간은 끊이지 않았다. 왕비 카시오페

142

이아의 오만함에 신들은 벌을 내렸으나, 이 경우 불운은 왕비 카시오페이아 자신에게가 아니라 그 딸 위에 덮쳐왔다.

그 무렵 에티오피아에는 큰 바닷뱀이 나타나 사람들을 마구잡이고 잡아먹고 있었다. 신탁에 의하면, 왕비의 딸 안드로메다를 제물로 바치지 않으면 이 재앙을 면할 수가 없다는 것이었다. 그들은 안드로메다의 아버지, 케페우스 왕에게 이것을 승낙하도록 몰아세웠다.

페르세우스가 에티오피아에 왔을 때, 안드로메다는 바닷가의 바위에 쇠사슬로 묶여서 큰 바닷뱀에게 먹히기를 기다리고 있었다. 페르세우스는 그녀가 한눈에 마음에 들었다. 그리하여 아가씨 곁에서 괴물이 나타나는 것을 기다렸다. 드디어 큰 바닷뱀이 나타나, 제물로 바쳐진 가련한 처녀를 한 입에 삼키려 들었다. 그러나 페르세우스는 고르곤과 싸웠을 때처럼 그 목을 멋지게 단칼에 베어버렸다. 목이 없는 큰 바닷뱀의 몸은 바닷속으로 가라앉았다. 페르세우스는 안드로메다를 양친 곁으로 데리고 돌아가 결혼을 신청했다. 그리고 흔쾌히 승낙을 받았다.

페르세우스는 안드로메다를 데리고 배를 타고 그리운 고향 섬으로 돌아왔다. 그런데 정든 내 집에는 사람의 그림자 하나 보이지 않았다. 어부 디크티스의 아내는 오래전에 죽었다. 그리고 어머니 다나에와, 페르세우스에게 정말로 아버지와 같았던 디크티스는 집을 버리고 몸을 숨겨버렸다. 섬의 왕 폴리데크테스는 다나에에게 결혼을 신청했으나, 다나에가 이를 거절하자 크게 노하여 박해를 가하려 하기에 두 사람은 그 눈을 피해 도망치지 않으면 안 되었던 것이다.

페르세우스는 두 사람이 어떤 신전에 몸을 감추고 있다는 이야기를 들었다. 그리고 마침 왕이 궁전에 잔치를 벌이고 있고 그의 총신(寵臣)들이 모두 모여 있다는 것을 알았다. 이야말로 절호의 기회였다. 페르세우스는 궁전으로 들어가 큰 홀로 걸어 들어갔다. 빛나는 아테나의 방패를 쥐고 은 자루를 든 채 그는 홀에 서서 늘어앉은 자들을 둘러보았다. 그러고는 자루 속에서 고르곤의 머리를 끄집어냈다.

눈을 돌릴 틈도 없었다. 무슨 일인가 하고 이쪽을 주시한 자들은 모두 고르곤의 머리를 보자 순식간에 돌이 되어버렸다. 잔인한 왕과 그에 아첨하는 신하들 모두가 돌이 되어버린 것이다. 페르세우스를 보고 깜짝 놀란 표정을 한 채 줄지어 선 석상이 되었다.

폭군의 지배에서 해방된 섬 사람들은 기꺼이 페르세우스에게 다나에와 딕티스가 있는 곳을 가르쳐주었다. 페르세우스는 딕티스를 섬의 왕으로 삼았다. 그러나 그 자신은 어머니 다나에와 안드로메다와 함께 그리스로 돌아가려고 했다. 그들이 상자에 갇혀 바다 위을 떠돌던 이후 이미 오랜 세월이 흘렀기 때문에 아크리시오스의 마음도 달라져서 딸과 외손자를 기꺼이 맞이해줄지도 모르고, 화해가 될지도 모른다고 생각했기 때문이었다.

페르세우스, 다나에, 안드로메다는 그리스로 건너가 아르고스를 찾아갔다. 그런데 아크리시오스는 이미 도시에서 추방되고 없었다. 그 행방은 아무도 몰랐다. 그로부터 얼마 안 되어 페르세우스는 북쪽 나라에서 라리사의 왕이 경기 대회를 열고 있다는 이야기를 들었다. 그는 북쪽 나라로 가, 경기 대회에 참가했다. 원반 던지기에서 페르세우스의 차례가 왔다. 힘껏 던진 원반은 빗나가서 관객석에 가 떨어졌다. 원반은 관객인 노인에게 맞아, 노인은 그 자리에서 즉사했다. 이 불운한 관객은 라리사의 왕을 방문하고 있었던 아크리시오스였다.

그리하여 아폴론의 신탁은 옳았다는 것이 증명되었다. 그 할아버지는 적어도 그 자신과 그의 어머니를 죽이려 했던 사나이였으나 페르세우스는 할아버지의 죽음을 애통해했다. 아크리시오스의 죽음으로 문제는 모두 해결되었다. 페르세우스와 안드로메다는 언제까지나 행복하게 살았다.

메두사의 머리는 아테나에게 바쳐졌다. 제우스의 방패 아이기스를 들고 다니는 책임을 맡은 이 여신은 방패 위에 늘 이 머리를 얹고 있다.

이 장은 오비디우스와 아폴로도로스에 의한 것이다. 상자 속의 다나에 이야기는 기원전 6세기경의 서정 시인, 케오스의 시모니데스가 쓴 유명한 시에서 인용하였으며, 그 밖에 헤시오도스, 핀다로스에게서도 인용한 부분이 있다.

위대한 영웅 헤라클레스

태양을 향해 활을 당기다

헤라클레스는 온 그리스인에게 가장 위대한 영웅으로서 찬탄되었다. 다만, 아테네인만은 별도다. 아테네인의 영웅은 테세우스였다. 아테네인은 그리스인 중에서도 독특한 사상과 지식을 낳았던 만큼 그들이 이상으로 여기는 영웅은 다른 그리스인과는 약간 달랐다. 테세우스야말로 그들의 이상적인 영웅이었다. 그는 용감함과 동시에 자애 깊고, 강한 육체와 함께 높은 지성을 갖추고 있었다. 그러나 대다수의 그리스인은 헤라클레스야말로 참다운 영웅이라고 숭배했다. 아무것도 두려워하지 않는 용기라는 점을 제외하면 양자는 완전히 다른 영웅이었다.

헤라클레스는 지상에서 가장 강한 사나이다. 그는 상상을 초월하는 육체의 힘에 대해 절대적인 자신을 갖고 있었다. 그는 자신이 신과 견주어도 뒤지지 않는다고 생각했다. 사실 신들은 거인족을 정복할 때 그의 힘을 빌리지 않으면 안 되었다. 지상에 태어난 이야만적인 종족을 올림포스의 신들이 토멸(討滅)하는 데는 헤라클레스의 활과 화살이 크게 쓸모가 있었던 것이다. 그리하여 그에겐 올림포스의 신들도 그다지 훌륭하게는 보이지 않았을 것이다.

일찍이 헤라클레스는 델포이의 아폴론 신전에서 무녀에게 어떤 일에 대하여 묻고는 신탁을 듣고 싶다고 했다. 그런데 그 무녀는 입을 다물고 있었다. 그러자 헤라클레스는 무녀를 앉혀놓은 채로 청동의 제단(신탁을 받을 때 신관이 앉는 걸상 모양의 제단)을 갑자기 움켜쥐면서, 이것은 가지고 가서 내 맘대로 신탁을 받아도 좋은가 하고 물었다. 이 대담무쌍한 무례를 아폴론이 간과할 리가 없다. 헤라클레스도 싸움이라면 언제든지 받아들이겠다는 배짱이었다. 마침내 제우스가 중재에 나섰다.

분규는 깨끗이 해결되었다. 헤라클레스 쪽은 지극히 담백하게, 요컨대 자기 물음에 대한 신탁을 듣고 싶을 뿐이고, 그것만 들을 수 있다면 별로 아폴론과 싸움 같은 것은 할 필요가 없다는 생각이었다. 한편 아폴론 쪽은 자기한테 맞서 오는 헤라클레스의 무모한 대담성에 어이없음과 동시에 마음이 움직여 무녀에게 신탁을 내려주었던 것이다.

헤라클레스는 평생 동안 싸움에서 져본 적이 없었다. 상대가 누구든 싸우기 전에 승패는 뻔했다. 그를 지게 할 수 있는 것은 초자연의 힘뿐이다. 헤라는 그를 쓰러뜨리기 위하여 무서운 방법을 썼고, 마침내 그는 마술로 인하여 살해되었는데, 그때까지 하늘, 바다, 그리고 땅 위에 사는 자 그 누구에게도 진 적이 없었다.

헤라클레스가 하는 일에는 거의 지성이라는 것이 느껴지지 않는다. 어느 몹시 더운 날, 그는 태양을 향해서 활을 당기어 쏘아 죽이겠다고 위협했다. 또 어느 때는 타고 있었던 배가 파도에 흔들렸다고 해서, 물을 향해서 조용히 하지 않으면 혼구멍을 내주겠다고 호통을 쳤다. 그는 감정대로 행동했다. 모처럼 아르고 호를 탔으면서도, 심부름꾼 소년 히라스가 죽자 슬퍼한 나머지 동료들의 일도 황금 양피에 대한 것도 다 잊어버리고 숲 속으로 뛰어들어가 돌아오지 않았다.

이러한 정에 약한 점 때문에 비록 강포하긴 해도 헤라클레스에게는 미워할 수 없는 구석이 있었던 것이지만, 그러나 한번 화가 나면 그저 무작정이었고, 그 여파가 터무니없는 곳까지 미쳤다. 그리고 화가 가라앉으면 금세 후회하고, 자기에게 어떠한 벌이 내려도 거기에 따른다. 물론 스스로 그 벌을 달게 받겠다는 생각이 아니라면 그를 벌할 수 있는 이는 아무도 없지만. 그렇지만 헤라클레스만큼 평생에 많은 벌을 견디어낸 사나이도 없다. 그의 일생은 분별 없는 행위와 그 보상으로 모두 소비되었다. 그 보상을 위해서는 어떠한 벌도 달게 받았다. 때로는 사람이 용서하더라도, 스스로 자기를 벌하는 일조차 있었다.

테세우스와 같이 자기의 왕국에서 부과된 사명을 위해서 일한다고 하는 것은 헤라클레스의 경우에는 오히려 우스꽝스러울 뿐이었다. 그는 스스로도 자기에게 명령할 수가 없는 것이다. 그는 아테네의 영웅처럼 새로운 위대한 이상을 생각해내는 것과 같은 일은 결코 없다. 그의 생각으로 말할 것 같으면 자기에게 덤벼드는 괴물들을 어떻게 해치우는가 하는 것 정도다.

그럼에도 불구하고 헤라클레스는 틀림없이 위대한 영웅이다. 그 무서운 힘에 뒷받침된 두려울 것 없는 대담함 때문만이 아니다. 그건 너무나도 당연한 이야기요, 그가 참으로 영웅인 이유는 자기가 저지른 행위를 보상하려는, 그 정신의 더럽혀지지 않은 순진성에 있다. 만일 그에게 이성에 따라서 행동하려는 정신이 수반되어 있었다면, 그야말로 나무랄 데 없는 영웅이 되었을 것이다.

헤라클레스는 테베에서 태어났다. 오랫동안 유명한 무장(武將) 암피트리온의 아들이라고 여겨졌다. 그 무렵, 그는 알키데스라고 불렸다. 암피트리온의 아버지 알카이오스의 후예라는 의미이다. 그런데 그는 사실 제우스의 아들이었다. 암피트리온이 항상 전장에 나가 있을 무렵, 제우스는 그 모습을 빌어 암피트리온의 아내 알크메네한테 갔던 것이다. 알크메네는 두 아들을 낳았다. 제우스의 아들 헤라클레스와 암피트리온의 아들 이피클레스였다. 이 둘이 아직 갓난아기였을 때, 핏줄의 다름을 보이는 사건이 일어난다. 이것은 앞에서 말한 것처럼 제우스의 아내 헤라가 인간의 어머니에게 태어난 아이를 눈엣가시로 여기고 죽이려 한 데서 일어났다.

어느 날 밤, 알크메네는 두 아이를 씻기고, 젖을 주고서 눕혔다.

"자장자장 우리 아기, 착한 아기 잘 자거라. 잠잘 때나 놀 때나 언제나 방글방글……."

자장가를 부르면서 요람을 흔들고 있노라니 아기들은 쌔근쌔근

잠이 들었다. 그런데 집 안이 다 고요히 잠든 한밤중, 두 마리의 큰 뱀이 아이들 방으로 기어들어왔다. 방엔 불이 켜져 있었다. 두 마리의 뱀은 침대 위로 기어올라, 머리를 쳐들고 붉은 혓바닥을 낼름거렸다. 그때에, 갓난아기들은 눈을 떴다. 이피클레스는 울고 소리치며 침대에서 도망치려 했다. 그러나 헤라클레스는 일어나 두 마리 뱀의 목을 움켜잡았다. 두 마리 뱀은 헤라클레스의 몸뚱이를 칭칭 감았으나, 그는 뱀을 잡은 손을 늦추지 않았다.

이피클레스의 울음 소리를 들은 알크메네는 남편을 부르면서 아이들 방으로 뛰어들어갔다. 헤라클레스는 양손에 축 늘어진 뱀을 손에 쥔 채 벙글벙글 웃고 있었다. 암피트리온이 들어오자, 갓난아기는 아주 즐거운 듯이 웃으면서 두 마리의 뱀을 건네주었다. 뱀은 두 마리 모두 죽어 있었다. 이때, 사람들은 이 갓난아이가 보통 아이가 아니라는 것을 알았다. 테베의 예언자 테이레시아스는 알크메네에게 말했다.

"나는 맹세한다. 드디어 그리스의 여인들은 저녁 무렵에 양털로 짠 천을 부풀리면서 당신의 아들과 그 아들을 낳은 당신을 찬양하는 노래를 하게 되리라. 이 아이는 전 인류의 영웅이 될 것이다."

그런데 헤라클레스를 교육시키는 것이 큰일이었다. 그가 싫어하는 것을 가르치는 일은 아주 위험했다. 당시 그리스의 소년에게 음악은 아주 소중한 교양이었으나 헤라클레스는 음악을 좋아하지 않거나 음악 교사를 싫어했다. 짜증이 난 그는 류트라는 현악기로 선생을 때렸다. 선생은 머리가 깨져서 죽었다.

이것이 그가 한 최초의 행위였다. 그는 불쌍한 음악 선생을 죽이려고 그랬던 것은 아니었다. 다만 화가 나면, 자기의 터무니없는 힘을 생각할 겨를도 없이 행동으로 옮겨버리게 되는 것이다. 그는 그 후에 얼마나 후회하고 스스로를 책망했는지 모른다. 그러나 이후에도 같은 일을 몇 번이고 되풀이하게 된다.

그 밖에 그가 배운 것은 검술, 격투기, 마차 모는 법 등이었다. 그런 것들은 그도 기꺼이 배우려 들었기 때문에 교사들은 그럭저럭 책임을 완수했다. 열여덟 살이 되자 그는 근육과 뼈대가 과연 천하장사와 같은 풍모를 갖추기에 이르렀다. 키타이론 산에 사는 거대한 사자, 즉 테스피스의 사자를 혼자서 죽인 것도 이때였다. 그 이후, 그는 이 사자의 가죽을 망토 대신 몸에 걸치고, 사자의 머리를 두건처럼 머리에 쓰고 다녔다.

열두 가지 시련

헤라클레스가 테베에서 무거운 조공을 받아 가던 나라와 싸워서 이겼기 때문에 기뻐한 테베 시민은 그 공로로 그에게 왕녀 메가라를 아내로 맞게 했다. 그는 아내와 아이들을 헌신적으로 사랑했으나, 이 결혼은 그에게 최대의 비극을 가져오는 시련과 재난을 겪게 했다. 이것은 모두 제우스와 인간 사이에서 태어난 자식을 헤라가 미워한 데서 연유한 일들이었다.

메가라가 셋째아이를 낳았을 때, 헤라클레스는 갑자기 미쳐버렸다. 그는 아이들을 모두 죽여버리고, 막내둥이를 감싸려고 한 메가라까지 죽여버렸다. 제정신으로 돌아왔을 때, 그는 피바다가 된 홀에 멍하니 서 있었다. 아내와 아이들의 시체를 보고 그는 까닭을 알 수 없었다. 방금 서로 다정하게 이야기하고 있었던 것이다. 그런데 어째서 갑자기 이와 같이 되었단 말인가? 사람들은 멀리서 이 모양을 겁에 질려 말없이 지켜볼 뿐이었으나, 그러는 동안에 헤라클레스가 정신이 든 것을 보고 암피트리온이 다가왔다. 헤라클레스는 암피트리온의 이야기를 들었다. 그러고는 겨우 이 비극이 어떻게 일어났는가를 알았다.

"그럼 사랑스런 아내와 아이들을 죽인 것은 나란 말입니까?"

"그래. 하지만, 헤라클레스 넌 네 정신이 아니었단 말이야."

암피트리온은 위로하듯이 말했으나, 그는 들으려고도 하지 않았다.

"아, 이 무슨 꼴이란 말이냐! 이런 일을 저지르고 창피한 줄도 모르고 살아 있을 순 없다. 그렇다, 난 사랑하는 아내와 아이들을 대신해서 나에게 복수를 하는 것이다!"

그러나 헤라클레스는 죽지 않았다. 하나의 기적이 일어났다. 그것은 하늘의 신들이 가져다준 기적이 아니었다. 인간에 의해서, 인간의 우정에 의해서 이루어진 기적이었다. 친구인 테세우스가 그의 앞에 서 있었다. 그리고 헤라클레스의 피투성이 손을 붙잡았다. 그 피로 테세우스의 손도 붉게 물들었다. 그리스의 당시 관습으로는,

이로써 테세우스도 같은 죄를 쓰는 셈이었다.

"물러서선 안 돼, 헤라클레스."

테세우스는 말했다.

"어떠한 형벌도 자네와 함께 받겠네. 자네와 나누어 받는다면 그
어떠한 고통도 고통이 아니야. 자, 힘을 잃지 마. 자넨 이런 일로 낙
담할 그런 사나이는 아닐 거야."

"테세우스, 자넨 내가 무슨 일을 저질렀는지 알고 있나?"

"알고 말고……. 이 재난은 하늘에서 땅 위로 내려온 거야."

"그러니까, 난 죽을 테야."

"죽다니, 그 무슨 영웅답지도 않은 소릴……."

"그럼, 어떡하라는 건가!"

헤라클레스는 소리쳤다.

"부끄러운 줄도 모르고 살아남아 사람들에게 손가락질을 받으면
서 살란 말인가. '저것 봐라, 제 아내와 자식을 죽이고서 잘도 살고
있는 걸 봐' 하고 말이야……."

"견디어내지 않으면 안 돼. 아무튼 아테네로 가세. 우리 집으로
가는 거야."

헤라클레스는 말이 없었다. 그러고선 한참만에 무거운 어조로
말했다.

"그렇게 할까. 거기서 죽음을 기다리기로 하지."

헤라클레스와 테세우스는 아테네로 갔다. 테세우스는 무의식중
에 죄를 범해버린 자에게는 형벌을 내릴 필요가 없다고 생각하고

있었다. 아테네 사람들은 가련한 영웅을 기꺼이 맞아들였다. 그러나 헤라클레스 자신은 누가 뭐라든 자기는 큰 죄를 범한 자라고 생각했다. 그에게는 이론이란 것이 없었다. 아무튼 자기가 그 손으로 처자를 죽인 것만은 사실이었다. 그러니까 자기는 유죄인 것이다. 이런 인간은 모든 사람들이 싫어해도, 따돌림을 받아도 마땅하다고, 그것밖엔 생각하지 않았다.

헤라클레스는 자기가 어떻게 하면 좋은가, 그 신탁을 받으러 델포이에 갔다. 무녀는 그의 죄는 씻어내지 않으면 안 된다, 그 죄를 속죄하는 길은 단 하나밖에 없으나, 그것은 아주 무서운 일이라고 말했다. 그는, 미케네의 왕〔일설에는 티린스의 왕이라고도 한다〕으로서 그의 사촌에 해당하는 에우리스테우스한테로 가, 어떠한 일이라도 그 명령에 따르지 않으면 안 된다고 하는 것이었다. 헤라클레스는 죄가 씻겨지기만 한다면 무엇이든지 할 참이었다. 아무래도 이 무녀는 에우리스테우스의 사람됨을 파악하고 있어 거기에 가면 헤라클레스가 죄를 속죄하는 데 충분한 시련이 주어질 것임을 알았던 것 같다.

에우리스테우스는 어리석은 자는 아니었으나, 너무 정직한 구석이 있었다. 지상에서 가장 강한 사나이가 자기에게 죄를 속죄하러 왔다는 이야기를 듣고서 어떻게 해서든지 이 기대에 부응하지 않으면 안 된다고 생각하고 최선을 다한 모양이었다. 그러나 에우리스테우스는 헤라의 부추김을 받아 그와 같은 어려움을 헤라클레스에게 부여한 것이 되었다. 헤라는 헤라클레스가 죽기까지 제우스가 인간에게 낳게 한 자식이라는 것을 잊지 않은 것 같다. 이리하여 헤라클레스는 차례차례로 열두 가지 고난을 겪게 된다. 유명한 '헤라클레스의 열두 가지 시련'이다.

우선 맨 처음은 네메아의 사자 퇴치였다. 그 사자에게는 아무런 무기도 소용이 없다고 일러지고 있었다. 그래서 헤라클레스는 그 사자를 맨손으로 목을 졸라 죽였다. 그는 그 거대한 시체를 어깨에 짊어지고 미케네 시로 들어왔다. 에우리스테우스도 이에는 깜짝 놀라 등골이 서늘해졌다. 그 이후, 헤라클레스는 도시 안으로 들어오는 것을 허락받지 못하고 왕의 사자가 명령을 전하게 되었다.

두 번째는 레르나라는 땅에서 늪에 사는 히드라라는 괴물을 퇴치하는 일이었다. 이 괴물의 머리는 아홉인데, 그 하나는 불사(不死)의 머리요, 다른 여덟은 하나를 끊을 때마다 둘씩 자라난다고 하는 귀찮은 물건이었다. 이때에는 이올라오스라는 조카가 도와주어, 새로운 머리가 돋아나지 않도록 머리를 하나씩 베어 떨어뜨릴 때마다 목의 뿌리를 태워버려, 마침내 여덟 개의 머리를 다 없애버렸다. 그리고 남은 불사의 머리는 땅에다 묻고 그 위에 큰 바위를 놓았다.

세 번째는 수렵의 여신 아르테미스에게 바쳐진 황금의 뿔을 가진 숫사슴을 산 채로 사로잡아 오는 일이었다. 그 사슴은 케리네이아의 숲 속에 살고 있었다. 죽이는 것이라면 문제가 없었지만 산 채로 사로잡는다는 것은 아주 어려운 일이었다. 헤라클레스는 이 사냥에 1년이 걸렸다.

네 번째는 에리만토스 산에 사는 멧돼지를 붙잡는 일이었다. 헤

헤라클레스와 스팀팔로스의 새

라클레스는 멧돼지가 지쳐버릴 때까지 계속 쫓았다. 그래서 드디어 깊은 눈 속으로 몰아넣어 붙잡고 말았다.

　다섯 번째는 엘리스의 왕 아우게이아스의 소 외양간을 하루 동안에 청소하는 일이었다. 이 왕은 소를 몇천 마리나 가지고 있었으나 그 외양간은 그동안 몇 년이고 청소한 일이 없었다. 헤라클레스가 두 강의 흐름을 바꾸어놓자 물이 넘쳐서 외양간을 씻어내고 금세 오물을 흘려보내버렸다.

여섯 번째는 스팀팔로스의 새를 쫓는 일이었다. 새의 숫자가 매우 많아 스팀팔로스 사람들은 이를 쫓는 데 무진 고생을 하고 있었다. 헤라클레스는 아테네 사람의 도움을 빌어서 새를 그 보금자리에서 몰아내 날아오른 것을 쏘아 떨어뜨렸다.

일곱 번째는 크레타 섬으로 가 바다의 신 포세이돈이 미노스 왕에게 준 아름답고도 사나운 황소를 데리고 돌아오는 일이었다. 헤라클레스는 이 황소를 결국은 길들여 배에 싣고 에우리스테우스한 테로 데려왔다.

여덟 번째는 트라키아의 디오메데스 왕이 키우는 식인마(食人馬)를 붙잡는 일이었다. 여기에서 헤라클레스는 우선 디오메데스를 죽이고는 어렵지 않게 말을 몰아냈다.

아홉 번째는 아마존의 여왕 히폴리테의 허리띠를 가지고 오는 일이었다. 헤라클레스는 이 여자들만 사는 나라에 가서 여왕을 만난다. 여왕은 쾌히 헤라클레스를 맞이하여 허리띠를 건네주겠다고 승낙했다. 그런데 '여전사'들은 여왕이 헤라클레스에게 붙잡혀 가는 것으로 오해하고 헤라클레스의 배를 습격했다. 헤라클레스는 이 습격이 여왕의 지시에 의한 것이라고 여기고 깊이 생각해보지도 않고 여왕을 죽이고서 허리띠를 빼앗곤 다른 무리를 쫓아버리고 이 나라에서 탈출했다.

열 번째는 서쪽 나라 에리테이아에 사는 게리오네스의 소를 끌고 돌아오는 일이었다. 게리오네스란 몸뚱이가 세 개 있는 괴물로,

빨간 섬의 왕이었다. 이 섬 이름의 유래는 서쪽 끝 저녁 노을 아래 가로누워 있기 때문이라고 일러지며, 그것으로 미루어 보아 지금의 스페인 언저리가 아닐까. 이때, 헤라클레스는 긴긴 여행을 계속하여 지중해의 서쪽 끝까지 도달했다. 그리고 그 여행의 기념으로 해협을 끼고서 두 개의 큰 바위를 세웠다. 그것이 현재 지브롤터와 세우타에 있는 큰 바위라고 알려져 있으며, 이후 '헤라클레스의 기둥'이라고 일컬어지게 되었다. 또 일설로는, 하나의 산을 반으로 갈라 해협의 양쪽에 놓았다고도 일러진다. 헤라클레스는 이와 같은 대여행 끝에 게리오네스의 소를 미케네로 끌고 돌아왔다.

열한 번째는 지금까지 중에서 가장 곤란한 명령이었다. 헤스페리데스가 지키고 있는 황금의 사과를 따러 가는 일이었다. 어디에 그것이 있는지도 모르는 것이다. 헤스페리데스의 아버지는 신들에 대적한 거인족의 하나로, 벌로 하늘을 그 어깨에 짊어지고 있는 아틀라스였다. 헤라클레스는 아틀라스의 어깨의 무거운 짐을 대신 지고 있을 테니까 그동안에 사과를 찾아와달라고 했다. 아틀라스는 한순간이라도 이 영원한 벌과 고통에서 벗어날 수 있다는 생각에 기꺼이 승낙했다. 아틀라스는 드디어 황금의 사과를 가지고 돌아왔다. 그러나 아틀라스는 헤라클레스에게 자기가 황금의 사과를 에우리스테우스에게 갖다주겠으니 하늘을 그대로 받치고 있어달라고 했다. 헤라클레스는 여기에서 머리를 쓰지 않으면 안 되었다. 온 힘을 다해서 하늘을 받치고 있기 때문에 완력을 휘두를 수는 없었다. 그러나 결과적으로 헤라클레스의 머리가 좋기보다는 아틀라스의 미련함 때문에 구제되게 된다. 헤라클레스는 아틀라스의 요청을 승낙했다. 그러나 무거운 짐이 어깨를 파고들어 곤란하니까, 어깨에 어깨받이를 덧대는 동안만 잠깐 대신 짊어지고 있어주지 않겠느냐고 했다. 아틀라스는 사과를 놓고서 하늘을 짊어졌기 때문에 헤라클레스는 그동안에 사과를 주워 돌아와버렸다. 일설에 의하면 이때 헤라클레스가 간 곳은 아프리카의 아틀라스 산이라고 한다.

열두 번째의 명령이 최악의 명령이었다. 지하 세계를 지키는 개로서, 세 개의 머리와 뱀 꼬리를 가진 괴물 케르베로스를 데리고 오는 일이었다. 죽은 자들의 세계의 왕 하데스에게서는 무기를 쓰지 않고 맨손으로 케르베로스에게 이길 수 있다면 데리고 가도 좋다는 허락을 얻었다. 헤라클레스는 맨손으로 이 괴물을 이기고서 어깨 위로 높이 처들고서 그대로 지하 세계에서 지상으로 나왔다. 에우리스테우스는 이 괴물을 기르는 것은 그다지 마음에 들지 않았는지, 헤라클레스에게 명하여 죽은 자들의 세계로 돌려보냈다. 게다가, 프로세르피나(페르세포네)를 데리고 나오려고 죽은 자들의 세계로 갔다가 '망각의 의자'에 감금되어 있던 테세우스를 구출해낸 것도 이때의 일이다. 그리하여 그는 드디어 '열두 가지 시련'을 견디어내고 이겼다. 처자를 죽인 죄의 때는 씻겨진 것이다. 여생을 안온하게 보내면 좋았을 터이다. 그러나 헤라클레스의 생애에 안온이란 말은 해당이 되지 않았다.

거칠 것 없는 생활

그의 모험을 세자면 끝이 없다. 안타이오스라는 거인으로, 무서운 투사가 있었다. 그는 나그네만 보면 무조건 싸움을 걸었다. 이긴 쪽이 상대방의 목숨을 받는다는 조건이다. 이리하여 그는 많은 목숨을 빼앗고 그 두개골로 신전의 지붕을 덮었다. 땅의 신의 자식이었기 때문에 어머니인 대지와 서로 닿아 있는 한 지는 일은 없었다. 헤라클레스는 안타이오스와 승부를 겨루었으나, 안타이오스는 집어던져 땅 위에 넘어질 적마다 새로운 힘을 얻어서는 일어서 다시 덤벼들었기 때문에 아무래도 이길 수가 없었다. 그래서 헤라클레스는 부득이 그를 공중에 쳐든 채로 목을 졸라서 죽여버렸다.

아켈로스라는 강의 신과도 싸웠다. 아켈로스와 헤라클레스는 한 처녀를 사랑했다. 누구나 그런 것처럼 강의 신도 헤라클레스와는 싸우고 싶지 않았다. 그래서 어떻게 해서든지 말주변으로 처녀를 제 것으로 삼고자 했으나, 도리어 그것이 헤라클레스의 노여움을 부채질했다.

"아켈로스, 입으로는 널 이길 수 없으나 힘으로라면 널 이길 수 있어!"

아켈로스는 황소로 모습을 바꾸어 맹렬한 기세로 덤벼들었다. 그런데 헤라클레스는 황소쯤으로는 눈썹 하나 까딱 않는다. 금세 억눌러놓고선 그 뿔을 하나 꺾어버렸다. 이 승부의 결과, 젊은 왕녀 데이아네이라는 헤라클레스의 아내가 되었다.

헤라클레스는 실로 많은 나라들을 여행하며 돌아다녔고, 멀리 아주 먼 곳까지 발길이 미치고 있다. 소(小)아시아 지방에 있었다고 생각되는 트로이에도 그는 모습을 나타내었다. 여기에선 바다 괴물의 희생물이 되려 하고 있는 라오메돈 왕의 딸 헤시오네를 구하기 위하여 그 거대한 바닷뱀을 해치웠다. 그런데 왕은 그의 할아버지가 제우스로부터 받은 말을 보상으로서 주기로 약속했으면서도 그 약속을 깨뜨렸다. 화가 난 헤라클레스는 왕을 죽이고 말은 그를 도운 친구인 텔라몬에게 주어버렸다.

그는 멀리 '코카서스'에까지 모습을 나타내어, 쇠사슬에 매인 프로메테우스의 창자를 쪼아먹는 독수리를 죽이고 프로메테우스를 풀어주었다. 이것은 황금 사과를 찾고 있던 때의 일이라고 일러진다. 그러나 헤라클레스가 지나간 뒤에 이와 같은 영광스러운 일, 위대한 행위만 남아 있는 것은 아니다. 어찌됐든 상상을 초월하는 힘이기 때문에 조그만 동작이 큰 일을 초래하기 십상인 것이다. 어느 때엔 식사 전에 그의 손에 물을 막 부으려 하던 소년을 뜻하지 않게 팔로 찧어서 소년이 죽어버렸다. 소년의 아버지는 완전히 실수라고 인정하고 용서하였지만, 헤라클레스는 자기를 용서할 수가 없어 잠시 자기를 유형에 처했다.

그러나 더 나쁜 것은 자기의 좋은 친구를 죽여버린 일이었다. 그것은 과실이 아니었다. 그 젊은이의 아버지 에우리스테우스 왕이 자기에게 모욕을 주었다는 이유에서였다. 이에 대해서는 제우스 스스로 헤라클레스를 벌하기로 했다. 그는 리디아에 보내어져 여왕 옴팔레의 노예가 되었다. 그 기간은 1년이었다고도 하고, 또 3년이 었다고도 전해진다. 여왕 옴팔레는 이 호쾌한 영웅에게 때로는 여자의 옷을 입히기도 하고 여자의 일을 시키기도 하면서 재미있어했다. 그는 옴팔레의 시녀들과 함께 실을 잣기도 하고 베를 짜기도 했다. 그러나 내심으론 한심하고 처량한 생각이 들었다. 이런 처량한 지경에 이른 것도 따지고 보면 제 에우리스테우스 때문이라고 생각하고 점점 화가 나서, "에우리스테우스 놈, 내가 자유의 몸만 되어 봐라, 어떻게 해주는가!" 하고 얼마쯤 빗나간 저주의 말을 내뱉는 것이었다.

헤라클레스에 대한 이야기는 과연 그답다고 생각되는 것이 많거니와, 그 중에도 그의 면목을 빛내는 이야기가 하나 여기에 있다. 디오메데스의 사람 잡아먹는 말을 데려오기 위해서 트라키아까지 갔을 때의 일이다. 헤라클레스는 친구인 테살리아에 사는 왕의 한 사람 아드메토스에게 신세를 져야겠다 생각하고 왔던 것이지만, 그 집은 깊은 슬픔에 싸여 있었다. 아드메토스의 아내가 막 세상을 떠난 참이었던 것이다. 그 죽음이 또한 좀 별난 죽음이었다.

그보다 앞서 아드메토스는 자기의 목숨의 실을 잣고 있는 운명의 여신들이 그 실을 끊으려 하는 것을 알았다. 만일 누군가가 아드메토스 대신 죽으면 목숨은 연장되리라는 것이었다. 그러나 부모도 친구들도 그 대신 죽으려는 자는 없었다. 이때, 아내인 알케스티스가 남편 대신 죽겠다고 나섰다. 아드메토스는 제 아내를 위해서 울고, 또 그처럼 좋은 아내를 잃어야 하는 자기 자신을 위해서 울었다.

알케스티스가 죽은 뒤, 그 베갯머리에서 울면 울수록 그의 슬픔은 깊어가기만 했다. 가장 훌륭한 장례식을 치르기로 했다. 헤라클레스가 북쪽으로 가는 여행에서 이곳에 들른 것은 그러한 때였던 것이다.

당시의 습관으로서 손님을 맞이하는 예절은 몹시 까다로웠다. 금방 온 손님에게 집안일 따위를 알리는 것은 주인으로서의 수치였다. 아드메토스도 입고 있던 상복만은 어쩔 수 없었으나, 장례에 대해서는 얼굴에 비치지도 않고 웃음띤 얼굴로 헤라클레스를 맞이했다. 어느 분이 세상을 뜨셨느냐는 물음에도 아내라고 말하지 않고 이야기를 돌렸다. 아무튼 이와 같은 때에 폐를 끼쳐서 죄송하다고 하면서 헤라클레스가 떠나려고 하자, 아드메토스는 한사코 만류했다.

"그건 곤란해. 다른 집에서 묵어선 이 아드메토스의 체면이 서지 않아."

그는 종들에게 명하여, 헤라클레스를 위해서 떨어져 있는 방을 준비시켰다. 그리고 장례 치르는 소리를 결코 손님 귀에 들어가지 않도록 하라고 단단히 일렀다.

헤라클레스는 아드메토스의 그 행동거지로 보아 죽은 이는 그다지 친한 사람이 아니고 형식적으로 장례식에 참석하는 것이려니 하여 별로 사양할 필요까지는 없다고 생각했다.

헤라클레스의 식욕은 보는 이를 놀라 나자빠지게 할 정도였다. 또 그 이상으로 잘 마셨다. 시중을 들고 있던 하인 녀석들은 눈이 돌 만큼 바빴다. 먹고 마시고 배가 부르고 차차 취함에 따라서 점점 흥이 솟았다. 떠들고 있는 것은 헤라클레스 한 사람이지만, 아무튼 그 소리라는 것이 황야의 저쪽, 파도 사나운 바다 끝까지 울려 퍼질 정도의 것이었다. 그 목청을 뽑아 악을 쓰고 있는 노래는 아무리 잘 들어주어도 품위 있는 노래라고는 할 수가 없었다. 어쨌든 장례가 있는 집에는 도무지 격에 맞지 않는 상태가 되었다.

"이놈들아, 뭘 그리 장승마냥 멍청히들 서 있는 거냐? 자, 부어라, 마셔라! 네놈들도 들어!"

그러나 하인들은 안주인의 장례 날에 떠들 수가 없었다. 머리만 긁고 있으려니까, 헤라클레스는 벌컥 천둥같이 화를 냈다.

"녀석들아, 하나같이 찌부러진 낯짝들만 쳐들고서……. 애, 술 깬다. 자, 술을 더 가져와!"

하인 하나가 드디어 참을 수가 없어서, 겁을 먹은 채 조심조심 말했다.

"실은 지금, 상황이 그게 아니어서……."

"왜? 누가 죽었다는 건 나도 들었다만, 그다지 친한 사람은 아니라더구나."

"친한 사람이 아니라굽쇼?"

"그래. 아드메토스 말이 그렇다더구나. 아니면, 아드메토스가 거짓말을 했다는 말이냐!"

"아, 아니, 그게 아니오라……."

하인은 다급하여 어찌할 줄을 모르며 대답했다.

"거짓을 아뢸 리가……. 다만, 귀하신 손님에게 필요 없는 염려를 끼치지 않고 마음 편히 계시도록 마음을 쓰신 것뿐입니다. 자, 어서 더 드소서."

헤라클레스의 잔을 채우려 하는 하인을 그는 와락 움켜잡았다. 몸부림치려 해봐야 옴짝달싹을 할 수 없었다.

"아무래도 좀 수상하구나. 뭐가 있었던 게로구나."

"보시다시피 저희는 모두 깊은 슬픔에 싸여 있습니다."

"도대체 죽기는 누가 죽은 것이냐? 아드메토스는 날 웃음거리로 만들었구나."

"돌아가신 분은 왕비 알케스티스님이십니다."

하인은 모기 우는 소리로 말했다. 좌중은 한참 동안 조용해졌다. 헤라클레스는 잔을 집어던졌다.

"내가 얼간이었구나. 말을 듣고 본즉 아드메토스의 눈은 울어 빨개져 있었단 말이야. 그걸 그다지 친한 이가 아니라고 한 것이 나에 대한 배려였던가. 그런데 나란 놈은 마시고 떠들고……. 아, 왜 한마디쯤 알려주지 않고서."

자신은 술부대 얼간이라고, 여느 때처럼 헤라클레스는 자책을 시작했다. 그리고 또 여느 때처럼 보상을 하지 않으면 안 된다고 생각하기 시작했다. 어떻게 하면 이 큰 실수를 메울 수가 있단 말인가? 마침내 그는 언뜻 생각이 났다.

"그렇구나! 알케스티스를 다시 살려내지 않으면 안 되겠어. 그거야말로 아드메토스의 마음에 보답하는 길이로다."

이 사나이는 생각하면 곧 실행하지 않고선 못 견딘다.

"그러나, 잠깐……. 되살려내는 덴 어쩌면 좋다? 음, 됐어. 시체는 내일 매장한다니까, 필경 죽음의 신 녀석은 무덤 언저리를 어정이고 있을 거야. 만일 알케스티스를 돌려주지 않는다고 한다면 이 팔로 목을 졸라 가루를 만들고 말 테야. 무덤에 그 녀석이 없다면 결국 지하 세계의 왕 하데스한테까지 갈 테니까, 뒤를 좇을 뿐이다. 죽음의 신과 레슬링을 한번 한다? 이거 재미있게 됐는걸."

그는 혼자 흥이 났다.

아드메토스가 장례를 모두 끝내고 아내가 없는 집에 맥없이 돌아오자, 헤라클레스가 마중을 나왔다. 곁에 한 사람의 여인이 서 있었다.

"아드메토스, 자, 보게. 누구와 닮지 않았는가."

아드메토스는 여자를 보고 소스라치게 놀랐다.

"악, 유령이다! 아니면 신의 힘을 이용해서 날 조롱하고 있는 건가?"

"잘 보게, 이분은 틀림없는 자네 부인이시네. 죽음의 신과 싸워서 자네 부인을 다시 모시고 온 걸세."

헤라클레스의 단순함, 그 우직함을 이처럼 여실히 보이고 있는 이야기는 없다. 사람이 죽은 집에서 마시고 떠들고, 또 사실을 알고선 쥐구멍에라도 들어가고 싶어하고, 그 부끄러움을 씻기 위해선 죽음의 신도 별거 아니라고 여기는 호쾌함, 이것이 헤라클레스의 인간상이다. 화를 낸 헤라클레스가 아드메토스의 하인을 비틀어 짜부러뜨려버리지 않은 게 천만다행이다. 이 사나이가 가는 곳에는 반드시 죽는 사람이 두셋은 나온다. 여왕 옴팔레 밑에서 여자 노예 시중을 해야 했던 헤라클레스는 에우리스테우스에 대해서 저주의 말을 뱉었고, 자유의 몸이 되자 이내 그 실행에 착수했다. 그는 군대를 모아 이 왕의 성을 함락시켰고, 왕을 죽였다. 하나, 이 승리가 결과적으로는 그의 죽음을 초래한다.

헤라클레스는 도시를 철저히 파괴하고, 붙잡은 여자들을 자기 집으로 보내게 했다. 아내 데이아네이라는 리비아의 여왕 옴팔레한테서 남편이 돌아오는 날을 손꼽아 기다리고 있던 참이었다. 이 사로잡힌 여자들 중에는 에우리스테우스 왕의 딸인 이올레라고 부르는 아름다운 처녀가 있었다. 여자들을 헤라클레스의 집까지 호송해 온 사나이는 헤라클레스가 이 왕녀에게 흠뻑 반해 있다고 데이아네이라에게 말했다. 그러나 데이아네이라는 이 말을 듣고서도 그다지 동요하지 않았다. 그녀는 어떤 여자가 오더라도 남편의 사랑을 빼앗기지 않는다는 자신이 있었기 때문이다.

일찍이 헤라클레스가 데이아네이라를 아내로서 집으로 데리고 돌아오는 도중, 어느 강에 이르렀다. 여기서는 네소스라는 켄타우로스(반인반마의 괴물)가 나그네를 업어 강을 건네주고 삯을 받고 있었다. 헤라클레스는 혼자 건넜으나, 네소스가 데이아네이라를 업고서 건네주는 도중 강 중류까지 오자, 이 미녀에게 장난을 걸려고 하였다. 건너편 기슭에 건너가 있던 헤라클레스는 아내의 비명을 듣고는 이 덜된 녀석을 한 방의 화살로 쏘아 죽였다. 숨이 넘어가는 순간에 네소스는 말했다. 자기 피를 받아서 간수해두면 언젠가 헤라클레스가 다른 여자를 사랑하려고 할 때 부적과 같은 구실을 하게 될 것이라고……. 그녀는 네소스의 말에 따랐기 때문에, 이제 그것을 한번 시험해보아야겠다고 생각하고 훌륭한 겉옷에 이것을 발라 사자(使者)를 시켜 남편한테 보냈다. 이러한 것은 모두 헤라클레스를 괴롭히려는 헤라의 의지에 의한 것이었다.

아내가 보내 온 옷을 입자마자 마치 불로 지지는 것과 같은 무서운 고통이 헤라클레스를 엄습했다. 괴로워 몸부림을 치면서 헤라클레스는 아무것도 모르는 사자를 움켜쥐자마자 바닷속으로 집어던졌다. 보통 사람이라면 무서운 이 고통으로 그 자리에서 죽어버릴 테지만 그는 불사신의 강함을 지니고 있었다. 그는 계속 괴로워하면서 배에 실려 집까지 왔다. 데이아네이라는 그 전에 자기가 보낸 옷으로 말미암아 이런 큰 변이 난 것을 깨닫고는, 사태가 그렇게까지 되리라곤 꿈에도 생각지 않았기 때문에 놀라고 슬퍼하며, 스스로 목매어 죽었다.

무서운 고통에 시달리면서도 헤라클레스는 목숨을 부지하고 있었다. 그래서 스스로 죽기로 했다. 주위 사람들에게 일러서 오이타산의 꼭대기에 화장을 하기 위한 장작을 쌓아올리게 했다. 이 장작의 산을 쳐다보자, 그는 빙긋 웃고서는 말했다.

"아, 이제 쉴 수 있다. 이걸로 끝이다."

그러고는 마치 식후의 낮잠이라도 자려는 것과 같이 장작 더미 위에 누웠다. 그는 젊은 종자 필로크테테스에게 횃불의 불을 장작에 붙이라고 명하고 자기 활과 화살을 건네주었다. 후에 필로크테테스는 활과 화살을 가지고 트로이 공략에 참가한다. 불꽃은 금세 타올라 장작 더미의 산을 휩쌌다. 헤라클레스의 모습은 이미 두 번 다시 지상에서는 볼 수 없게 되었다. 하늘로 불려 올라간 그는, 그를 평생 괴롭혔던 헤라와 화해하여 그 딸 헤베와 결혼했다고 한다.

그 괴로운 시련 뒤에
휴식을 얻었도다.
행복한 동산의 평화야말로
그가 얻은 지상의 보상.

그러나 그와 같은 평화와 행복에 그가 과연 만족할 수 있는가, 또 그가 끼어든 하늘 나라가 그처럼 평화로울 수 있을 것인가는 보증할 수가 없는 일이다.

헤라클레스의 생애에 대해서는 서기 1, 2세기경의 산문가 아폴로도로스와 오비디우스가 써 남기고 있다. 처자를 죽인 이야기와 알케스티스를 소생시킨 이야기는 에우리피데스의 비극에 이야기되고 있으며, 또 헤라클레스의 죽음에 대해서는 에우리피데스와 동시대 사람인 소포클레스가 적고 있다. 어렸을 때에 뱀을 죽인 이야기는 핀다로스 및 테오크리토스에게서 얻었다.

아테네의 영웅 테세우스

미노스 미궁의 희생

그 무렵, 아테네 사람들은 공포에 떨고 있었다. 크레타의 왕 미노스에게 인간 조공을 바칠 날이 다가왔기 때문이다.

당시 크레타 섬에는 강대한 세력을 자랑하는 나라가 있었다. 언젠가 이 나라의 왕 미노스는 왕자 안드로게오스에게 아테네를 방문하도록 보낸 일이 있었다. 아테네 왕 아이게우스는 이 손님에게 살의를 품고 고의로 아주 사나운 황소와 싸우게 했다. 안드로게오스는 참혹한 죽음을 당했다. 단 하나뿐인 왕자가 살해당하자 미노스왕은 분노로 거의 미칠 지경이 되었다. 미노스 왕의 군선은 대거 아테네로 향했다. 아이게우스는 항복했다. 미노스 왕은 가혹한 요구를 들이댔다. 공물로서 인간을 바치라는 것이다. 그것을 듣지 않으면 아테네를 철저히 파괴한다는 선언이었다. 아이게우스 왕은 이 조건을 받아들이지 않을 수 없었다. 공물로서는 일곱 명의 소년과 일곱 명의 소녀가 선발되어 정기적으로 크레타에 보내기로 되었다.

이러한 인간 조공으로 가는 사람들에게는 무서운 운명이 기다리고 있었다.

크레타 섬의 미노스 왕 궁전에는 라비린토스라고 불리는 미궁이 있었다. 희대의 세공사(細工師) 다이달로스에게 만들게 한 것으로서, 실로 불가사의한 건축물이었다. 회랑이며 방들이 복잡하게 설계되어 있어 한 번 발을 그 안으로 들여놓으면 그것으로 마지막이니, 무슨 수로도 출구를 찾아낼 수 없게 되어버린다. 이 미궁 속에는 미노타우로스라는 괴물이 살고 있었다.

미노타우로스라는 것은 머리는 사람이고 몸뚱이는 소(牛)인 기분나쁜 괴물이었다. 이 괴물은 인간 여성과 황소 사이에서 태어난 것이라고 일러지고 있다. 어느 때 바다의 신 포세이돈은 희생으로 바치게 하기 위해서 훌륭한 황소를 미노스 왕에게 보내었다. 그런데 왕은 이 황소를 죽이는 것이 아까워서 죽이지 않고 길렀다. 그러자 포세이돈은 벌을 내렸다.

미노스 왕에게는 왕비 파시파에가 있었다. 이 파시파에가 황소를 사랑하게 되었다. 미노타우로스는 이 파시파에 왕비와의 사이에서 태어난 아이라고 일러진다.

미노스 왕은 미노타우로스를 원래 같으면 죽일 테지만, 살려주었다. 그리고 미궁을 만들어 여기에 살게 했다. 아테네로부터 받은 인간 공물은 이 미궁 속에 집어던져 미노타우로스의 밥으로 삼았다. 따라서 공물을 보내는 날이 다가올수록 아테네 시민은 공포에 떠는 것이었다. 그런데 자원해서 이 공물에 끼겠다고 하는 젊은이

테세우스의 노동

가 나타났다. 그 이름은 테세우스, 아테네의 왕 아이게우스의 아들
이었다.

　테세우스는 아이게우스 왕의 아들이었으나, 남그리스의 한 마
을에서 태어나 자랐다. 아이게우스는 테세우스가 태어나기 전에 그
땅을 떠났던 것이다. 아이게우스는 떠나기 전에 한 자루의 검과 한

켤레의 신을 구멍 속에다 넣고 그 위에다 커다란 돌로 뚜껑을 덮어놓고서는 테세우스의 어머니에게 말했다. 만일 아들이 태어나면 이 큰 돌을 치우고 속의 것을 꺼낼 수 있게 되는 날에 자기한테 보내라고……

테세우스는 뛰어나게 강한 젊은이로 성장했다. 어머니 가르침대로 그는 어렵지 않게 큰 돌을 치우고 검과 신을 끄집어냈다. 드디어 아버지를 만나러 아테네로 가게 되자, 할아버지는 배를 준비해주었다. 그러나 테세우스는 육로로 가기로 했다. 배를 타고 여행하는 것이 안전하고 편안했지만, 그는 빨리 영웅이 되고 싶었기 때문에 도리어 쉬운 길을 피했던 것이다. 그 무렵, 헤라클레스의 이름은 온 그리스에 알려져 있었다. 그도 빨리 이 대영웅처럼 되고 싶었다. 두 사람은 사촌이었던 것이다.

여행은 길고 어려웠다. 길 가는 도중에 도둑들이 출몰했다. 그는 뒤에 오는 여행자들이 곤란을 당하지 않도록 도둑들을 하나도 남기지 않고 토벌해 없애버렸다. 테세우스의 정의감이란 것은 지극히 단순 명쾌했다. 즉, 상대방이 다른 사람에게 한 것과 똑같은 방법으로 갚아주는 것이었다. 이를테면 여행자를 속여서 바다 속에다 차 던지곤 했던 사나이는 벼랑에서 바다 속에 처넣었다. 소나무들을 땅에 닿을 만큼 휘어놓고서 거기에다 사람을 붙잡아매어 그 나무가 퉁겨질 때 사람의 몸이 찢어져버리도록 하는 잔혹한 살인을 한 놈은 그와 똑같은 방법으로 죽였다. 또 프로크루스테스라는 사나이는 나그네를 쇠 침대에 묶어놓고 키가 침대보다 작은 사람은 그만큼 늘려

놓고 큰 사람은 그만큼 잘라내는 잔인한 짓을 했다. 테세우스가 이 사나이의 몸뚱이를 잡아늘였는지 잘라냈는지 그 점에 대해서는 잘 알 수 없으나, 아무튼 둘 중의 한 가지 방법으로 처치해버렸다.

이와 같이 여행자들이 무서워하고 있던 땅을 안심하고 다닐 수 있게 했기 때문에 이 젊은이의 이름은 금세 유명해졌다. 아테네에 그가 도착했을 때에는 왕이 자신의 연회에 불렀을 정도였다. 왕은 아직 이 젊은이가 자기 아들이라는 것을 몰랐다. 다만 너무나 젊은 이의 인기가 높았기 때문에 민중이 그를 왕으로 추대하지 않을까 하는 불안이 있었다. 그래서 그에게 독이 든 잔을 마시게 하려고 초대했던 것이다.

더구나 이 계획은 왕 자신이 생각해낸 것이 아니라, 아이게우스의 아내 메디아의 생각이었다. 코린토스로부터 하늘을 달리는 수레로 도망쳐 온 메디아는 아테네에 와서 아이게우스의 아내가 되어 상당한 권세를 쥐고 있었다. 그녀는 테세우스가 왕의 아들이라는 것을 마법으로 간파하고는 그가 나타나면 자기의 권세가 위태롭게 될 것을 알고 테세우스를 죽이려 한 것이다.

그러나 테세우스는 살해되지 않았다. 메디아가 독배를 권했을 때, 테세우스는 자기가 왕의 아들이라는 것을 조금이라도 빨리 알리고 싶어서 검을 뽑았다. 왕은 이내 자기 아들이라는 것을 알고 독배를 마룻바닥에 던지게 했다. 일이 틀어진 것을 안 메디아는 도망쳤다. 아시아까지 무사히 도망쳤다고 일러진다.

테세우스가 인간 공물에 끼어서 크레타로 가고 싶다고 청원을 하자 처음엔 부왕을 비롯해서 모든 사람이 놀라 만류했다.

그러나 그의 결의는 변하지 않았다. 크레타 섬으로 가련한 제물을 나르는 배는 언제나 검은 돛을 달기로 되어 있었다. 테세우스는 이렇게 약속했다.

"일이 성취되었을 때는 검은 돛을 흰 돛으로 바꾸어 달겠습니다. 그렇게 하면, 부왕께서는 제가 무사하다는 것을 멀리서도 아시게 될 것입니다……."

괴물 미노타우로스를 죽이다

테세우스가 낀 일곱 명의 소년과 일곱 명의 소녀는 검은 범선을 타고 크레타 섬에 도착했다. 제물들은 많은 사람들이 지켜보는 가운데 미궁까지 열을 지어서 걸어가지 않으면 안 되었다. 그 구경꾼들 중엔 미노스 왕의 딸 아리아드네도 있었다. 그녀는 테세우스를 한 번 보자, 그만 사랑에 빠져버렸다.

아리아드네는 다이달로스에게 가만히 사람을 보내어 미궁에서 빠져나오는 방법을 가르쳐주도록 명령했다. 한편 테세우스에게도 이렇게 전하게 했다.

"만일 저를 아테네로 데리고 돌아가서서 결혼해주신다면, 미궁에서 빠져나오는 방법을 가르쳐드리겠어요."

테세우스는 승낙했다. 아리아드네는 다이달로스에게 들은 방법을 테세우스에게 가르쳐주었다. 실타래의 실 끝을 입구의 문 뒤에다 매어두고는 들어가는 데 따라서 실타래를 풀어가면 나올 때에 길을 잃지 않을 수 있다는 것이다.

테세우스는 시키는 대로 미궁 깊숙이 괴수 미노타우로스를 찾아서 들어갔다. 미노타우로스는 미궁의 안쪽에서 잠자고 있었다. 테세우스는 아무런 무기도 가지고 있지 않았기 때문에 괴수에게 덤벼들어 억누르고서는 주먹으로 내리짓찧었다.

언덕 위에서 넘어지는
떡갈나무와도 같이
그 아래 놓인 것은 모조리
가루를 내는 형세로
테세우스는 짐승을 마구 짓찧어놓다.
사나운 짐승도 이젠 마지막 숨을 몰아쉬며
머리를 가까스로 흔들 뿐
이제 그 뿔을
휘둘러본들 재간도 없게 되었느니.

미노타우로스는 죽었다. 테세우스는 일어섰다. 떨어져 있던 실타래를 주워 들었다. 이것만 있으면 밖으로 나올 수 있다. 테세우스는 희생의 제물로 함께 온 다른 소년 소녀들을 데리고 미궁을 빠져나왔다.

176

테세우스는 아리아드네를 데리고 크레타 섬을 무사히 탈출해 나왔다. 그 도중에 배를 낙소스 섬에 대었다. 여기서 이야기는 두 갈래로 갈린다. 한 가지 설에 의하면 테세우스는 아리아드네를 섬에다 내버리고 왔다고 되어 있다. 아리아드네가 섬에서 잠들어 있는 동안에 테세우스는 배를 띄워버린 것이다. 디오니소스(바코스)가 그녀를 발견하고 위로했다고 한다. 다른 설은 좀 더 테세우스에게 동정적이다. 아리아드네는 심한 배멀미를 했다. 그래서 얼마 동안만 아픈 몸을 추스르게 하려고 그녀를 섬에 상륙시키고 테세우스는 볼일이 있어 배로 돌아왔다. 그런데 갑자기 심한 바람이 불어 배를 먼 바다로 흘러가게 만들었다. 꽤 오래 바다 위를 헤맨 끝에 겨우 섬으로 돌아와 보니, 아리아드네는 죽어 있었다. 그는 크게 슬퍼했다고 한다.

배가 아테네에 가까워졌을 때, 테세우스는 돌이킬 수 없는 짓을 해버렸다. 개선의 기쁨 때문이었는지, 아리아드네를 잃은 슬픔 때문이었는지는 모르지만 출발할 때 부왕과 했던 약속을 잊어버렸던 것이다. 날이면 날마다 아크로폴리스의 언덕에서 아들의 안부를 걱정하면서 바다를 바라보고 있었던 아이게우스는 배가 떠날 때와 같이 검은 돛을 달고 돌아오는 것을 보았다. 그것은 아들의 죽음을 뜻하는 것이었다. 아이게우스는 슬퍼한 나머지 높은 벼랑에서 몸을 던져 죽어버렸다. 그 이후, 이 바다는 그의 이름을 따서 '에게 해'라고 불리게 되었다.

테세우스는 아테네의 왕이 되었다. 아주 현명하고 공평한 왕이었다. 그는 시민들을 지배하기를 원치 않는다, 민중에 의한 정부야 말로 필요한 것이라고 선언했다. 그 말대로, 그는 왕으로서의 주권을 버리고 공화제를 실시하여 의사당을 만들고 모든 것을 민중의 뜻과 투표에 의해서 결정하도록 했다. 그리고 그 자신은 단지 군대의 총사령관이 되었다. 그리하여 아테네는 번영하고, 모든 도시 중에서도 민중이 가장 안심하고 살 수 있는 자유스러운 도시가 되었다.

테베 원정의 7용사로 유명한 싸움에서도 테세우스의 성격은 잘 나타나 있다. 테베는 싸움에 져서 죽은 적의 시체를 내버려두었을 뿐만 아니라, 그것을 장사지내는 것조차 허락하지 않았다. 테세우스와 아테네 시민들은 이런 짓거리에 의분을 느끼고 테베를 공략했다. 아테네는 이겼으나, 테베의 도시 안으로 들어가 난폭한 짓은 전혀 하지 않았다. 테세우스는 테베를 함락시키기 위해 군사를 몰아나갔던 것이 아니요, 다만 그게 누가 됐든 간에 그리스인의 시체가 들에 내버려져 있다는 것을 견딜 수 없어 테베를 쳤을 뿐이었던 것이다. 시체를 장사지내고, 테세우스는 회군했다.

불운한 오이디푸스 왕이 모든 사람에게 버려져 방랑하고 있을 때, 위로하고 격려하면서 그를 보살펴준 것도 테세우스다. 그 후 두 딸을 보호하여 집까지 데려다주었다. 헤라클레스가 미쳐서 처자를 죽이고 절망하고 있을 때, 손을 벌려서 아테네까지 데리고 돌아온 것도 테세우스다.

그러나 영웅인 이상 그도 모험을 즐겼다. 여전사의 나라 아마존으로 원정한 것은 헤라클레스와 함께였다고도, 혼자였다고도 일러

미노타우로스와 싸우는 테세우스

진다. 그는 이 나라에서 한 여인을 데리고 돌아왔다. 그 이름은 안티 오페라고도 하고 히폴리테라고도 일러진다. 그것은 어쨌든, 그녀와 의 사이에서 태어난 아들은 히폴리토스라고 이름을 붙였다. 이 아 들이 태어난 후, 아마존이 그녀를 구출하기 위해서 아테네 주변의 아티카까지 쳐들어왔다. 아마존 군은 아테네 시내까지 돌입했으나, 격렬한 싸움 뒤에 격퇴당했다. 이후, 테세우스가 살아 있는 동안 아 테네가 적에게 짓밟힌 적은 없다.

테세우스의 모험은 수없이 많다. 아르고 호를 타고 황금 양피를 구하러 갔던 사람이었고, 칼리돈의 사냥에도 참가하고 있다. 이 사 냥 때엔 그는 친구 페이리토스의 목숨을 구해주었다고 일러진다. 이 맹목적인 친구는 몇 번이고 테세우스에 의해 위험한 고비에서 구제받았다고 한다.

테세우스와 페이리토스의 만남은 좀 별다른 것이었다. 페이리토 스는 명성 높은 테세우스의 이름을 듣고, 스스로 시험해보려고 아 티카의 들로 침입하여 테세우스의 가축을 훔쳤다. 테세우스가 다가 온다는 소식을 듣자, 그는 도망가는 대신 그 쫓아오는 사람을 만나 러 갔다. 두 사람은 얼굴을 마주 대했다. 페이리토스는 테세우스를 본 순간 완전히 감복해버렸다. 그는 손을 뻗쳐서 말했다.

"음, 마음에 들었어. 자네가 내리는 벌이라면 무엇이든지 달게 받겠네."

테세우스는 빙긋이 웃었다.

"그럼 말하지. 내가 원하는 건 우정이야."

그리하여 두 사람은 신의의 맹세를 나눴다.

라피테스의 왕이었던 페이리토스는 결혼하게 되어, 테세우스는 그 혼인 잔치에 주객(主客)의 한 사람으로서 초대되었다. 그런데 경축스러운 연회 자리는 대단한 소동으로 변했다. 머리부터 가슴까지는 사람이요, 그 다음은 말인 기묘한 손님들이 잔치에 초대되어 있었다. 그들 켄타우로스는 마실수록 취할수록 점점 더 본성을 나타내어 신부에게 행패를 부리려고 들었다. 테세우스는 몸을 솟구쳐 신부를 데리고 가려는 켄타우로스를 쳐서 거꾸러뜨렸다. 이것이 계기가 되어 라피테스 족과 켄타우로스 사이에는 전쟁이 시작되었으나, 테세우스는 마지막까지 페이리토스를 도와 승리를 얻게 해주었다.

그러나 두 사람이 한 최후의 모험에서는 마침내 테세우스도 친구를 구할 수가 없었다. 첫 아내를 잃은 페이리토스는 어처구니없게도 다른 사람도 아닌 지하 세계의 여왕 페르세포네를 아내로 원한 것이었다. 여기에 자극을 받았는지, 테세우스도 헬레네라는 소녀를 미래의 아내로 삼겠다고 선언했다. 이 헬레네는 후일의 트로이의 헬레네였으나, 이때는 아직 어린애였다. 어떻게 했는지는 모르나, 테세우스는 헬레네를 훔쳐오는 데 성공했다. 그러나 헬레네의 오빠는 이름 높은 영웅 카스토르와 폴리데우케스 쌍둥이였다. 쌍둥이 형제는 도시로 찾아와서 헬레네를 되찾아 돌아갔다. 테세우스가 형제에게 발견되지 않은 것은 다행이었다.

어떻게 해서 죽은 자들의 세계에까지 두 사람이 이르렀는지는 분명하지 않으나, 지하 세계의 왕 하데스는 벌써 두 사람의 목적을 꿰뚫어 보고 있었다. 하데스는 두 사람을 죽이지 않고 도리어 환영하는 체하면서 자기 앞에 놓인 의자에 앉도록 권했다. 두 사람은 의자에 앉았다. 그러고는 그만 두 사람은 그 자리에서 일어설 수가 없었다. 그 의자는 '망각의 의자'라고 불리는 것으로, 거기에 앉은 자는 모든 것을 잊어버리고 만다고 한다. 마음속은 텅텅 비어 움직이려 들지도 않게 되는 것이다. 헤라클레스는 죽은 자들의 세계에 내려갔을 때 테세우스를 발견하고 의자에서 들어올려 지상으로 데리고 돌아왔다. 헤라클레스는 페이리토스도 구하려 했으나, 지하 세계의 왕은 페이리토스가 페르세포네를 빼앗으려고 한 장본인임을 알고 엄중히 경계하였으므로 끝내 구출할 수가 없었다. 따라서 페이리토스는 그대로 '망각의 의자'에 계속 앉아 있을 것이다.

만년의 비극

몇 년 뒤, 테세우스는 아리아드네의 누이동생 파이드라와 결혼했다. 이 결혼은 테세우스 자신뿐만 아니라, 파이드라와 아마존이 낳은 아들 히폴리토스에게도 커다란 불행을 가져오게 된다.

테세우스는 자식을 강하게 기르려면 그 편이 좋다고 생각해 자기가 태어난 남그리스의 도시로 히폴리토스를 보냈다. 히폴리토스는 훌륭한 젊은이로 성장했다. 그는 경기에 강하고 사냥을 잘하며 유약한 자들을 경멸했다. 사랑의 여신 아프로디테를 경멸하고 사냥의 여신 아르테미스를 숭배했다.

테세우스가 파이드라를 데리고 남부 그리스의 생가(生家)를 방문하면서 문제는 시작된다. 아버지와 아들은 재회의 기쁨을 나누었다. 그러나 히폴리토스는 파이드라에겐 아무런 관심도 보이지 않았다. 그는 여성에게는 흥미가 없었다. 그러나 파이드라 쪽은 히폴리토스를 사랑하게 되어버렸다. 부끄러운 일이라고 생각하면서도 어쩔 수가 없었다. 이것은 아프로디테가 자기를 경멸하고 있는 히폴리토스를 벌하기 위해서 꾸민 계략이었다.

파이드라는 고민한 나머지, 남모르게 죽어버리려고 결심했다. 그때 테세우스는 집에 없었으나, 파이드라의 늙은 유모가 그것을 눈치챘다. 그리고 그녀의 가슴속에 깊이 숨겨진 사랑과 절망을 알았다. 이 충실한 늙은 유모는 다만 여주인의 신상을 염려한 나머지 히폴리토스를 향해서 말했다.

"파이드라님은 도련님에 대한 사랑 때문에 목숨을 끊으려 하고 계십니다. 제발 파이드라님을 구원해주소서. 소원입니다. 목숨을 건 사랑에 사랑으로써 답하여주소서."

히폴리토스는 혐오를 느끼면서 뒷걸음질을 쳤다. 원래가 여자를 싫어하는 성미인 데다 아버지의 여자한테 사랑을 받게 된다는 것은 몸서리쳐지도록 싫은 일이었다. 그는 가운데 뜰로 뛰어나왔으나, 늙은이는 매달리듯이 쫓아왔다. 가운데 뜰에는 파이드라가 앉아 있었다. 그러나 히폴리토스는 돌아보지도 않았다.

"무슨 이런 여자들이 있어. 그래, 나보고 아버님을 배반하라는 거야? 듣기만 해도 더러워! 그래서 난 여자가 싫다는 거야. 아버님이 계시지 않는 한, 난 절대로 이 집엔 들어오지 않겠어!"

히폴리토스는 분연히 나갔다. 늙은 유모는 파이드라 쪽을 돌아보았다. 파이드라는 일어섰다. 그 얼굴을 보고 늙은 유모는 놀랐다. 늙은이는 더듬으면서 말했다.

"파이드라님, 이 늙은 것이 어떻게 해서든지……."

"아니야, 괜찮아."

파이드라는 말했다.

"내 일은 내가 처리할 테니까."

파이드라는 집 안으로 들어가고 늙은이는 떨며 뒤를 따랐다. 테세우스가 돌아온 것은 그로부터 얼마 되지 않아서였다. 여자들은 울어 눈이 퉁퉁 부어 있었다.

"큰일났습니다. 파이드라님이……."

파이드라는 스스로 목숨을 끊은 것이었다. 그 손에는 한 통의 편지가 쥐어져 있었다. 테세우스는 그 편지를 읽었다.

"아, 이게 어찌된 일이냐……. 다들 들어라. 내 아들이 내 아내에게 난행(難行)을 저질렀단 말이다. 오, 포세이돈 신이여, 제 아들에게 저주를 내리소서!"

그때 히폴리토스가 모습을 나타냈다.

"대체 어찌된 거냐? 뭐, 계모님이 돌아가셨어? 아버님, 이건 어찌된 일입니까? 그처럼 슬픔을 감추기만 하지 마시고 저에게도 말씀해주십시오."

"아, 애정을 재는 잣대 같은 건 없단 말이냐? 누굴 믿을 수가 있고, 누굴 믿을 수가 없다는 걸 재는 자 말이다……. 다들 보아라. 이게 내 아들이다. 내 아내에게 난행을 저지른 사나이다! 죽은 아내의 손에 있던 편지야말로 움직일 수 없는 증거……. 이 녀석이 아무리 꾸미어 말한다 하더라도 이 편지에 씌어진 사실을 뒤집을 수 없으리라. 꺼져라, 히폴리토스! 널 이 나라에서 추방한다. 너의 파멸을 향해서 빨리 꺼져라!"

"아버님, 전 말하는 재주가 없습니다. 오, 누군가 나의 무고함을 증명해줄 사람은 없는가. 제우스에 걸고 맹세하여 전 계모님에게 손가락 하나 댄 적이 없습니다. 그와 같은 일을 생각한 적조차 없습니다. 그러한 일이 있었다면 전 부끄러워서 죽어버릴 것입니다."

"죽은 사람이 증명하고 있다. 자, 빨리 눈앞에서 꺼져라!"

히폴리토스는 할 수 없이 집을 나와 영원히 이 땅을 떠나기 위해서 바닷가 길로 마차를 몰았다. 바다의 신 포세이돈은 그의 아버지의 저주를 받아들였다. 바다에서 갑자기 괴물이 나타났다. 말은 놀라서 마구 달리어, 이륜 마차는 부서져버렸다. 히폴리토스는 치명적인 중상을 입었다. 테세우스는 그 이야기를 들었으나, 내버려두었다. 그러자 사냥의 여신 아르테미스가 테세우스의 눈앞에 나타났다.

"테세우스여, 그대의 아들은 결백하다. 그대의 아내에게야말로 죄가 있다. 그대의 자식을 사랑하여 그 사랑으로 말미암아 괴로워한 나머지 죽음을 선택한 것이다. 그 편지는 거짓이란 것을 알아야 할 것이다."

테세우스는 이 말을 듣고 놀라 숨을 몰아쉬고 있는 히폴리토스를 집으로 데리고 왔다. 히폴리토스는 상심한 테세우스에게 괴로운 숨을 내쉬면서 말했다.

"아버님, 이것은 아버님의 죄가 아닙니다."

"히폴리토스, 난 죽을 수밖에 없다."

그때 아르테미스의 목소리가 들려왔다.

"테세우스여, 아들을 팔 안에 안도록 하라. 아들을 죽인 건 그대가 아니다. 아프로디테가 한 짓이다. 그러나 아들은 죽었어도 그 이름은 노래며 이야기에 길이 전해질 것이다."

히폴리토스는 죽었다. 그리고 지하 세계로 가는 길을 더듬고 있었다. 테세우스의 최후도 비참했다. 그는 만년에 친구인 리코메데스 왕에게 식객으로 몸을 의탁하고 있었다. 이것은 아테네에서 쫓겨났기 때문이라고도 한다. 리코메데스 왕은 테세우스를 죽였다. 그 이유는 분명하지 않았다.

아테네 시민은 테세우스를 한 번은 멀리했으나, 그가 죽은 뒤 얼마 안 되어 이 영웅의 명예를 찬양하고, 커다란 무덤을 만들었다. 이 무덤은 항상 약한 자의 편이었던 그의 생애를 기념하여 영원히 노예와, 가난한 자와, 연약한 자들의 성지라고 일러지고 있다.

테세우스에 대한 것은 고대의 많은 산문과 시에 보이나, 주로 아폴로도로스의 글에 의거했다. 테베 정벌 때 헤라클레스의 광기(狂氣), 히폴리토스의 운명 등은 에우리피데스, 오이디푸스에게 베푼 친절은 기원전 4세기경의 아테네의

비극 시인 소포클레스, 테세우스의 죽음은 그리스의 철학자이자 전기 작가인
플루타르코스(46년경~120년경)의 글에서 인용했다.

여걸 아탈란테

칼리돈의 멧돼지 사냥

아탈란테라는 여걸은 둘이 있었다는 설이 있다. 이아소스라는 아버지의 자식인 아탈란테와, 스코이네우스라는 아버지의 자식인 아탈란테다. 그러나 기묘한 일은 이 두 아탈란테에 얽힌 이야기는 거의 일치하고 있다. 아무리 신화의 세계라 하더라도 두 사람의 인간이 아주 똑같은 생활을 보낸다고 하는 것은 아무래도 부자연스럽다. 역시 아탈란테라는 이름의 한 여성이 있었다고 생각하는 것이 타당하지 않을까.

아무튼 아탈란테의 아버지는 태어난 아이가 사내아이가 아니어서 크게 실망했다. 기를 것도 없다고, 갓 태어난 아이를 쓸쓸한 산중에 내버렸다. 그대로 지나갔다면, 갓난아기는 추위와 굶주림으로 죽어버렸을 것임에 틀림없다. 그러나 이러한 때엔 이따금 짐승이 인간 이상의 휴머니즘을 발휘하는 것이다.

이 인간의 버려진 아이를 주운 것은 암곰이었다. 암곰은 갓난아기를 털로 싸서 따뜻하게 해주고, 젖으로 길러주었다. 그녀는 짐승들 중에서도 야생 그대로의 암컷에게 양육을 받았다. 어느 날, 친절한 사냥꾼이 이를 보고 맡아서 길러주기로 하였다. 마침내 그녀는 그 어느 남자 어른 사냥꾼에게도 지지 않는 훌륭한 사냥꾼으로 성장했다.

하루는 두 마리의 켄타우로스가 그녀가 혼자 있는 것을 보고 쫓아왔다. 머리부터 허리까지는 사람이고, 그 다음은 말의 몸뚱이를 한 이 괴물은 어떤 인간보다도 빨리 달리고, 그 어떤 인간보다도 강했다. 도망쳐봐야 헛일이기 때문에 그녀는 도망치지 않았다. 화살 하나가 날고, 이어 두 개째가 바람을 타고 날았다. 두 마리의 켄타우로스는 넘어져서 죽었다.

그 무렵, 칼리돈의 들에 무섭고 거대한 멧돼지가 설치고 다녔다. 밭을 다 파 뒤집어놓는가 하면 가축을 죽이고 또 그놈을 잡으려는 사람들을 반대로 죽여놓고는 했다. 이 멧돼지는 숲의 맹수의 여신 아르테미스가 보낸 것이라고 알려져 있었다. 칼리돈의 왕 오이네우스가 수확기에 신들에게 제물을 바쳤을 때 아르테미스에게만 바치는 것을 잊어버렸기 때문에 여신이 그 복수로 이 흉포한 야수를 보냈다는 것이었다.

오이네우스 왕은 이를 그대로 버려둘 수가 없어, 온 그리스의 젊은 용사들을 모집하여 이 괴물을 없애기로 했다. 테세우스, 이아손, 네스토르 등 뒷날 아르고 호 여행이며 트로이 전쟁에서 이름을 떨쳤던 영웅들이 모여들었다. '아르카디아 숲의 자랑' ― 아탈란테는 홍일점으로 이 사냥에 참가했다. 그때 아탈란테의 차림은 이렇게 형용되고 있다.

빛나는 황금의 핀으로 긴 옷을 목 언저리에서 죄고, 머릿단은 아무렇게나 뒤로 묶었으며, 왼편 어깨에는 상아로 만든 화살통을 메고 손에는 활을 들고 있었다. 그 얼굴은 여자로서는 너무나 늠름하고, 남자로서는 너무 애잔했다.

이러한 모습으로, 요컨대 여자라고도 남자라고도 할 수 없는 모습이었으나, 적어도 한 남성이 그녀를 아름답다고 생각했다. 그는 오이네우스의 아들 멜레아그로스로, 한눈에 아탈란테에게 반해버렸다. 그러나 아탈란테 쪽은 그를 좋은 친구로서 대했을 뿐이요, 애인과 같은 감정은 갖지 않았던 모양이다. 그녀는 사냥꾼 친구들을 제외하곤 남성을 좋아하지 않았으며, 평생 결혼은 하지 않으려고 마음을 먹고 있었다.

그러나 무리에 여자가 긴 것에 대해서 불만인 자들도 있었다. 여자와 함께 사냥을 간다는 것은 그들의 체면에 관계되는 일이었다. 왕의 아들인 멜레아그로스가 아탈란테를 참가시킬 것을 강력하게 주장했기 때문에 다른 사람들은 불만이 많으면서도, 그렇다면 할 수 없는 일이라고 체념하여 낙착을 보았던 것이다.

일행은 마침내 괴물이 사는 곳 가까이 다가갔다. 나무와 나무 사이에 튼튼한 망을 치고 개들을 풀었다. 개들은 멧돼지를 발견한 모양으로, 맹렬히 짖으면서 멀어져 갔다. 개들과 멧돼지가 싸움을 벌인 흔적을 밟아 일동은 차츰 멧돼지와의 거리를 좁혔다.

숲에서 늪 쪽으로 함성을 지르면서 내려가자, 갈대 우거진 숲에서 갑자기 멧돼지가 뛰어나왔다. 깜짝 놀랄 만큼 거대한 멧돼지였다. 두세 마리의 개가 순식간에 그 어금니에 걸렸다. 가까이 있던 사람도 둘이나 죽었다. 순간적인 일이었다. 더욱이 불길한 것은 다른 하나는 당황해서 누군가가 던진 창에 맞아서 쓰러진 것이었다.

이아손은 겨냥을 하고 창을 던졌으나 멧돼지를 아르테미스가 가호하고 있기 때문인지 창 끝이 빗나가버려 멧돼지는 상처를 입지 않았다. 네스토르가 뛰어나갔으나, 멧돼지는 큰 나무 그늘에 숨어버렸다. 텔라몬이 나아갔으나, 나무 뿌리에 걸려 앞으로 고꾸라졌다. 이때 바람을 가르는 날카로운 소리가 나고 화살이 괴물의 몸에 박혔다. 아탈란테가 쏜 화살이었던 것이다. 그녀는 이 복잡한 싸움 중에도 침착함을 잃지 않고, 이때다 싶을 때 화살을 날린 것이다.

"야아, 아탈란테가 첫 화살을 쏘았다아!"

멜레아그로스는 자기 일처럼 좋아서 큰 소리를 질렀으나, '여자에게 공을 뺏겨서 되겠는가' 하는 듯이 안카이오스가 돌진했다. 상처를 입고 미친 듯이 성이 난 멧돼지는 안카이오스를 향해 덮쳐들었다. 태세우스가 창을 던졌으나, 작은 가지에 맞아 빗나갔다. 이아손의 창은 개를 찌르고 말았다. 멜레아그로스가 창을 쥐고 뛰어나가 한 번은 실패했으나, 두 번째 창으로 괴물의 옆구리를 보기좋게 찔렀다. 그러고는 드디어 산멱을 찔렀다.

실제로 산멱을 찌른 것은 멜레아그로스였다. 그러나 그는, 공로는 첫 화살을 맞힌 아탈란테의 것이요, 승리의 기념인 멧돼지의 가죽은 마땅히 아탈란테에게 주어져야 할 것이라고 주장했다. 이것이 결국 멜레아그로스 자신의 죽음을 초래하게 되었다.

이보다 앞서, 멜레아그로스가 아직 태어나서 일주일밖에 안 되는 갓난아이였을 때, 어머니 알타이아 앞에 운명의 세 여신이 모습을 나타냈다. 그리고 침실의 난로에 장작 한 개를 집어넣곤 운명의 실을 짜면서 이렇게 노래했다.

태어난 아기에게
좋은 선물 주려네
태어난 아기는, 저
불에 넣은 장작이
재가 될 때까지는
살아 있을 거라네.

알타이아는 활활 타고 있는 불 속에서 타다 남은 나무토막을 꺼내어 불을 끄고는 상자 속에 소중히 간수해두었다.

이 알타이아의 동생들, 즉 멜레아그로스의 외삼촌들도 멧돼지 사냥에 참가하고 있었다. 그들은 공명(功名)의 표적인 멧돼지 가죽이 여자의 손에 들어간 것을 보곤 심하게 자존심에 상처를 입었다. 다른 사람들도 마찬가지 기분이었으나, 오이네우스 왕의 아들이라는 배려가 있어서 그걸 입 밖에 내지는 않았다. 그러나 외삼촌들은 하고 싶은 말을 했다.

"아탈란테의 손에 전리품을 넘기는 건 잘못이다. 다른 사람들과 마찬가지로, 멜레아그로스 너한테도 이걸 남에게 양도할 권리는 없을 거다."

이것이 원인이 되어 말다툼이 벌어지고, 화가 난 멜레아그로스는 틈을 엿보아 두 외숙을 죽여버렸다.

알타이아가 이 소식을 들었다. 계집애답지 않게 사내들과 함께 사냥이나 가는 그런 말괄량이 계집애 역성을 들어서 외숙들의 목숨을 빼앗다니, 그런 바보 같은 놈이 있느냐고, 동생을 아끼는 알타이아는 불같이 화를 냈다. 그녀는 예의 상자를 열고, 타다 남은 나무토막을 꺼내어, 불 속에 집어던지려 했다. 그러나 아무래도 주저하여 네 번씩이나 불 속에서 그 나무토막을 끄집어냈으나 최후에는 결심을 했다.

"나는 널 낳았고, 다음엔 불 속에서 그 목숨을 구원해주었다. 이제 네 어리석음 때문에 나는 두 번이나 너에게 준 목숨을 돌려받는 거란다."

나무토막이 불에 던져지자, 멜레아그로스는 땅에 쓰러져 뒹굴었다. 그러나 마침내 그 생명은 다 타들어가, 재가 되어서 육체로부터 사라져갔다. 알타이아는 그 후 자기가 한 짓이 두려워져 스스로 목을 매어 죽었다고 한다. 칼리돈의 멧돼지 사냥은 이와 같은 비극적인 결말로 끝맺은 것이다.

193

황금 사과

아탈란테에게 칼리돈의 멧돼지 사냥은 그 모험의 시작에 불과하다. 일설에 의하면, 그녀는 아르고 호의 무리에 끼어 있었다고 한다. 다른 설로는 그녀는 그렇게 하려 했으나, 이아손이 설득해서 단념시켰다고도 한다. 아무튼 아르고 호의 모험 이야기에 그녀의 이름은 한 번도 나오지 않는다. 용감한 그녀의 일이니까, 모험에 참가하고 있었다면 반드시 눈부신 활약을 했을 텐데, 이름이 나오지 않는 걸로 보아 참가하지 않았던 거라고 생각해도 될 성싶다.

아탈란테의 이름이 그 다음에 나타나는 것은 아르고 호가 돌아온 뒤다. 이아손의 아내 메디아는 제멋대로 전횡을 휘두르는 이아손의 숙부 펠리아스를 마술로 회춘시켜준다고 속여 죽여버렸다. 이 왕을 추도하기 위해서 베풀어진 경기 대회의 출전 멤버 속에 그녀의 이름이 보이는 것이다. 트로이 전쟁의 영웅인 아킬레우스의 아버지로, 그 무렵엔 아직 젊었던 호걸 펠레우스와 레슬링 경기를 해서 이긴다.

그 후, 아탈란테는 자기 부모를 찾아내서 함께 살게 된다. 그녀의 아버지는 사내자식은 아니지만, 사내자식보다 나으면 나았지 절대로 못하지 않은 이 딸의 부모임을 만족스럽게 여겼던 것 같다. 그렇다고 하더라도 사냥과 싸움밖에 능한 게 없는 이 아가씨에게 구혼자가 쇄도했다고 하는 것은 어찌된 영문일까. 아무튼 남자들은 다투어 그녀를 아내로 삼고 싶어했다. 그래서 성가셔진 그녀는 이러한 조건을 내걸었다.

"나와 경주해서 이긴 사람과 결혼하기로 하죠."

자기와 달리기 내기를 해서 이길 남자는 없다는 것을 그녀는 알고 있었다. 그래도 시합을 청해오는 사내들이 있었다. 그러나 그녀는 결코 지는 일이 없었다.

그런데 아탈란테 앞에 의외의 강적이 나타났다. 이 젊은이는 다른 남자들과 마찬가지로 발로는 도저히 아탈란테의 상대가 되지 않았으나, 머리를 쓸 줄 알았다. 그에겐 아프로디테로부터 사랑을 경멸하는 처녀들을 복종시키는 일이 맡겨져 있었다. 그 이름은 멜라니온 또는 히포메네스라고 불렸다. 그는 이번의 어려운 일을 위하여 아프로디테로부터 세 개의 이상한 사과를 받았다. 그것은 아무도 본 일이 없을 만큼 아름답고, 헤스페리데스의 동산에 열려 있는 것과 같은 황금 사과였다.

드디어 그는 아탈란테와 경주하게 되었다. 아탈란테는 출발점에 서서 옷을 벗었다. 남자 같은 옷을 입고 있을 때보다도 살을 드러냈을 때의 그녀가 훨씬 아름답게 보였다. 구경꾼들은 모두 그녀 쪽을 홀린 듯이 바라보고 있고, 그 경주의 상대 쪽은 별로 돌아보려고도 하지 않았다. 이러나 저러나 승부는 정해져 있는 것. 그러나 그는 침착하게 사과를 꽉 움켜쥐었다.

두 사람은 달리기 시작했다. 아탈란테는 마치 화살과 같이 달렸다.

머리채가 하얀 어깨 위로 흘러내리고, 아름다운 속살이 장밋빛으로 물들어갔다. 아탈란테가 그를 훨씬 앞질러버리려고 했을 때,

그는 아탈란테 앞으로 사과를 굴렸다. 황금빛 사과가 그녀의 눈에 비치자 그녀는 세상에서 희한한 것을 줍기 위해 몸을 굽혔다. 그 순간 그는 아탈란테를 따라 제쳤다. 그러나 아탈란테는 순식간에 따라와서 그와 어깨를 나란히 했다. 그는 사과를 또 하나 옆쪽으로 굴려주었다. 그녀가 그것을 줍는 동안에 그는 또 앞으로 나갔다. 그러나 곧 상대방은 따라왔다. 이제 목표는 멀지 않았다. 세 개째의 사과는 그녀의 눈앞을 가로질러 길가의 풀밭 속으로 굴러들어 갔다. 풀밭 속에서 빛나고 있는 황금의 사과를 보자, 아탈란테는 그것을 줍지 않을 수 없었다. 그녀가 세 개째의 사과를 줍는 동안에 그는 숨을 턱에 닿게 쉬면서 목표로 뛰어들었다.

그리해서 아탈란테는 그의 것이 되었다. 그녀의 숲 속의 자유로운 생활, 경기장의 빛나는 승리도 이것으로 끝이 난 것이다. 이 두 사람은 후에, 제우스와 아프로디테에게 무례한 짓을 한 벌로 사자로 바뀌었다는 이야기도 있다. 그러나 그 전에 아탈란테가 낳은 아들 파르테노파이오스는 테베 정벌 7용사 중의 하나가 되었다.

아탈란테에 대해서는 오비디우스와 아폴로도로스가 쓰고 있으나, 훨씬 오래된 이야기라고 생각된다. 기원전 7세기경의 시에도 보이며, 호메로스의《일리아스》엔 칼리돈의 멧돼지 사냥이 그려져 있다. 이 장은 주로 아폴로도로스에 의거했고, 일부는 오비디우스의 글을 집어넣었다.

트로이 전쟁

파리스의 판결

그리스도의 탄생보다 1천 년 이상이나 전의 일이다. 지중해의 동쪽 끝, 현재의 소아시아인 터키의 서북쪽 해안 근처에 커다란 도시가 있었다. 이 도시는 지상에서 비교할 곳이 없을 만큼 번영하여 부강을 자랑하고 있었다. 그 이름은 트로이, 이 도시의 이름이 오늘날까지 전해져 유명한 것은 세상에 그 이야기가 영원히 이어져 오는 대전쟁이 여기에서 있었기 때문이다. 이 전쟁에서는, 신들도 영웅들도 힘을 다해서 싸웠던 것이다.

올림포스의 신들 중에서도 불화의 여신 에리스는 인기가 없는 존재였기 때문에 초대연 같은 곳에서도 늘 제외되기 일쑤였다. 평소에 그 일을 한으로 가슴에 품고 있던 에리스는 펠레우스 왕과 바다의 님프인 테티스의 혼인 잔치에도 다른 신들이 다 초대되었는데 자신만은 쏙 빼놓자 성이 나서 마침내 연회가 열리는 홀에 황금 사과 한 개를 집어던졌다. 그 사과에는 '가장 아름다운 이에게'라고 적혀 있었다.

여신들은 모두 이 사과를 갖고 싶어했다. 그러나 마지막에는 세 여신으로 그 범위가 좁혀졌다. 헤라, 아프로디테, 아테나, 이 세 여신은 제우스에게 누가 제일 아름다운가 결정을 내려달라고 요청했으나 제우스는 그런 일에는 관계하고 싶지 않았다. 그래서 "트로이 시 근처의 이다 산에 가서 파리스라고 불리는 젊은 왕자에게 판정해달라고 하라. 그는 미녀에 대해선 눈이 높으니까" 하고 슬쩍 피해버렸다. 파리스라는 왕자는 트로이 왕 프리아모스의 아들이라는 신분이었으나, 이 왕자가 언젠가 트로이를 폐허로 만들리라는 예언 때문에 부왕은 그를 멀리했다. 그는 오이노네라는 사랑스런 님프와 양을 몰며 살고 있었다.

보기에도 눈부신 세 여신이 파리스의 눈앞에 나타났을 때 파리스가 느낀 놀라움……. 그러나 파리스는 여신들의 아름다움을 판결하는 것보다도, 뇌물의 가치를 비교해보지 않을 수 없었다. 헤라는 그를 유럽과 아시아의 지배자로 만들어주겠다고 말했다. 아테나는 트로이를 그리스에게 이기게 하여, 그리스를 폐허로 만들어도 좋다고 말했다. 아프로디테는 세계에서 제일 아름다운 여인을 주겠다고 했다. 유약한 편인 파리스는 아프로디테의 조건을 받아들였다. 그리하여 황금의 사과는 이 여신의 것이 되었다. 이것이 트로이 전쟁의 계기가 된 이름 높은 '파리스의 판결'이다.

세계 제일의 미녀 헬레네

헬레네는 세계 제일의 미녀였다. 제우스가 틴다레오스 왕의 왕비 레다에게 낳게 한 딸로, 쌍둥이 카스토르와 폴리데우케스의 누이동생이라고 일러진다. 그녀의 아름다움에 대한 소문이 널리 퍼지자 헬레네에겐 각국 왕자로부터 결혼 신청이 끊일 사이가 없었으나, 틴다레오스 왕은 이것이 원인이 되어 각국을 적으로 만드는 일이 있어서는 안 되겠다고 생각했다. 그래서 헬레네의 남편으로는 스파르타의 왕이며 아가멤논의 동생이 되는 메넬라오스가 선발되었다.

한편, 여신 콘테스트에서 이긴 아프로디테는 파리스와의 약속을 이행하지 않으면 안 되었다 사랑과 미(美)의 여신은 물론 어디에 세계 제일의 미녀가 있는지를 알고 있었다. 그래서 파리스를 그리스로 가게 했다. 스파르타 왕 메넬라오스는 파리스를 정중하게 영접했다. 당시 주인과 객은 결코 서로에게 해를 끼치지 않는다는 엄격한 관습이 있었다. 그런데 파리스는 이 관습을 깨뜨리고 메넬라오스가 크레타 섬에 가 있는 동안에 아프로디테의 도움으로 헬레네를 유혹하여 트로이로 데려가버렸다.

온 그리스의 족장들이 들고 일어섰다. 바다를 건너서 트로이로 몰려가, 트로이를 재로 만들자고 외쳤다. 다만 이타케의 왕 오디세우스, 그리고 펠레우스와 바다의 님프 테티스 사이에서 태어난 아들 아킬레우스 둘만이 이 원정을 내켜 하지 않았다. 오디세우스는 남편을 버리고 도망치는 그러한 부정한 여자를 위해서 전쟁을 하는 것은 어리석은 짓이라고 생각했으며, 아킬레우스는 트로이에 가면 죽게 될 테니까 가지 말라는 어머니의 만류 때문에 주저하고 있었던 것이다. 그러나 결국 둘 다 출전하지 않을 수 없게 되었다.

전쟁 준비는 갖추어졌다. 몇천 척이나 되는 배에 병사들을 가득 싣고 아울리스라는 항구에 모였다. 그런데 며칠이고 북풍이 불어와서 출범할 수가 없었다. 예언자 말로는, 이것은 그리스인이 들토끼를 그 새끼와 함께 죽이는 바람에 사냥의 여신 아르테미스가 성을 내고 있기 때문이라는 것이었다. 신의 노여움을 달래기 위해서는 총대장 아가멤논의 맏딸을 제물로 바치지 않으면 안 된다고 했다. 그 딸 이피게네이아는 혼례식을 올린다는 구실로 불려와 불쌍하게도 제물로 바쳐졌다. 제단에서 죽음을 당할 때 아버지의 이름을 계속해서 부르짖는 비통한 목소리는 전사들의 귀를 아프게 때렸다고 한다.

북풍은 겨우 잠자고, 그리스의 군선은 서쪽으로 나아가기 시작했다.

트로이의 도시는 스카만드로스 강과 시모이스 강의 중간에 있었다. 이 시모이스 강의 어귀에 그리스의 선단이 도착했을 때, 한 사람의 전사가 제일 먼저 뭍으로 뛰어올라가 트로이 병사의 창에 쓰러졌다. 그 전사의 이름은 프로테실라오스. 그는 첫 번째 상륙자가 되면 죽으리라는 예언을 듣고도 용감하게 나아간 것이었다. 신도 이 행위를 찬양하여, 남편의 죽음을 듣고 슬퍼하는 아내 라오다메이아

앞에 그를 한 번 더 소생시켜 만나게 해주었다. 그리고 다시 정말로 남편이 죽었을 때 아내는 그 뒤를 좇았다.

이리하여 그리스 군과 트로이 군의 전쟁이 시작되었다. 그리스 군은 미케네의 왕이요 메넬라오스의 형이 되는 아가멤논을 총대장으로, 그 밖에 그 용맹스런 이름이 드높은 아킬레우스, 그에 버금가는 디오메데스, 거인으로 힘이 장사인 아이아스, 지혜로운 장수로 이름 높은 오디세우스, 나이 많고 생각이 깊은 네스토르 등이 있었다. 한편 트로이 측도 노왕 프리아모스를 모시고 그 아들인 헥토르, 그 밖에 주요한 장수들로는 아이네이아스, 디포보스, 글라우코스, 사르페돈 등이 있었다. 프리아모스 왕과 왕비 헤카베 사이에는 많은 아들들이 있었으나 그 중 헥토르는 뛰어나게 훌륭한 장수였다.

그리스 편에서 이 헥토르에 대적할 수 있는 사람은 아킬레우스 뿐이었다. 그러나 아킬레우스는 그 어머니인 바다의 님프 테티스한테서 "트로이에 가면 살아선 돌아오지 못할 운명이니라"는 말을 들었으며, 헥토르도 또한 그의 아내 안드로마케에게 "거룩한 트로이에도 멸망의 날이 있을 거요"라고 스스로 이야기했다. 두 영웅은 보이지 않는 죽음의 그늘 밑에서 싸우고 있었던 것이다.

올림포스의 신들도 이 전쟁의 방관자가 아니었다. 아프로디테는 파리스와의 관계 때문에 당연히 트로이 편에 섰다. 전쟁의 신 아레스는 예외 없이 아프로디테에게 붙었다. 여신 콘테스트에서 진 헤라와 아테나는 당연히 트로이 편에 적의를 가지고 있었다. 바다의 신 포세이돈은 항시 바다의 민족 그리스인의 편이었다. 아폴론은

헬레네를 유혹하는 파리스

헥토르 때문에 트로이 편에 섰다. 그 누이동생 아르테미스도 마찬
가지다. 제우스는 트로이 편이었으나 헤라를 자극하지 않도록 중립
을 지키고 있었다.

　이리하여 양군의 서로 양보함이 없는 전쟁이 9년 동안 계속되었
지만 승패는 가리지 못했다.

그리스 군의 내분

그런데 그리스 군 진영에 질병이 유행하기 시작하면서 큰 내분이 일어났다. 아킬레우스는 아가멤논이 포로로 잡아들인 한 아폴론의 사제의 딸을 석방하지 않기 때문에 질병이 유행하는 것이라고 비난했다.

아가멤논은 그 처녀를 풀어주는 대신에, 아킬레우스의 포로인 다른 처녀를 요구했다. 아킬레우스는 어쩔 수 없이 그 처녀를 넘겨 주었으나, 면목이 서지 않아 그 울화를 달랠 길이 없었다.

아킬레우스의 어머니이며 은빛 발을 가진 님프인 테티스는 화가 나서, 제우스에게 이런 지경이 되었으니 아가멤논의 그리스 군을 혼내달라고 호소했다. 제우스는 승낙했다.

갑자기 격렬한 전쟁이 시작되었다. 제우스가 아가멤논에게 꿈으로써 지금 싸우면 이길 수 있다고 암시했기 때문이었다. 아킬레우스는 그래도 진중(陣中)에 남아 있었다.

트로이의 성벽 위에서는 프리아모스와 그 늙은 신하들이 전쟁의 상황을 가만히 지켜보고 있었다. 그곳에 헬레네―이 모든 참혹한 재난과 죽음의 원인인―가 나타났다. 노인들은―이 싸움으로 말미암아 하나 또는 두셋씩 자식을 잃고, 또 이 싸움으로 말미암아 평생을 의탁해온 사랑하는 조국이 폐허가 되어가고 있을 뿐만 아니라, 지금 눈 아래로는 나라의 젊은이들이 피를 흘리며 쓰러져가고 있는 모습을 내려다보고 있는 만고풍상을 겪은 이 노인들은―일제히 그녀를 바라보았다. 숙연한 침묵이 그 자리에 감돌았다. 아무도 입을 여는 사람은 없었다. 그러나 또한 아무에게도 그녀를 탓할 생각은 일지 않았다. 그러는 동안에 누군가가 혼잣말처럼 중얼거렸다. 그리고 나머지 노인들은 고개를 끄덕여 그 말에 동의했다.

"사나이들로선 저런 여자를 위해서라면 싸우는 것이 당연하달 수밖에. 그녀는 마치 불멸의 신과도 같군."

그동안에 양군이 모두 뒤로 물러섰다. 앞에는 파리스와 메넬라오스가 마주 선 채 남아 있었다. 두 사람은 헬레네를 가운데 둔 원수 사이다. 파리스가 먼저 창을 던졌으나, 메넬라오스는 방패로 창을 막고 자기의 창을 던졌다. 메넬라오스의 창은 파리스의 옷을 찢었으나, 상처는 입히지 못했다. 메넬라오스가 칼을 뽑아들었으나, 어찌된 영문인지 칼은 꺾여 땅에 떨어졌다. 그래도 그는 맨손으로 파리스에게 덤벼들어 투구의 앞 장식을 움켜잡고 휘둘렀다. 파리스는 아프로디테의 가호가 없었더라면 그대로 그리스 진영으로 끌려가버렸을 것이다. 투구 끈이 툭 끊어지면서 투구는 메넬라오스 손에 남았지만 아프로디테는 파리스를 구름 속으로 끌어올려 트로이 진영 쪽으로 데리고 돌아갔다. 메넬라오스는 파리스를 이리저리 찾았으나, 아무데도 그의 모습은 보이지 않았다.

아가멤논은 큰 소리로 말했다.

"승부는 결정되었다. 헬레네는 속히 메넬라오스에게로 돌아와야 할 것이다."

그런데 집념이 강한 헤라는 트로이가 재가 되지 않고선 마음이 풀리지 않았다. 당장 전쟁이 끝나버리면 곤란했다. 그래서 아테나에게 권하여 트로이 쪽의 판다로스라는 무장(武將)을 부추겼다. 판다로스는 메넬라오스를 활로 쏘았고, 메넬라오스는 상처를 입었다. 금방 피로 피를 씻는 싸움이 다시 시작되었다. '공포', '파괴', '투쟁'과 같은 전쟁의 신의 동료들이 미친 듯이 설쳤다. 병사들은 서로 숨통을 끊어놓기 전까진 싸움을 그치지 않았고, 고함 소리와 고통의 부르짖음이 사방에 가득 찼다.

그리스 쪽에서는 특히 아이아스와 디오메데스의 분전이 눈부셨다. 디오메데스는 트로이 쪽의 헥토르 다음 가는 장수 아이네이아스에게 달려들었다. 아이네이아스는 아프로디테 여신에게서 태어난 고귀한 신분이다. 디오메데스가 아이네이아스에게 상처를 입히자 어머니인 아프로디테가 전쟁터로 날아 내려왔다. 그 부드러운 손으로 아이네이아스를 안아올려 데리고 가려 했다. 그것을 눈치챈 디오메데스는 그녀 쪽으로 몸을 솟구쳐 창으로 그녀의 손을 찔렀다. 비명을 지르면서 그녀는 아이네이아스를 놓치고선 울면서 올림포스로 돌아갔다. 제우스는 웃으면서, "전쟁의 신도 아니면서 손을 내미니까 그런 봉변을 당하지"라고 말했다. 아이네이아스는 아폴론이 구하여 트로이의 성지 페르가모스로 데리고 가, 거기서 아르테미스의 치료를 받게 해주었다.

디오메데스는 아수라와 같이 되어, 트로이 쪽으로 돌진해 들어가 헥토르와 얼굴을 마주했다. 그때, 머리를 풀어헤치고 피투성이가 되어 헥토르를 위해서 싸우고 있는 전쟁의 신 아레스의 모습이 보였다. 디오메데스는 기가 꺾여서 싸움이 이롭지 못하다고 보고 자기 편을 퇴각시키려고 했다. 헤라는 이것을 보고 화가 나 디오메데스의 곁에 서서 격려했다. 용기를 얻은 디오메데스는 아레스를 향해서 창을 던졌다. 아테나가 그 창에 힘을 빌려주어, 아레스의 몸 깊숙이 박히게 하였다. 전쟁의 신은 무서운 외마디 소리를 질렀다. 그 소리는 몇만의 군사가 한꺼번에 소리를 지르는 것과도 같았다. 그 무서운 소리로 말미암아 양군의 병사들은 한순간, 소름이 끼쳐 옴짝달싹 못한 채 오금을 펴지 못하고 있었을 정도였다.

헥토르는 위기일발의 순간에 목숨을 건졌다. 그러나 자기 편의 패색이 짙었다. 그는 사랑하는 아내 안드로마케와 아들 아스티아낙스를 한번 만나보고 싶다고 생각했다. 아군이 불리하다는 소식을 듣고서 떨면서 전황을 보러 왔던 안드로마케는 헥토르와 성벽 위에서 마주쳤다. 시녀가 어린 아들을 안고 있었다. 안드로마케는 헥토르의 손을 잡고, 울면서 호소했다.

"당신은 제 남편이실 뿐만 아니라 아버지요 어머니요 형제세요. 이젠 제발 가지 마세요. 절 과부로 만들지 말아주세요. 이 아일 고아로 만들지 말아주세요."

헥토르는 자기는 항상 최전선에 서서 싸우지 않으면 안 될 입장에 있으니까, 그렇게는 할 수 없다고 말했다. 그러면서 어린아이에게 손을 뻗자 아이는 빛나는 투구에 겁을 집어먹었다. 헥토르는 웃으면서 투구를 벗고 양팔로 아이를 안고서 얼렀다.

"제우스 신이시여, 언젠가 이 아이가 전쟁터에서 돌아왔을 때,

아버지보다도 위대한 전사라고 불릴 수 있게 하여주소서……."

헤어질 때, 헥토르는 안드로마케의 어깨에 다정하게 손을 얹으며 위로했다.

"슬퍼하지 마오. 모든 것은 운명이니까. 나의 운이 강하면 아무도 날 죽일 수 없을 거야."

그때까지 하늘에서 말없이 싸움의 형세를 바라보고만 있던 제우스는 테티스와의 약속을 생각해냈다. 그는 모든 신들을 올림포스로 소집해놓고서 스스로 토로이를 돕기 위해 지상으로 내려갔다. 그 때문에 전황은 완전히 달라졌다. 아킬레우스는 아직도 자기 진영에서 움직이지 않았다. 헥토르의 분전하는 모습은 바로 볼 수 없을 만큼 맹렬하고 눈부셨다. 그의 전차는 그리스 군 사이를 종횡으로 치달려 그의 투구가 여기서 번쩍했는가 하면 저기에서 번쩍하여 청동의 검이 바람을 끊을 때마다 그리스 병사들의 시체가 땅바닥에 나동그라졌다. 날이 저물면서 싸움은 끝났으나, 그리스 군은 그때까지 후퇴에 후퇴를 거듭하여 거의 자기네 배를 대어둔 곳까지 쫓겨 몰려왔다.

그날 밤, 트로이의 진영이 승리에 들끓고 있는 반면에 그리스 군은 절망의 밑바닥에 있었다. 아가멤논은 차라리 전쟁을 단념하고 그리스로 돌아갈까 하는 생각까지도 하고 있었다. 그러나 장로인 네스토르는 아킬레우스만 있었더라면 이와 같이는 되지 않았을 것이라고 말했다. 오디세우스와 두 사람의 족장이 무마 사절로서 아킬레우스의 진영을 찾아갔으나, 아킬레우스는 거절했다.

"설령 온 이집트의 재보를 쌓아놓는다 하더라도, 난 싸우기는 싫소이다. 진을 거두어 고국으로 돌아갈 생각입니다."

이튿날, 그리스 군은 죽을 힘을 다하여 적을 향해 나아갔으나, 다시 해안으로 밀려와 자기들의 배를 등지고 싸우게 되었다. 이다 산 위에서 제우스가 자기 생각대로 조종하면서 전쟁을 바라보고 있었다. 헤라는 계책을 짜내어, 될 수 있는 한 매력적으로 치장을 하고 게다가 아프로디테의 사랑의 허리띠까지 빌려서 묶었다. 이렇게 하고 제우스의 앞으로 나가자 제우스는 테티스와의 약속 따위는 깨끗이 잊어버리고 헤라에게 마음을 빼앗겼다.

전황은 또 달라졌다. 아이아스가 헥토르를 땅에 내던지자, 아이네이아스가 구출하여 퇴각했다. 헥토르의 모습이 보이지 않자 트로이 군은 도망치기 시작하고, 그리스 군이 공세로 나왔다. 그러나 그 때 제우스는 헥토르가 땅에 쓰러져 있는 것을 깨달았다. 제우스는 무지개의 여신을 시켜 그리스의 편을 들고 있는 포세이돈을 퇴각시키는 한편 아폴론을 시켜서 헥토르에게 원기를 불어넣어주었다.

아폴론과 헥토르, 이 신과 영웅이 일체가 되어 덤벼들었기 때문에 그리스 군은 마치 사자에게 쫓기는 양의 무리와도 같이 되었다. 그리스 군은 궤멸 직전에 이르러, 배 둘레에 지어놓았던 보루도 금세 무너지고 말았다. 트로이 군은 이 기회를 놓칠세라 배에 불을 지르려 했다. 그리스의 장병에게 남겨진 길은 오직 하나, 용감하게 싸워서 죽는 길뿐이었다.

시종 아킬레우스와 함께 있었던 친우 파트로클로스는 더 이상

기다릴 수 없다고 생각했다.

"아킬레우스, 우리 편이 이대로 죽는 걸 보고 있을 셈인가? 난 그런 짓은 할 수 없어. 자네 갑옷을 빌려주게. 나를 자네로 착각하고 잠깐이라도 적의 기세가 꺾이면 우리 편은 숨을 돌릴 수 있을 거야."

그렇게 말하는 동안에도 그리스의 배 한 척이 불꽃에 휩싸였다.

"좋아. 갑옷을 빌려주지. 그리고 내 부하들도 데리고 가도록 하게."

아킬레우스는 말했으나, 자기 자신은 움직이려 하지 않았다.

파트로클로스는 아킬레우스의 훌륭한 갑옷을 입고, 미르미도네스라고 불리는 아킬레우스의 정예군을 이끌고 전쟁터로 뛰어들었다. 아킬레우스의 갑옷을 보고 트로이 쪽은 기세가 꺾였다. 파트로클로스는 아킬레우스 자신인 것처럼 분투했다. 그러나 헥토르와 마주쳤을 때 그의 운명은 사자에게 향하는 멧돼지의 운명처럼 되었다. 헥토르의 창은 파트로클로스를 꿰뚫었다. 헥토르는 자기의 갑옷을 벗어던지고, 아킬레우스의 갑옷을 입었다. 그러자 마치 아킬레우스의 힘이 옮겨진 듯이 점점 더 강하게 되어 그리스 군을 괴롭혔다.

밤이 되어서야 싸움은 끝났다. 파트로클로스가 돌아오기를 기다리고 있었던 아킬레우스는 그가 전사했다는 소식을 들었다. 아킬레우스는 주위 사람들이 보기에 스스로 목숨을 끊는 것은 아닐까 싶을 만큼 몹시 슬퍼했다. 그 비탄이 너무나 깊어서, 바다 밑에서 아들의 모습을 보고 있던 테티스는 걱정이 되어 위로하러 왔다.

"어머님, 친우 파트로클로스의 원수를 갚을 수가 없다면 이제 살아 있고 싶지 않습니다.”

테티스는 이제 더는 말릴 수 없다고 생각했다.

“내 아들아, 아무튼 내일 아침까지 기다려라. 갑옷 없인 싸움을 할 수 없지 않겠니.”

테티스는 올림포스의 세공사 헤파이스토스가 만든 훌륭한 갑옷과 방패를 아들을 위해서 가져왔다. 미르미도네스의 병사들은 너무나도 훌륭한 그 갑옷과 방패에 눈을 크게 떴다.

아킬레우스의 대분투

친구의 복수를 맹세하고 싸움터에 나온 아킬레우스의 싸우는 모습은 무서웠다. 트로이 측의 군사들도 잘 싸웠으나, 아킬레우스 앞에서는 적수가 되지 못했다. 신들이 크산토스 강이라 부르는 트로이의 스카만드로스 강, 이 강까지 트로이의 편을 들어 아킬레우스가 그 강을 건널 때 빠뜨리려 했으나 실패했다. 아킬레우스는 헥토르를 찾아서 싸움터를 좌충우돌하며 종횡으로 누볐다. 이제는 신들까지 서로 싸우기 시작하고 있었다. 아테나는 아레스를 땅 위에 집어던졌다. 헤라는 아르테미스의 활을 뺏어들고 상대방의 뺨따귀를 사정없이 마구 갈겼다. 포세이돈은 아폴론에게 덤볐으나, 아폴론은 상대를 하지 않았다. 아폴론은 벌써 헥토르를 위해서 싸우는 것은 무익하다는 것을 알고 있었다.

드디어 트로이 군은 패주하기 시작했다. 거대한 성문이 열리고, 병사들은 성 안으로 도망쳐 들어갔다. 헥토르 혼자 성벽 앞에 서 있었다. 아버지인 프리아모스와 헤카베가 빨리 성 안으로 들어오라고 소리치고 있었으나, 헥토르는 움직이지 않았다. 그는 생각하고 있었다. 우리 편이 패주한 것은 자기 책임이다. 어찌 뻔뻔스레 성 안으로 들어갈 수 있을소냐. 또 이제 창과 방패를 내던지고 헬레네와 트로이의 재보(財寶)의 절반을 주겠다면서 용서를 구해보았자, 자기는 무저항의 여자와도 같이 아킬레우스에게 살해될 뿐이다. 아킬레우스와 싸우는 길만 남았을 뿐이다…….

아킬레우스는 떠오르는 태양과도 같은 기세로 돌진해 왔다. 그에게는 아테나가 붙어 있었다. 아폴론은 이미 헥토르를 그 운명에 맡기고 있었다. 두 사람이 마주 섰는가 하자 헥토르 쪽이 도망치기 시작했다. 아킬레우스는 뒤쫓았다. 무서운 속력으로 두 사람은 트로이의 성벽을 세 바퀴 돌았다. 그때 아테나가 헥토르의 아우 디포보스의 모습을 하고 나타났다. 헥토르는 좋은 자기 편이 생겼다고 생각하고 멈추어 서서 아킬레우스를 향해 돌아섰다. 헥토르는 말했다.

"내가 이긴다면 네 시체를 너의 편에 돌려주겠다. 그러니 너도 네가 이기면 그렇게 해다오."

"미친 녀석이 무슨 허튼 수작을 늘어놓는 거냐! 양과 늑대의 싸움처럼 이미 승부는 정해진 것인데, 이야기 같은 걸 나누겠는가?"

말을 마치기가 무섭게 아킬레우스는 창을 던졌다. 겨냥은 빗나갔다. 헥토르가 던진 창은 아킬레우스의 방패 한복판에 맞았다. 그러나 헤파이스토스가 만든 방패는 뚫리지 않았다. 헥토르는 창을 빌리려 디포보스 쪽을 바라보았지만 동생의 모습은 온데간데 없었다. 헥토르는 속았다는 것을 알고 자기의 운명을 깨달았다.

"드디어 최후가 왔구나. 음, 이제 후세 사람들이 전하여 남길 만한 죽음을 보여주도록 하자."

헥토르는 칼을 뽑아 들고 돌진했다. 아킬레우스의 손에는 아테나가 되돌려준 창이 들려 있었다. 아킬레우스는 헥토르가 입고 있는 자기 갑옷의 목 근처에 빈틈이 있다는 것을 알고 있었다. 그래서 그 틈새를 겨냥해서 창을 내질렀다. 헥토르는 깊은 상처를 입고 쓰러졌다. 헥토르는 숨을 몰아쉬면서 말했다.

"부탁한다. 시체는 내 부모 곁으로 돌려보내다오."

"닥쳐라, 이 녀석! 날 이토록 못 견디게 만들었으면서……."

아킬레우스는 대답했다.

"네 시체 같은 건 내가 몸소 물어뜯어 찢어버리고 싶을 정도다."

헥토르의 영혼은 그 육체에서 빠져나와 죽은 자들의 세계로 날아갔다.

아킬레우스가 헥토르의 피에 젖은 갑옷을 벗기고 있노라니까 그리스의 군사들이 모여들었다. 그들은 쓰러져 있는 헥토르를 보고 실로 위대한 장부라느니 명예로운 죽음이라느니 저마다 찬양해 마지않았으나, 아킬레우스만은 다른 것을 생각하고 있었다. 그는 헥토르의 양발을 꿰뚫어 가죽 끈에 꿰어서 자기 전차의 뒤에다 머리를 밑으로 하여 끌리도록 매달았다. 이리하여 그는 헥토르의 시체를 끌면서 트로이 성벽의 둘레를 몇 바퀴고 돌았다. 그리고 겨우 마음이 가라앉자, 파트로클로스의 시체 곁에 섰다.

"파트로클로스, 지하 세계에서 들어주게. 자네 원한은 갚았네. 헥토르라는 놈의 시체는 자네 시체를 태우는 불 곁에서 개에게 먹히게 하겠네."

올림포스의 신들은 헤라와 아테나와 포세이돈을 제외하곤 시체의 모욕에 대해서 불쾌감을 느꼈다. 특히 제우스는 이를 좋아하지 않았다. 그래서 무지개의 여신 이리스를 프리아모스에게 보내어, 위험이 없도록 가호할 테니까 몸값을 치르고 헥토르의 시체를 돌려받도록 하라고 일렀다.

프리아모스는 마차에 트로이의 금은보화를 싣고 아킬레우스의 진영으로 갔다. 늙은 왕은 무릎을 꿇고 아킬레우스의 손에 입을 맞추면서까지 탄원했다.

"오, 아킬레우스여. 그대의 아버지를 생각해주시오. 그대의 아버지가 이와 같이 괴로워하고 있는 모습을 한번 상상해보시오. 이 늙은 아비는 죽은 자식을 위해서, 그 자식을 죽인 손에 키스까지 하고 있소. 살펴주시오."

아킬레우스의 마음은 움직였다. 그는 늙은 왕을 안아 일으키면서 말했다.

"그 마음을 알 수 있습니다. 부디 시체를 인수해 가소서."

그는 하인에게 명하여 시체를 깨끗이 씻어 부드러운 긴 옷을 걸치게 했다.

너무나 참혹한 시체였기 때문에, 늙은 왕이 그것을 보고 흥분하지 않도록 하기 위해서였다. 아킬레우스는 한마디 더 덧붙였다.

"장례에는 얼마쯤의 시일이 걸리시는지요. 그동안은 공격을 삼가도록 하겠나이다."

헥토르의 시체를 맞이하여 트로이 사람들은 또 새로운 눈물에 젖었다. 헬레네조차도 울면서 말했다.

"모두 다 나에게 차가운 눈길을 돌릴 때에도 이분만은 다정하게 말을 걸어주셨어요. 오직 한 분의 친구이셨어요."

아흐레 동안, 사람들은 헥토르를 추도하며 보냈다. 그리고 열흘째에 높직이 쌓은 장작 위에다 헥토르의 시체를 눕히고서 불을 질렀다.

완전히 다 타버리자, 불은 술로 끄고, 뼈를 모아 황금의 유골 단지에 넣어 고귀한 사람이 쓰는 진분홍빛 수의로 쌌다. 그것을 땅 밑에 묻고 위에다 큰 돌을 몇 개 올려놓았다.

트로이 최후의 날

헥토르는 죽었으나, 트로이는 아직도 함락되지 않았다. 새벽의 여신의 아들이요, 에티오피아의 왕인 멤논도 트로이의 구원을 위해 달려왔기 때문에 그리스 군은 어려운 전투 와중에 장로 네스토르의 아들이며 발이 빠른 안티로쿠스 등 많은 용사를 잃어버렸다. 하지만 아킬레우스는 멤논과 싸워서 마침내 그를 쓰러뜨렸다.

아킬레우스의 활약은 눈부셨으나, 그 자신도 결국 스카이아의 성문 곁에 쓰러졌다. 그는 트로이 군을 쫓아 성벽까지 몰고 들어갔는데, 그때 파리스가 그를 겨누어 활을 쏜 것이다. 아폴론은 파리스에게 발의 뒤꿈치 부분을 겨누게 하였다. 아폴론은 여기만이 아킬레우스의 약한 곳이라는 것을 알고 있었다. 아킬레우스의 어머니 테티스가 아들이 태어났을 때, 이 아들을 불사신으로 만들려고 스틱스 강(지하 세계의 강)의 물에 담갔으나 뒤꿈치 부분을 안고 있었기 때문에 여기만은 물에 젖지 않았던 것이다.

아킬레우스는 죽었다. 오디세우스가 적을 막고 있는 동안 아이아스가 그 시체를 싸움터에서 떠메고 나왔다. 시체는 태워지고, 그 뼈는 친우 파트로클로스와 같은 유골 단지에 담겼다고 전해진다.

올림포스의 세공사 헤파이스토스가 만든 아킬레우스의 갑옷은 누구에게 양도되어야 할 것인가? 이 비길 데 없는 최상의 갑옷을 탐내지 않는 무인(武人)은 없었으나, 모두 뜻을 모아 아이아스와 오디세우스, 둘로 그 범위는 좁혀졌다. 이어서 무기명으로 투표를 한 결과 헤파이스토스의 갑옷은 오디세우스의 것이 되었다. 이 시대에, 이러한 투표는 아주 중요한 의미를 갖고 있었으니, 말하자면 무인으로서의 가치를 물은 것과 같은 것이었다. 아이아스의 체면은 그만 납작해져버렸다.

아이아스는 무서운 힘을 가진 천하 장사였으나, 그다지 머리의 움직임은 신통치 못한 편이었다. 그는 아가멤논과 메넬라오스 형제가 자기에게 투표하지 않은 듯한 눈치인 데 대해서 원한을 품고 밤의 어둠을 틈타 두 사람의 진영으로 숨어 들어가 형제를 죽이려 했다. 그런데 어둠 속이어서, 흥분해 있던 그는 그리스 군이 기르고 있는 가축 떼를 호위 병사들이라고 착각하여 그 중에 뛰어들어 좌충우돌 소란을 피웠다. 그러고는 커다란 양을 꼭 오디세우스라고 생각하고 자기 천막까지 끌고 와 기둥에다 매어놓고 무수히 두들겨 팼다. 마침내 제정신이 들자, 아이아스는 자기가 한 어리석은 짓을 깨달았다. 학살된 가축들의 시체는 뿔뿔이 여기저기 나동그라져 있었다. 아이아스는 스스로 깊이 부끄러움에 빠져 고개를 들지 못하고 칼을 뽑아 제 목을 찔렀다.

아킬레우스의 죽음에 이은 아이아스의 죽음은 그리스 군의 사기를 꺾었다. 승리는 이미 아득히 먼 곳으로 멀어져버린 게 아닌가 싶었다. 예언자 칼카스는 신으로부터는 아무런 목소리도 들을 수 없다고 말했다. 트로이 왕족 중에 헬레노스라고 하는 뛰어난 예언자가 있었다. 오디세우스는 이 예언자를 사로잡는 데 성공했다. 그리스 군이 헬레노스에게서 들어낸 예언은 헤라클레스의 화살을 사용하지 않는 한 트로이는 함락되지 않으리라는 것이었다.

헤라클레스가 죽었을 때 그 활과 화살을 물려받은 필로크테테스는 원래 트로이 원정군에 참가하고 있었다. 그런데 그리스 군이 한 섬에 머물렀을 때 뱀에 물려 그 상처가 악화됐기 때문에, 마침내 렘노스 섬에 내려놓고 떠날 수밖에 없었다. 이 필로크테테스를 잘 설득하여 싸움터로 끌어내어 헤라클레스의 활을 쏘게 하였다. 이 무서운 활의 첫 희생자가 된 것은 파리스였다. 상처를 입은 파리스는 이다 산에 있는 오이노네 곁으로 데려다달라고 했다. 오이노네가 그 어떠한 병이라도 낫게 하는 마법을 알고 있다고 한 적이 있었기 때문이었다. 그러나 오이노네는 파리스를 치료해주지 않았다. 제멋대로 자기를 버리고 왕궁의 생활로 돌아간 파리스를 원망하고 있었기 때문이다. 오이노네는 파리스가 죽는 걸 지켜본 후에 스스로 목숨을 끊었다.

파리스는 죽었으나, 그의 죽음은 트로이 쪽에 별로 큰 손실을 주지 못했다. 트로이는 여전했고, 함락될 기미조차 보이지 않았다. 공성전은 이미 10년에 가까웠으나, 트로이의 성벽은 거의 아무런 상처도 받지 않은 채 높이 솟아 있었다. 트로이에는 팔라스라고 불리는 아테나의 성상이 있었다. 이 성상이 있는 한 트로이는 멸망하지 않는다고 사람들은 믿고 있었다. 오디세우스와 디오메데스는 이 성상을 훔쳐내기로 결심했다. 어두운 밤에 오디세우스의 도움을 받아 디오메데스는 트로이의 성벽을 기어올라, 팔라스 상을 빼앗아 그리스의 군영으로 가지고 돌아왔다. 이 두 사람의 대담무쌍한 행동에 사기가 충천한 그리스 군은 어떻게 해서든지 전쟁의 결말을 내려고 결심했다.

오디세우스는 놀라운 계략을 짜내었다. 거대한 목마(木馬)를 만들어, 그 속에 오디세우스를 비롯해서 고르고 고른 용사들을 숨어 들어가 있게 하고는, 그 목마를 트로이의 성벽 앞에 놓았다. 한편 그리스 군은 진영을 철거하여 배를 타고 바다로 나아가 물러가는 것처럼 보이고선 가까운 섬 그늘에 숨어 있었다. 이렇게 해두면 일을 성취하지 못하더라도 본대는 안전하리라고 생각한 것이다. 단, 그 경우 복마 속에 숨은 사람들은 전멸한다. 이름 높은 그리스의 용사들도 이 작전엔 놀랐으나, 아킬레우스의 아들 네오프톨레모스는 크게 찬성했다. 빈틈 없는 오디세우스는 매우 중요한 역할을 맡기기 위해서 그리스인 한 사람만은 진영에 남겨두기로 하였다. 계획은 실행에 옮겨져, 목마는 밤을 틈타서 만들어지기 시작했다.

트로이 최후의 아침이 밝았다.

트로이의 성벽을 지키는 수비병들은 두 가지의 믿을 수 없는 광경을 보았다. 하나는 눈앞에 서 있는 거대한 목마다. 또 하나는 바다에 있었던 그리스의 군선이 한 척도 남기지 않고 자취를 감추어버린 일이었다. 그리스의 군영은 쥐 죽은 듯 소리 하나 들리지 않았다. 야릇한 정적 속에 서 있는 거대한 목마는 어쩐지 기분이 나빴다.

"그리스인은 도망쳤다!"

이 기묘한 광경을 설명하는 대답은 이것밖에 없었다. 전쟁은 끝난 것이다. 이 기쁨이 어렴풋한 의혹을 압도했다.

승리에 취한 사람들은 트로이의 성벽으로부터 꾸역꾸역 몰려나왔다. 버려진 그리스 군영의 흔적을 돌아보고 다녔다. 여기가 적장 아가멤논의 본진이다, 여기가 지혜의 장수 오디세우스의 진영이다, 저기에 아킬레우스가 버티고 있었다 하며 기쁨에 들떠서 서로들 이야기했다. 그리고 성문 쪽으로 되돌아가, 엄청나게 큰 목마 앞에 모여들었다.

"이건 도대체 뭐야!"

"글쎄?"

모두 고개를 갸웃거리고 있을 때, 그리스 군영 속에서 한 사람의 그리스인이 끌려왔다. 그는 이제는 결코 그리스 군에 참가하고 싶지 않다고 눈물겨운 목소리로 말했다. 그 이야기란…… 팔라스 상을 훔쳐낸 일로 말미암아 아테나의 노여움은 대단하여, 이를 두려워한 그리스인은 신의 노여움을 푸는 데 어떻게 하면 좋은가 신탁을 물었다. 신탁은 이러했다.

"너희는 처녀를 제물로 바치고 그 피로써 바람을 잠재우고 트로이에 왔도다. 너희들의 귀환에도 피가 필요하니라. 이번엔 그리스 남자의 피로써 신의 노여움은 잠들 것이니라."

이리하여 제물로 뽑힌 것이 시논이라는 사나이였다. 그리스 군은 귀환 전에 의식을 올리기 위한 준비를 시작했다. 그는 겨우 군영에서 빠져나와 늪지대에 숨어서 그리스 군이 떠나는 모습을 지켜보았던 것이라고…….

시논이라는 사나이는 이런 정보를 흘리기 위해 오디세우스가 남겨놓은 것이나, 트로이 사람들은 의심하지 않았다. 이 사나이의 거짓 눈물이 결국 트로이를 함락시킨 것이다. 그는 또 말했다. 목마는 아테나에게 바치기 위해서 만든 것인데, 트로이 쪽이 목마를 성 안으로 끌어들일 수 없도록 그렇게 크게 만들었다고 했다. 그렇게 되면 트로이 쪽에서는 분명 목마를 부술 것이다. 그러면 아테나의 분노는 트로이로 옮겨질 것이다……. 이렇게 그리스인은 생각했다는 것이었다.

시논의 이야기에 의심을 품은 것은 트로이의 신관 라오콘과 그

두 아들이었다. 라오콘은 처음 목마를 보았을 때부터 의심을 품었다.

"그리스인에 대해선, 그들이 선물을 줄 때에는 방심해선 안 되오."

예언 능력이 있는 프리아모스의 딸 카산드라도 사람들에게 주의를 하도록 일렀으나, 아무도 귀를 기울이는 사람은 없었다. 시논이 이야기를 끝냈을 때, 갑자기 바다에서 무시무시한 큰 뱀 두 마리가 모습을 나타내어 곧장 라오콘과 그 두 아들을 향해서 돌진해 왔다. 그러고는 세 사람을 칭칭 졸라 죽여서 아테나 신전 쪽으로 모습을 감추었다. 이 큰 뱀은 바다의 신 포세이돈이 트로이를 멸망시키려고 보낸 것인데, 사람들은 라오콘의 불경스러운 말에 신들이 노여워하는 것이라고 크게 두려워했다. 그리고 저마다 소리쳤다.

"목마를 성 안으로 끌어들여라!"

"목마를 아테나 신전에 바치자!"

목마는 성 안으로 옮겨져 아테나 신전 앞에 놓였다. 사람들은 이젠 아테나 신의 노여움도 풀어졌다고 믿고, 10년 동안이나 맛볼 수 없었던 평화를 즐기기 위하여 집으로 돌아갔다.

그날 밤 한밤중이 되자, 목마 속에서 그리스의 병사들이 하나하나 나타났다. 그리고 성문을 안쪽에서 활짝 열어젖혔다. 그리스 군은 깊이 잠든 성 안으로 바람처럼 돌입했다. 갑작스레 트로이 성의 여기저기에서 불길이 올랐다.

트로이 군사들이 잠에서 깨어 당황하여 갑옷을 입으려 했을 때는 이미 불이 크게 번진 후였다. 그들은 까닭을 알 수 없어 우왕좌왕 흩어져 뛰어나갔다. 대열을 짤 사이도 없이 어물거리고 있는 그들을 그리스의 용사들은 기다리고 있다가 하나씩하나씩 죽였다. 그것은 이미 전쟁이 아니라 도살에 가까웠다. 트로이의 군사들은 무기를 쓸 사이도 없이 죽음을 당했다.

곧 도성의 이곳저곳에서 트로이의 군사들이 달려왔다. 그들은 죽을 각오로 싸웠다. 자기들의 갑옷을 벗어던지고 죽은 그리스 사람의 갑옷을 입었다. 그리스 병사가 자기 편이 온 줄 알고 마음을 놓는 순간 쓰러뜨렸다. 트로이 사람들은 또 지붕에 올라가서 천장을 부수어 대들보를 그리스 사람들 머리 위에다 던졌다.

프리아모스의 궁전 지붕 위에 솟아 있는 하나의 탑은 뿌리째 부서져 넘어졌다. 그것은 그리스인의 머리 위로 넘어져 많은 군사들이 그 아래 깔려 죽었다. 그리스의 군사들은 그 기와와 벽돌을 밟고 큰 대들보로 궁전의 문을 깨뜨렸다. 궁전 안에 있던 트로이 사람들은 도망칠 사이도 없었다. 제단을 둘러싼 가운데 뜰에는 여자와 아이들과 함께 또 한 사람의 사나이가 있었다. 그것은 늙은 왕 프리아모스였다. 아킬레우스는 이 늙은 왕에게 연민의 정을 베푼 적이 있었으나, 아킬레우스의 아들 네오프톨레모스는 프리아모스를 그 왕비와 딸들의 눈앞에서 일격에 쳐죽였다.

이제 승패는 분명해졌다. 트로이 쪽은 최초의 혼란으로 너무나 많은 군사를 잃어버렸던 것이다. 방위전은 차츰 약해졌다. 날이 샐 무렵에는 트로이 쪽의 주된 장수들은 다 전사해버렸다. 다만 하나 아이네이아스만이 살아 있었다. 그는 필사적으로 싸웠으나 언뜻 정신이 들어보니, 자기 혼자만 남아 있었다. 이미 트로이를 구할 길은 없었다. 그때 그는 자기 가족들, 늙은 아버지며, 아내와 어린 자식들 생각을 했다. 그는 어머니인 아프로디테의 가호 아래 불길을 뚫고서 그리스인의 눈을 피하여 자기 집에 도착했다. 세 사람을 데리고 도망치는 도중, 아내는 낙오되어 그리스인에게 살해되었다. 늙은 아버지를 업고, 자식을 안고서 가까스로 트로이의 성문 밖으로 도망쳤다.

이제는 신들 중에서 트로이의 편이라고는 아프로디테뿐이었다. 이 여신은 헬레네도 구원했다. 그녀는 무사히 도성의 혼란 속에서 빠져나와 원래의 남편 메넬라오스한테로 달려갔다. 메넬라오스는 헬레네를 기꺼이 맞이하여, 그리스로 돌아갈 때에 데리고 갔다.

아침이 왔을 때 아시아 제일이라고 자랑하던 트로이 성은 보기에도 쓸쓸한 폐허로 변해버렸다. 남자들은 모두 죽고, 남아 있는 것은 포로가 된 여자들과 어린애들뿐이었다. 포로들은 이미 주인이 정해져, 바다 저쪽으로 끌려가서 노예가 될 운명에 놓여 있었다.

포로 중에는 늙은 왕비 헤카베의 모습이 있었다. 또 헥토르의 아내 안드로마케도 있었다. 여자들은 그리스의 배가 자기들을 데리고 가기를 기다리고 있었다. 불타버린 트로이의 도성에서는 아직도 이따금씩 붉은 불꽃의 혓바닥이 허공에서 날름거렸다. 땅바닥에 웅크리고 앉은 왕비 헤카베의 백발이 사람의 가슴을 아프게 했다.

위대한 도성 트로이여
네가 이제 망하도다.

222

붉은 불꽃은 다만 허공을 핥고,
살아 있는 이라곤 눈을 씻고 봐도
찾을 수 없구나.

연기의 커다란 날개와도 같이
재는 펼쳐져 나가
온통 모든 것을 덮어버리는도다.
우린 이제 삼삼오오
여길 떠나노라.
트로이는 영원히 멸망하였도다.
잘 있거라, 사랑하는 도성이여
잘 있거라, 내 나라
내 아이들 살던 곳.
이미 벌써 그리스의 배들은 우릴 기다리나니.

헥토르의 죽음까지는 대부분 호메로스의 서사시 《일리아스》에 의한 것이다.
후반은 대부분 베르길리우스의 《아이네이스》제2권에 의거했다. 이피게네이
아의 이야기는 아이스킬로스의 비극에서, 파리스의 판결, 아가멤논의 이야
기, 트로이 여자들의 이야기는 에우리피데스의 《트로이의 여인》에서, 오이노
네의 이야기는 아폴로도로스에서, 필로크테테스의 이야기와 아이아스의 죽
음 등은 소포클레스의 두 극시에서 인용한 것이다.

오디세우스의 대항해

파이아케스인의 나라로

　겨우 트로이를 함락시키고 귀국길에 오른 그리스의 군선(軍船) 앞에는 떠날 때 이상의 고난이 기다리고 있었다. 많은 장수들이 예상하지 못했던 비운과 재난을 만나게 되는 것이다. 그것도 다 올림 포스의 신들이 그리스인들에게 등을 돌렸기 때문이었다. 시종 그리스인의 편이었던 아테나와 포세이돈까지 트로이 함락 후에는 태도를 바꾸었다. 그리스인은 트로이 성에 입성한 그날 밤, 승리에 취해 신들에 대한 의무를 잊어버렸다. 그리하여 귀국의 항해 길에서 그 벌을 받게 되는 것이다.

　프리아모스의 딸인 카산드라는 예언 능력을 가지고 있어 그리스인의 목마에 대해서 경고를 했으나, 아무도 귀를 기울이지 않았다. 트로이가 함락되던 날 밤, 그녀는 아테나 신전의 신상에 매달려 신의 가호를 빌고 있었다. 그리스의 병사들은 그녀를 발견하곤 그녀에게 차마 할 수 없는 짓을 저질렀다. 족장 한 사람은 제단에서 그녀를 끌어내렸고, 지성소에서 개 끌듯 질질 끌어냈다. 이 무례에 대해서 아테나는 크게 노하여, 포세이돈에게 이 원한을 푸는 데 힘을 빌려달라고 호소했다. 포세이돈은 승낙했다.

그리스의 선단은 트로이에서 출발한 지 얼마 안 되어 무서운 폭풍우를 만났다. 모든 배가 거의 가라앉지 않는가 싶을 정도였다. 메넬라오스의 배는 이집트 쪽으로 흘러갔다. 아테나를 모독한 사나이는 물에 빠져 죽었다. 오디세우스는 목숨만은 건졌으나, 이후 고향으로 돌아갈 때까지 실로 10년이라는 긴 시간을 떠돌아다니지 않으면 안 되었다. 그가 집에 도착했을 때는, 어린아이였던 아들이 완전히 성장한 어른이 되어 있었다. 오디세우스가 트로이 원정을 하러 출발한 이래 장장 20년의 세월이 흘렀던 것이다.

오디세우스의 고국 이타케 섬에서는 누구나 다 오디세우스가 죽었다고 생각하였으나, 아내인 페넬로페와 아들인 텔레마코스만은 그가 어딘가에 살아 있거니 하고 믿었다. 주인 없는 궁전에는 많은 사람들이 몰려와 페넬로페에게 지분거렸고, 그대로 홀에 죽치고 앉아선 저희들 멋대로 가축을 잡아먹는가 하면 저장해둔 술을 마음대로 마시고 하인들을 제멋대로 부리기도 했다. 그러나 당장은 의지할 사람이라곤 없는 어머니와 아들은 이를 꾹 참고 견디는 수밖에 없었다.

훌륭한 젊은이로 성장한 텔레마코스는 아버지의 소식을 알기 위해 그리스 군의 장로였던 네스토르를 방문하고자 필로스로 갔다. 네스토르는 오디세우스에 대해서 아무것도 아는 바가 없었다. 그러나 스파르타의 메넬라오스라면 무언가 알고 있을지도 모른다고 하면서 아들을 시켜서 기마병으로 호위하여 스파르타까지 보내주었다. 스파르타에선 메넬라오스 왕과 왕비 헬레네가 그 호화스러운 궁전에서 따뜻이 영접해주었다. 아버지의 소식에 대해서 텔레마코스가 묻자, "그렇게 물으면, 이집트에서 돌아오는 길에 들은 얘기를 해주지" 하고, 다음과 같은 이야기를 해주었다.

폭풍에 이집트로 흘러간 메넬라오스의 배는 파로스라는 섬에서 날씨가 바뀌기를 기다리고 있었다. 이때 프로테우스라는 바다의 신이 이런 이야기를 했다.

"오디세우스는 어떤 섬에 살고 있는데, 칼립소라고 불리는 바다의 님프한테 붙잡혀 그 섬에서 꼼짝 못하고 있다."

그 밖의 것은 아무것도 모른다고 메넬라오스는 말했다.

오디세우스는 정말 칼립소의 섬에 살고 있었다. 칼립소는 이 섬에 홀로 표류해 온 오디세우스를 사랑하게 되어 그를 붙잡고 놓지 않았다. 그러나 오디세우스는 고향에 두고 온 처자의 일을 잊을 수가 없어, 날마다 바닷가에 나와서는 돛의 그림자라도 보이지 않는가 하고 수평선만 바라보며 지냈다.

올림포스의 신들은 포세이돈을 제외하곤 모두 오디세우스의 표류가 너무나도 길기 때문에 동정하고 있었다. 그래서 포세이돈이 바다 저쪽의 나라 에티오피아에 초대되어 가 있는 동안에 오디세우스를 귀국시키기로 했다. 신들의 사자 헤르메스가 섬에 도착하여 제우스의 전갈을 전하자, 칼립소는 싫으면서도 어쩔 수 없이 승낙했다. 그녀는 오디세우스에게 스무 개의 큰 나무를 주어 뗏목을 만들게 하고, 그 위에다 많은 음식물을 실어주었다. 오디세우스는 순풍을 얻어 뗏목을 바다에 띄웠다.

열이레 동안 뗏목은 순풍에 실려 나아갔다. 열여드레 째에, 바다 저쪽에 산꼭대기가 보였다. 오디세우스는 이제 살았구나 하고 생각했다. 에티오피아에서 돌아오던 포세이돈이 오디세우스의 모습을 발견한 것은 바로 이 순간이었다. 포세이돈은 자기가 없는 동안에 신들이 한 짓을 알아차렸다. 바다의 신은 금방 구름을 모으고 무서운 회오리바람을 일으켰다. 기슭은 아주 안 보이게 되고, 큰 물결은 뗏목을 가랑잎 까불듯 희롱했다. 오디세우스는 도저히 살아날 수 없다고 생각하고, "이럴 바엔 트로이에서 장쾌하게 전사하는 게 나을 뻔했다"고 후회했다.

그때, '가녀린 발목의 이노'라는 친절한 바다의 여신이 물새처럼 떠올라와서, 이것만 가지고 있으면 안전하다면서 그녀의 베일을 주었다. 뗏목은 산산조각이 나고, 오디세우스는 미쳐 날뛰는 바다로 내던져졌다.

오디세우스는 이틀 밤낮을 계속 헤엄쳤다. 드디어 육지가 눈에 들어왔다. 안전한 곳을 찾아내어 뭍으로 기어올라갔다. 지칠 대로 지쳐 숨은 턱에 닿고 실오라기 하나 걸치지 않은 벌거벗은 모습 그대로였다. 이미 날이 저물어가고 있었으나, 집 하나 보이지 않고 살아 있는 것의 모습이라곤 눈 씻고 볼 수 없었다. 그러나 그는 사려 깊은 영웅이었다. 이슬에 젖지 않을 것 같은 나무 그늘을 찾아내자,

마른 나뭇잎을 긁어모아 높직하게 쌓아올리곤 그 위에 드러누웠다. 오래간만에 육지의 냄새를 맡으면서 그는 깊은 잠 속으로 떨어졌다.

오디세우스가 표착한 곳은 파이아케스인의 나라였다. 파이아케스인은 마음씨 좋고 또 훌륭한 뱃사람들이었다. 왕인 알키노스는 어진 임금이었으며, 그 왕비 아레테는 이 왕보다도 더 현명할 정도였다. 두 사람 사이엔 아름다운 딸이 있었다.

왕녀 나우시카는 그날 아침 빨래를 하러 나갔다. 고귀한 신분일지라도, 이 시대의 여성은 무슨 일에든 도움이 되는 것이 바람직한 일로 생각되고 있었다. 가족들 옷의 빨래는 그녀의 일이었다. 노새가 끄는 수레에 빨랫감이며 음식을 싣고, 게다가 시녀들과 목욕할 때를 위해서 올리브 기름을 준비해 가지고 나우시카 자신이 노새를 몰았다.

깨끗한 물의 하구 쪽에 강물이 물보라를 일으키며 흘러서 천연의 빨래터가 된 곳이 있다. 소녀들은 물속에 빨랫감을 펼쳐놓고 발로 밟아서 빨았다. 그 다음엔 빨래를 햇볕에 말리는 것이다. 그것이 끝나면 목욕을 하고서 살갗에 올리브 기름을 바르고, 식사를 하고 나선 공던지기를 하기도 하고 춤을 추기도 하면서 즐겼다.

날이 저물 무렵이 되어 소녀들이 돌아갈 채비를 하고 있으려니까 갑자기 덤불 속에서 한 남자가 나왔다. 머리칼도 수염도 자랄 대로 자랐고, 벌거벗은 온몸은 새까맣게 햇볕에 그을렸다. 소녀들은 소스라치게 놀라 도망치려 했으나, 나우시카는 두려워하지 않았다.

"오, 신이신지 인간이신지는 몰라도, 아름다운 분이시여, 제발

폴리페모스를 비웃는 오디세우스

몸에 걸칠 천 조각 하나 없는 이 가련한 표류자에게 자비를 베푸소서……."

오디세우스가 말하자, 나우시카는 이곳이 파이아케스인이라는 친절한 사람들이 사는 나라니 안심하도록 하라고 다정하게 대답했다. 그녀는 시녀들을 시켜서 오디세우스에게 올리브 기름을 빌려주고, 목욕을 하게 한 뒤 깨끗해진 몸에 걸칠 것을 주었다. 수레를 타고 성으로 가는 도중, 나우시카는 오디세우스에게 말했다.

"장사와 같으신 훌륭한 남자분과 함께 있는 것을 사람들이 보면 무슨 소문이 날지 모르는 일입니다. 궁전은 금세 알 수 있으니까, 조금 뒤에 와주소서. 난로 곁에서 실을 잣고 계신 분이 제 어머니이십니다. 아버지께선 어머니 하자는 대로 하실 것입니다."

오디세우스는 왕녀의 배려에 감복했다.

오디세우스는 왕녀의 지시대로, 주저없이 궁전으로 성큼성큼 걸어들어가, 큰 홀을 지나서 왕비의 앞에 가 무릎을 꿇고서 도와주기를 청원했다. 왕은 오디세우스를 식탁에 앉게 하고, 사양 없이 먹고 마시도록 하라고 했다. 그리고 완전히 피로가 가시면 배로 고국까지 보내주겠다고 약속했다. 오디세우스는 오래간만에 부드러운 침구를 깐 침대에서 푹 잠들 수 있었다.

마(魔)의 섬, 죽은 자의 나라

이튿날, 파이아케스인의 족장들이 모인 자리에서, 오디세우스는 10년에 걸친 여행 이야기를 하기 시작했다.

트로이를 떠난 그리스의 선단이 폭풍우를 만났을 때, 오디세우스가 인솔하는 배들은 아흐레 동안을 표류하여 겨우 어떤 육지에 닿았다. 그곳은 연꽃을 먹는 사람들이 사는 나라였다. 이 나라 사람들은 뱃사람에게 연꽃을 먹도록 자꾸만 권했다. 그러나 그것을 먹은 사람들은 자기 집에 대한 것은 완전히 잊어버리고 이 나라에 언제까지나 머물고 싶은 기분이 되었던 것이다. 오디세우스는 부하들을 배까지 끌고 갔다. 사슬에 매이면서도, 그들은 이 나라에 언제까지나 살면서 저 맛있는 연꽃을 먹고 싶다고 울며 소리쳤다.

그 다음으로 배가 닿은 곳은 키클로페스의 나라로, 앞에서 말한 대로 오디세우스는 여기에서 폴리페모스 때문에 심복 부하 몇을 잃게 되었다.

배는 드디어 아이올로스 왕이 지배하는 바람의 나라에 도착했다. 제우스가 아이올로스에게 바람의 지배를 맡겼기에, 그는 마음대로 바람을 불게 할 수가 있는 것이다. 아이올로스는 오디세우스를 친절히 맞이하였고 떠날 때에는 하나의 가죽 자루를 주었다. 이 자루는 항해를 방해하는 바람을 다 잡아넣고, 그 입을 단단히 비끄러매어둔 것이었다. 따라서 바다 위에는 순풍밖에 불지 않을 참이었는데, 승무원들의 천박한 욕심으로 말미암아 엉뚱한 일이 터지고 말았다. 그들은 그토록 그 입을 단단히 잡아매놓은 걸로 보아 아이올로스 왕이 자기네 대장에게 황금을 선물한 것임에 틀림없다고 생각하고 오디세우스가 잠자고 있는 동안에 자루의 끈을 풀어버렸다. 순식간에 무서운 바람이 불기 시작했고, 바다 위는 사나운 폭풍우가 휩쓸었다. 며칠 간이나 폭풍우에 시달린 끝에 겨우 육지를 발견했다.

이 육지는 무서운 식인 거인 라이스트리곤의 나라였다. 배가 항구에 들어가자, 이 야만족들이 일제히 엄습해왔다. 오디세우스의 배는 그때 아직 채 항구에 들어가기 전이었기 때문에 가까스로 도망칠 수가 있었으나, 다른 배들은 모조리 라이스트리곤인들의 손에 침몰되고, 승무원은 모두 죽음을 당했다.

그러나 이런 불행은 그래도 괜찮은 편이었다. 다음에 그들 앞에 나타난 것은, 만일 그 정체를 알고 있었더라면 결코 상륙하지 않았을 그러한 섬이었다.

이 아이아이에라고 불리는 섬은 형언할 수 없이 아름답고 또 한편 위험하기 짝이 없는 여자 마법사의 섬이었다. 그녀는 자기에게 다가온 자는 모두 짐승으로 바꾸어버렸다. 더구나 짐승이 된 뒤에도 마음은 인간 그대로이기 때문에 그 고통이란 이루 말할 수 없는 것이었다. 오디세우스는 섬 모양을 살펴보기 위해서 일단의 척후병을 보냈으나, 마법사 키르케는 그들을 자기의 작은 성으로 꾀어들여 돼지로 만들어버렸다. 그리고 그들을 돼지우리 속에 집어넣곤 돼지가 좋아하는 먹이를 주었다. 그들은 돼지였기 때문에 그걸 먹지 않을 수 없었으나, 한편으론 인간의 마음이 남아 있어서 이런 기막힌 꼴에 제 가슴을 쥐어뜯으면서도 어쩔 수가 없었다.

척후병 중의 한 사람은 조심하느라 키르케의 저택에 들어가지 않았기 때문에 돼지가 되는 것을 면하고 도망쳐 왔다. 오디세우스는 부하가 돼지가 됐다는 말을 듣곤 주의고 조심이고 따질 사이도 없이 분연히, 혼자 키르케의 저택으로 향했다. 가는 도중에, 매우 아름다운 젊은이를 만났다. 그는 제우스의 사자 헤르메스의 화신이었다. 헤르메스는 마법 제거에 효력이 있는 약초를 주면서, 이것을 사용하면 키르케가 어떠한 마법을 걸려고 해도 그것을 간파하여 마법에 걸리지 않을 수 있다고 일러주었다. 오디세우스는 약초를 받아가지고는 키르케의 저택으로 향했다.

키르케는 오디세우스를 불러들여놓곤 술잔을 권했다. 오디세우스는 그것을 다 마시고 나자 갑자기 칼을 뽑아들곤 자기 부하들을 인간으로 돌려놓으라고 키르케에게 덤벼들었다. 키르케는 자기의 마법이 통하지 않는 것을 보고 놀랐다. 그뿐만 아니라, 그녀는 자기의 마법에 걸리지 않는 인간에 대해서 완전히 감탄했고, 그 감탄은 사랑으로 변했다. 오디세우스가 말하는 것은 다 따르고 싶은 생각이 되었기 때문에 부하들을 본디의 모습으로 되돌려주었다. 그리고 호화로운 잔치를 베풀어 그들을 접대했다. 1년 동안 그들은 키르케의 저택에 머물면서 즐거운 나날을 보냈다.

마침내 그들이 아이아이에 섬을 떠나게 되었을 때, 키르케는 그들이 무사히 집에 돌아가려면 다음과 같은 일을 하지 않으면 안 된다고 가르쳐주었다. 그것은 듣기에도 무서운 일이었다……. 배는 대양(大洋)의 강을 가로질러, 마침내 지하 세계의 여왕 페르세포네가 지배하는 나라의 바닷가에 닿을 것이다. 여기에는 지하 세계의 왕 하데스의 땅 밑 왕국 입구가 있다. 오디세우스는 여기에서 일찍이 테베의 성자였던 예언자 테이레시아스의 영혼을 찾아내지 않으면 안 된다. 테이레시아스는 그들이 집으로 돌아가는 길을 알고 있을 것이다. 테이레시아스에게 길을 물으려면 양을 죽여서 그 피로 구덩이를 채워야 한다. 망령들은 모두 생피를 먹고 싶어하므로, 모두 몰려들 것임에 틀림없다. 그러나 오디세우스는 칼을 뽑아들고 테이레시아스를 찾아낼 때까지는 이 피를 마시게 해선 안 된다.

앞길에 그와 같은 난관이 있는가 하고 일동은 비관하면서 닻을 올렸다. 페르세포네가 지배하는 에레보스로 뱃머리를 돌렸다. 그리하여, 이 나라에 도착하자 지하 세계의 입구에 도랑을 파고 양을 죽여서 피를 쏟았다. 망령들이 무리를 지어 다가오는 모습은 정말로 온몸에 소름이 끼치는 광경이었다. 그러나 오디세우스는 두려워하지 않고 칼로 망령들을 쫓아내었고, 그동안에 테이레시아스를 발견했다. 오디세우스는 그를 불러 피를 먹였다. 그리고 집으로 돌아가려면 어떻게 하면 좋은가 물었다. 그러자 테이레시아스는 말했다.

"가장 조심하지 않으면 안 될 것은 '태양의 소들'이 있는 섬에 도착했을 때, 결코 이 소들에게 해를 끼쳐서는 안 된다는 거야. 세상에서도 드물게 아름다운 이 소들은 태양 신이 매우 귀여워하고 있는 소들이야. 만일 작은 상처를 내기만 해도 큰일이 일어나는 걸로 알게."

그런 이야기를 하고 있자니까, 망령들이 꾸역꾸역 피를 마시러 모여들었다. 그 중에는 옛날의 대영웅, 절세의 미녀들도 있었다. 아무래도 낯익은 얼굴이라고 생각되어서 보니, 트로이에서 전사한 그리스의 용사들이었다. 아킬레우스가 있고 아이아스도 있었다. 아이아스는 헤파이스토스의 갑옷을 오디세우스에게 빼앗겼기 때문에 아직까지도 부은 얼굴을 하고 있었다. 그 밖에, 얼굴을 알 수 있는 용사들이 계속 다가와서 모두 오디세우스와 이야기를 하려고 몰려들었기 때문에 대단한 혼란을 이루었다. 오디세우스는 가까스로 도망쳐 배로 돌아와 곧 출범(出帆)을 명했다.

오디세우스는 키르케에게서 세이렌의 섬에 대해서 들은 바가 있었다. 이 세이렌이란 바다의 인어(人魚)들인데, 그녀들은 이루 말할

234

수 없는 아름다운 목소리를 갖고 있어서, 그들의 노랫소리를 들으면, 뱃사람들은 모든 것을 잊고 그 소리에 홀려 마침내는 정신없이 바닷속으로 뛰어들고 만다는 것이다. 그래서 기슭에 앉아서 노래하고 있는 세이렌들의 둘레에는 해골이 둑을 이루어 높이 쌓여 있다고 했다.

오디세우스는 부하들에게 밀랍으로 귀를 막도록 명령했다. 하지만 자기 자신은 세이렌의 노랫소리라는 것을 들어보기로 결심했다. 그래서 부하들에게 명하여 자기의 몸을 단단히 마스트에 묶어놓게 했다. 배가 세이렌의 섬으로 다가가자, 아주 조용히 잠든 바다 위로 형언할 길 없는 아름다운 노랫소리가 흘러왔다. 그 목소리나 선율도 사람의 마음을 녹여 사르르르 빠져들게 하는 것이거니와, 노랫말 또한 저도 모르게 끌려들게 했다.

'이 땅 위에서 일어날 미래의 일 중에서 우리들이 모르는 일이란 없어라. 자, 이리 오세요. 그대에게 아무에게도 지지 않는 슬기와 용기를 드리겠어요'라는 의미였다. 오디세우스는 어떻게 해서든지 그 노랫소리가 나는 곳까지 가려고 큰 소리로 부르짖고 몸부림을 쳤다. 그러나 마스트에 묶여 있었던 덕택으로 그럭저럭 무사히 통과할 수 있었다.

배는 드디어 스킬라와 카리브디스라는 무서운 괴물이 지켜보는 해협에 이르렀다. 스킬라는 여섯 개의 머리를 가진 괴물이고, 카리브디스는 큰 소용돌이를 일으켜서 어떠한 배라도 다 삼켜버리는 무서운 괴물이었다. 오디세우스와 부하들이 카리브디스의 큰 소용돌이를 경계하고 있는 동안에, 스킬라는 그 긴 목을 뻗쳐서 여섯 개의 입으로 여섯 명의 부하를 물어 자기 굴로 가져가버렸다.

그 다음에 도달한 곳이 예언자 테이레시아스가 주의를 준 태양의 섬이었다. 여기엔 태양 신이 사랑하는 성스러운 소들이 방목되고 있었다. 오디세우스는 부하들에게 단단히 일러 함부로 행동하지 못하게 해놓고선 홀로 기원을 드리러 섬 안쪽으로 들어갔다. 돌아온 그는 낙담했다. 굶주림을 참을 수 없었던 부하들은 소들을 도살하여 구워 먹어버렸던 것이다.

태양 신의 복수는 신속했다. 배를 띄우고 얼마 지나지 않아 하늘이 갑자기 어두워졌다. 천둥이 울리고 번갯불이 번쩍 하는가 싶자, 벼락이 배를 때렸다. 배는 부서져 흩어지고, 부하들은 모두 물에 빠져 죽었다. 오디세우스는 떠 있었던 용골(龍骨)을 붙들고 며칠 동안 표류한 끝에 겨우 칼립소의 섬에 파도에 의해서 내던져졌다. 이 칼립소의 섬에서 몇 년을 지낸 뒤, 집으로 돌아가려고 뗏목을 타고 나섰으나, 또 난파하여 이 파이아케스인의 나라에 흘러와 닿은 것이다……

20년 만의 귀환

이 긴 이야기가 끝났을 때 놀라움과 감탄으로 사람들 사이엔 한동안 침묵이 흘렀다. 마침내 왕이 입을 열었다.

"서둘러 배를 준비해드리겠습니다. 당신과 같은 명예로운 표류자를 위해서라면 모든 사람들이 선물을 할 것입니다."

얼마 후, 배가 준비되었다. 많은 선물이 배에 실렸다. 오디세우스는 이 친절한 사람들에게 작별을 고하고 배 위에 올라탔다. 갑판 위에 벌렁 드러누운 그는 긴 표류와 방랑의 피로와 오래간만에 맛보는 안심으로 그만 잠에 빠졌다.

정신이 들고 본즉, 그는 어떤 바닷가에 드러누워 있었다. 몸을 일으켜 사방을 둘러보았으나, 어딘지 통 알 수가 없었다. 마침 그때, 거기에 양치기 차림을 한 젊은이가 지나갔다.

"여긴 어디죠?"

오디세우스가 묻자, 양치기는 대답했다.

"이타케입니다."

드디어 고국으로 돌아온 것이다! 오디세우스의 가슴엔 기쁨이 샘솟았다. 뱃사람들은 잠든 오디세우스를 바닷가에 두고, 선물을 뭍에 부려놓은 채 돌아간 것이었다. 그러나 역시 빈틈 없는 오디세우스는 자기가 누구인지 어찌해서 여기에 있게 되었는지 긴 이야기를 양치기에게 들려주었으나 진실은 이야기하지 않았다. 그러자 그 양치기의 모습을 한 젊은이는 모습을 바꾸어 아테나 여신이 되었다. 여신은 웃으면서 말했다.

"잘도 거짓말을 꾸며대는군."

오디세우스는 지금까지는 모두 아테나 여신이 수호해준 것임을 깨달았다. 아테나는 현재 이타케의 상황을 이야기해주고 오디세우스에게 지시를 해주었다. 오디세우스는 선물로 받은 보화를 한 동굴에 감추었다. 아테나는 오디세우스의 모습을 늙은 거지로 바꾸었다. 그는 그 모습으로, 충실한 돼지치기 에우마이오스를 찾았다. 에우마이오스는 늙은 거지가 자기 주인인 줄 모르고, 그러나 친절하게 음식을 주고 재워주었다. 한편 메넬라오스에게서 아버지의 소식을 들은 텔레마코스는 날 듯이 집으로 향했으나, 아테나는 그를 에우마이오스에게 들르도록 만들었다. 텔레마코스는 돼지치기가 있는 곳에 나타났고, 자기가 돌아온 것을 알리기 위해서 에우마이오스를 어머니에게 보냈다. 부자(父子)는 그리하여 두 사람만 남게 되었다. 아테나는 오디세우스를 원래의 모습으로 되돌려놓았다. 텔레마코스는 깜짝 놀라 오디세우스의 얼굴을 쳐다보고 있었다. 너무나 훌륭한 얼굴이어서 신이 아닌가 놀란 것이다.

"난 네 아비다."

오디세우스가 말했다. 두 사람은 힘껏 껴안았다.

두 사람은 상의를 했다. 페넬로페의 구혼자라고 자칭하고, 궁전에 죽치고 앉아 있는 치들이 아주 많다. 오디세우스는 이를 힘으로 쫓아내기로 결정했지만 단둘이서 어떻게 하면 좋은가. 에우마이오스가 돌아왔을 때, 오디세우스는 늙은 거지로 돌아와 있었다.

이튿날, 텔레마코스는 한 발 앞서서 궁전으로 가고, 그 뒤로 오디세우스와 에우마이오스가 출발했다. 20년 전에 뒤로 했던 그리운 자기 집 문을 오디세우스가 지났을 때, 거기에 드러누워 있던 늙은 개가 귀를 세우고, 머리를 오디세우스 쪽으로 돌리며 꼬리를 쳤다. 이 개는 오디세우스가 트로이로 출전하기 전에 태어났던 개로 주인을 기억하고 있었던 것이다. 그러나 이젠 늙어서 달음질을 할 기력도 없었다. 오디세우스는 남몰래 눈물을 닦았으나, 돼지치기에게 눈치를 채게 하고 싶지 않아서 모른 체하고 등을 돌렸다. 그 순간, 개는 털썩 고개를 꺾곤 숨을 거두었다.

홀에는 예의 페넬로페의 구혼자들이 진을 치고 제멋대로 궁전의 것을 먹고 마시고 하면서 떠들고 있었다. 늙은 거지가 들어온 것을 보자, 심심풀이 삼아 여러 가지로 말을 걸어서 조롱했다. 아무래도 늙은 거지가 화를 내지 않자, 안달이 난 한 녀석이 그를 때렸다. 적선을 바라고 온 불쌍한 사람에 대해서, 이것은 용서받을 수 없는 무례였다.

늙은 거지가 학대를 받고 있다는 말을 듣고서, 페넬로페는 그를 자기 방으로 불렀다. 오디세우스는 자기가 누구인지 밝히고 싶은 것을 꾹 참고, 그저 무쇠와 같은 얼굴을 하고 있었다. 그는 자기도 옛날엔 무사로서 트로이에 원정한 일도 있으며, 오디세우스도 만났노라고 말하자, 페넬로페는 소리 없이 흐느껴 울었다.

고대에는 거지라도 견문이 넓은 자는 손님 취급을 받아, 정중한 대접을 받는 일이 있었다. 페넬로페는 늙은 유모 에우리클레이아를 시켜서 거지의 발을 씻겨주게 하였다. 이 시녀는 오디세우스를 어렸을 때부터 보살펴왔기 때문에 그가 소년 시절에 멧돼지 사냥을 하다 발에 상처를 입은 것을 알고 있었다. 그 상처를 보고 늙은 유모는 소스라쳐 놀라 대야를 뒤집어 엎어버렸다. 오디세우스는 늙은 이의 팔을 붙잡고 말했다.

"유모, 유모는 날 알아보았소. 하지만 절대로 아무한테도 발설해

신 안 돼요!"

그는 현관 앞에다 침상을 하나 얻어놓고 쉬었다.

페넬로페는 이젠 이미 남편은 돌아오지 않을 거라고 각오를 했다. 이튿날도 구혼자들은 궁전에 모여서, 먹고 마시고 떠들며 제멋대로 굴고 있었다. 거기에 페넬로페가 큰 활과 전동에 가득 찬 화살을 가지고 나타났다.

"여러분, 이것은 돌아오지 않는 남편 오디세우스가 쓰던 활과 화살입니다. 이 활에 시위를 얹어 화살을 끼어서 열두 개의 수레바퀴를 한 방에 쏘아 꿰뚫을 수 있는 분을 제 남편으로 삼겠습니다."

이 말을 듣고 텔레마코스는 바라던 기회가 왔다고 생각하고, 큰 소리로 외쳤다.

"자, 여러분, 뒤로 꽁무니들을 빼지 말고 시험해보시기 바랍니다. 그 전에, 내가 아버지의 활을 다룰 수 있을 만큼 되었는지 안 되었는지 한번 시험해보겠습니다."

텔레마코스는 활을 잡고 휘려 했다. 아마 시위를 얹을 수는 있었을 것이지만, 오디세우스가 신호를 보냈기 때문에 그만두었다. 그 뒤에, 구혼자들은 하나씩 활을 손에 들었으나 그 센 활을 조금이라도 굽힐 수 있는 자는 없었다.

그 활을 능히 휘는 자가 아무도 없는 걸 보자, 오디세우스는 가운데 뜰로 나갔다. 거기에서는 돼지치기 에우마이오스가, 또 다른 충실한 가축치기와 함께 이야기를 하고 있었다. 오디세우스는 "나는 너희들의 주인이다"라고 밝히고 발의 상처를 보였다. 두 사람은 기뻐한 나머지 울음을 터뜨렸으나 오디세우스는 그들을 진정시켰다.

"지금은 떠들지 말아다오. 부탁이 있다. 에우마이오스, 너는 어떻게 해서든지 활과 화살이 내 손에 오도록 해다오. 그러고는 아무도 여자들의 방으로 들어가지 못하도록 문을 잠가라. 가축치기, 너는 이 가운데 뜰에서 아무도 도망칠 수 없도록 문에 빗장을 질러놓아라."

오디세우스는 두 사람을 데리고 홀로 되돌아갔다.

"잠깐 그 활을 나에게 빌려주시지 않겠습니까. 아래봬도 예전엔 무사였답니다. 그래서 옛날 힘이 남아 있는지 어떤지, 한번 시험해보고 싶어서⋯⋯."

구혼자들은 거지가 나설 자리가 아니라고 화를 내며, 활에 손을 대지 말라고 떠들어댔다. 그들을 텔레마코스가 제압하고 있는 동안에 에우마이오스가 활과 화살을 오디세우스의 손에 건네주었다.

오디세우스는 활을 잠깐 조사해보고 나선 마치 뛰어난 연주자가 하프에 줄을 얹듯이 아무 힘도 들이지 않고 지극히 자연스럽게 시위를 얹어버렸다. 그러곤, 화살을 끼어 보름달처럼 당겨선 그 자리에서 조금도 움직이지 않은 채 수레바퀴를 쏘아 꿰뚫어버렸다.

다음 순간, 오디세우스는 문 쪽으로 뛰어 올라섰다. 늙은 거지는 헌헌장부로 변해 있었다. 텔레마코스도 그 곁에 서 있었다.

"드디어 때는 왔다!"

오디세우스는 큰 소리로 외쳤다. 그가 쏜 화살은 구혼자 한 사람을 쓰러뜨렸다. 그들은 소스라치게 놀랐으나, 그들 가까이엔 아무런 무기도 없었다. 오디세우스는 계속해 화살을 날렸다. 시위 소리가 홀에 울리고, 화살은 울면서 날았다. 화살 하나마다 하나씩 쓰러졌다. 텔레마코스는 긴 창을 들고 아버지의 뒤를 지키고, 또 문을 통해서 아무도 도망가지 못하도록 막았다. 드디어 화살은 다 썼으나, 오디세우스가 손에 든 창이 번뜩일 때마다 살이 찢어지고 뼈가 부서지는 기분나쁜 소리가 나고 마루에는 피가 흘렀다. 이리하여 오디세우스가 집을 비운 것을 기화로 궁전에 있는 것을 제 마음대로 써버리고 모자(母子)를 박해하던 자들은 모조리 죽음을 당했다.

페넬로페는 남편이 돌아온 것을 믿을 수가 없어, 멍하니 서 있었다. 텔레마코스가 말했다.

"어머님, 어찌된 일이십니까? 20년 만에 아버님이 돌아오시지 않았습니까?"

"오, 텔레마코스, 너무나 갑작스러워서 난 몸도 가눌 수가 없구나."

홀은 깨끗이 치워졌다. 오디세우스님이 돌아오셨다! 우리 왕이 돌아오셨다! 궁전 안엔 기쁨이 넘쳐흘렀다. 홀에선 시인이 하프를 켜고, 춤이 시작되었다. 남자도 여자도 춤추었다. 춤 추는 발소리는 기쁨을 담아 넓은 궁전 안에 울려 퍼졌다.

이 장(章)은 호메로스의 서사시 《오디세이아》에 의한 것이다. 아테나와 포세이돈이 그리스의 선단을 괴롭히려고 하는 부분은 에우리피데스의 《트로이의 여자》에서 인용한 것이다.

로마의 시조(始祖) 아이네이아스

먼 서쪽 헤스페리아로

아이네이아스는 베누스〔비너스, 아프로디테〕의 아들이니, 트로이 쪽의 장수들 중에서도 헥토르 다음 가는 용사였다. 트로이가 그리스 군에게 함락당했을 때, 그 어머니의 가호에 의해서 늙은 아버지와 어린 아들을 데리고 간신히 도망칠 수는 있었으나, 아내는 결국 낙오자가 되고 말았다.

아이네이아스는 배를 타고 바다로 도망쳤기 때문에, 많은 트로이 사람들이 몇 척인가의 배에 나누어 타고 그 뒤를 좇았다. 아무튼 어딘가 발 붙일 곳을 찾지 않으면 안 되었다. 그러나 어디에도 그런 마땅한 곳은 없었다. 몇 번인가 도시를 만들려 하였으나, 그때마다 불길한 일이나 운이 나쁜 일이 생겨버려서 실패하곤 했다. 이리하여 크레타 섬까지는 왔으나, 여기에서도 질병이 발생하고 또 뿌린 씨는 결실을 가져오지 않고 비참한 상태에 빠졌다. 아이네이아스가 꿈에 신탁을 받은 것은 그러한 때였다.

"너희들이 살 땅은 헤스페리아니라."

헤스페리아, 그것은 현재의 이탈리아다. 트로이 민족은 본디 이탈리아에서 발생하여 이주했다고 일러지고 있기 때문에 그곳은 그들의 이른바 '어머니 나라'였다.

먼 서쪽을 향해서 긴 항해가 시작되었다. 그리스의 아르고 호는 주로 그리스에서 동쪽 방면으로 활동하고 있었으나, 크레타 섬으로부터 서쪽이 아니어서 트로이의 유민(遺民)들은 안심할 수 없었다. 마침내 아이네이아스의 배는 하르피이아 섬에 닿았다. 이 섬에는 하르피이아라는 괴물들이 살고 있었다. 머리는 여자요, 손톱은 길고, 항시 굶주려 있어 창백한 얼굴을 하고 있는 기분나쁜 새였다. 아르고 호의 이아손도 일찍이 이 새와 싸운 일이 있었으며, 아이네이아스 일행도 칼을 뽑아 그것들과 싸웠다. 그러나 괴물들은 민첩하고, 날개는 갑옷과 같이 칼로 찔러도 들어가지 않아, 아이네이아스 일행은 이 섬에서 물러나지 않으면 안 되었다.

그 다음에 상륙한 곳에서 아이네이아스 일행은 의외의 사람들을 만났다. 트로이 전쟁에서 전사한 헥토르의 아내 안드로마케가 거기에 있었던 것이다. 트로이 함락 후, 그녀는 그리스의 무장 네오프톨레모스의 것이 되었다. 아킬레우스의 아들로, 늙은 왕 프리아모스를 제우스의 제단에서 죽인 사람이다. 이 네오프톨레모스가 죽은 뒤, 안드로마케는 트로이 사람 헬레노스와 결혼하여 지금은 이 에페이로스의 지배자가 되었다.

안드로마케와 헬레노스는 아이네이아스 일행을 크게 환영했다.

그리고 아이네이아스가 그들에게 작별을 고할 때, 이런 충고를 해 주었다.

"결코 헤스페리아의 동쪽에 상륙해선 안 됩니다. 그 근처엔 그리스인들이 우글우글하니까요……. 아마도 헤스페리아의 서쪽 기슭의 북쪽컨에 도시를 세우는 것이 좋겠습니다. 또 하나 주의하지 않으면 안 될 것은 시켈리아와 헤스페리아 사이의 가까운 길을 결코 통과해선 안 된다는 것입니다. 그 해협에는 스킬라와 카리브디스가 지키고 있어서 아주 위험하니까요……."

오디세우스 일행은 일찍이 이 해협에서 카리브디스를 피하려고 하다 스킬라에게 여섯 사람의 동료를 잃은 일이 있다. 아이네이아스는 헬레노스의 충고대로 이탈리아의 동북쪽을 지나가 시켈리아 남쪽으로 우회했기 때문에 여섯 개의 머리를 가진 스킬라에게 붙잡히는 일도 없고, 또 카리브디스의 무서운 소용돌이에 빠지는 일도 없었다. 그런데 그 헬레노스조차 예지할 수 없었던 위험이 기다리고 있었다.

날이 저문 뒤, 트로이 사람들은 시켈리아 섬의 남쪽 기슭에 상륙하여 그곳에 야영하기로 하였다. 이튿날 아침 일찍 아이네이아스가 아직 자고 있을 때, 한 사나이가 찾아왔다. 입고 있는 것은 넝마 같고, 머리는 자랄 대로 자랐으며 굶주릴 만큼 굶주린 모양으로 얼굴은 죽은 사람처럼 창백했다. 그는 무너지듯이 무릎을 꿇고는 이렇게 말했다.

"나는 율리시즈(오디세우스)의 배의 수부(水夫) 중 한 사람이었습니다만, 대장이 급히 출발해버려서 여기에 남게 되어 산포도나 초목의 뿌리를 먹고 가까스로 목숨을 이어 왔습니다. 게다가 이 근처에는 무서운 키클로페스들이 살고 있습니다. 제발 저를 여러분들과 함께 데려가주십시오.”

그의 이야기에 의하면 이 근처엔 약 1백 명의 키클로페스가 살고 있어, 사람만 보면 잡아먹으려 든다는 것이었다. 한순간도 방심할 수는 없다고 그는 말했다.

“빨리 여기서 도망치지 않으면 안 됩니다. 배를 타면 바로 밧줄을 끊어버려야 합니다.”

놀란 트로이 사람들은 될 수 있는 대로 조용히 배에 올라 타고는 밧줄을 끊었다. 그때, 키클로페스 하나가 폴리페모스의 동굴에서 모습을 나타냈다. 터무니없이 엄청나게 큰, 보기 흉하게 생긴 괴물로 이마 한복판에 있는 하나의 눈은 오디세우스에게 몽둥이로 찔려 아직도 피가 엉겨붙어 있었다. 그는 그 눈을 바닷물로 씻으러 왔다가 우연히 트로이 사람들이 노 젓는 소리를 들었다. 그는 무서운 기세로 쫓아왔다. 키가 어찌나 큰지 꽤 먼 바다까지 와서도 머리가 물 위로 나와 있었다. 트로이 사람들은 필사적으로 노를 저어, 가까스로 키클로페스의 키가 넘는 곳까지 도망칠 수가 있었다.

그런데 이번엔 무서운 폭풍우가 닥쳐왔다. 이것은 트로이 사람을 매우 싫어하는 여신 유노(주노, 헤라)의 짓이었다. 바다의 신 넵투누스는 유노가 제멋대로 남의 영역에 침입한 것에 화를 내어, 바람의 신 아이올로스를 꾸짖어서 바람을 잠자게 하였다. 트로이 사람

246

들의 배는 바람에 휩쓸려 어느 결엔지 아프리카의 북쪽 기슭 가까이 와버렸다. 그리고 도착한 곳은 카르타고의 바닷가였다.

카르타고 여왕의 비극적인 사랑

카르타고는 디도라는 여성에 의해서 이룩되었다. 이 나라는 후일 로마와 맹렬하게 다투는 일대 도시 국가로 발전하였다. 아이네이아스가 나타났을 무렵, 카르타고는 이 디도라는 여왕이 다스리고 있었다. 그녀는 아름다운 미망인이요, 아이네이아스는 트로이 최후의 날 밤 아내를 잃은 채였다. 유노는 여기에 또 하나의 간계(奸計)를 베풀어놓았다. 아이네이아스와 디도를 사랑에 빠뜨려, 아이네이아스를 헤스페리아로 보내지 않으려 한 것이다.

이것을 안 아이네이아스의 어머니 베누스는 걱정이 되어 올림포스 산으로 가 그 아름다운 눈에 눈물을 가득 머금고 유피테르에게 호소했다.

"내 귀여운 자식은 도대체 어떻게 되겠습니까?"

그러자 유피테르는 그 운명을 가르쳐주었다.

"걱정할 것 없어. 아이네이아스는 한 나라의 시조가 될 운명을 지니고 있단 말이야. 그 자손들인 로마인은 마침내 넓기가 한이 없고, 길기가 끝이 없는 제국을 건설하게 될 거야."

베누스는 안심했다. 원래가 아이네이아스와 디도가 서로 사랑하는 데 대해서 반대는 아니었다. 그렇게 하면 적어도 카르타고에 선 아이네이아스의 안전이 보장되기 때문이다. 그래서 이번엔 적극적으로 협력하기로 했다. 어떻든 디도의 아름다움은 이름이 높아서 각국의 왕으로부터 결혼 신청이 빗발치듯 하였으나, 그 어느 사람도 거들떠보지도 않고 있었다. 그래서 베누스는 아들인 쿠피도에게 부탁해서 디도의 가슴이 아이네이아스에 대한 사랑으로 불타오르게 해놓았다. 이러한 곳에 아이네이아스가 당도한 것이다.

육지에 정박한 이튿날 아침, 아이네이아스는 신뢰할 수 있는 벗 아카테스와 둘이서 이 땅이 대체 어떠한 곳인가 탐험을 나가기로 했다. 배도 파손되고 기운이 꺾인 일행들에게 아이네이아스는 쾌활하게 소리쳤다.

"친구들이여, 우린 벌써 불행에는 익숙해진 셈이야. 고난은 아직도 계속될지 모르지. 그러나 나쁜 일은 영원히 계속되는 것은 아니야. 자, 용기를 되찾자구. 어느 날엔가는 이 괴로움도 기쁨으로 바뀔 날이 있을 것임에 틀림없으니 말이야."

이리해서 두 사람은 이 미지의 땅의 탐험에 나섰다. 그러자 여자 사냥꾼으로 변한 베누스가 그들 앞에 나타났다.

"카르타고로 곧장 가세요. 여왕님께서 반드시 당신네들을 도와주실 거예요."

베누스가 가리킨 길을 두 사람은 걷기 시작했다. 두 사람은 깨닫지 못했으나, 베누스는 그들의 몸을 짙은 안개로 감싸 가호했다. 이리해서, 아무에게도 들키지 않고 두 사람은 무사히 카르타고에 도착했다.

어떻게 하면 여왕을 만날 수 있을 것인가? 그런 생각을 하면서 어떤 큰 신전 앞까지 왔다. 프리아모스, 아킬레우스, 헥토르와 같은 그들이 잘 아는 인물들이 그려져 있었다. 이것을 바라보고 있노라니까, 아이네이아스에게 새로운 용기가 솟아올랐다.

"음, 부딪쳐보자꾸나! 그 다음은 운명에 맡기고……."

많은 시종들에게 둘러싸여, 달의 여신 디아나와 같은 미녀가 다가온 것은 바로 그때였다. 이때 이상하게도 두 사람을 감싸고 있었던 안개가 사라지고 아폴론과 같은 미남 청년 아이네이아스의 모습이 뭇 사람들의 눈앞에 드러났다.

"혹시……."

말을 꺼내면서 아이네이아스가 다가서자, 디도가 가만히 아이네이아스를 바라보았다. 카르타고의 여왕은 아이네이아스들의 신상에 관해서 알자, 아주 정중히 이 유랑 청년들을 맞이했다. 그녀는, 지금은 살 집조차 없는 그들의 심정을 진실로 잘 이해했다. 그녀는 튀로스의 왕 벨로스의 딸로, 왕위를 이어받은 오빠가 죽이려 하는 바람에 몇 사람을 데리고 이 아프리카로 도망쳐 온 것이다.

"지금 겪고 계시는 괴로움은 잘 알 수 있습니다. 우선 저에게 맡겨주소서."

그날 밤, 아이네이아스들을 위해서 큰 잔치가 벌어졌다. 아이네이아스는 트로이의 함락과 괴로운 긴 항해에 대해서 자세히 이야기해주었다. 디도는 아이네이아스의 이야기를 홀린 듯이 꿈꾸는 듯이 듣고 있었다. 물론 거기엔 쿠피도의 남모르는 작용도 있었던 것이다.

디도의 성열은 뜨겁게 타올랐다. 아이네이아스도 자신을 사모하고 있는 것을 보곤 여왕은 기뻐했다. 그녀는 몇 번이고 아이네이아스의 모험담을 듣고 싶어했다. 그녀는 자기가 가진 것 모두를 아이네이아스에게 바치고도 후회하지 않을, 그런 심정이었다.

"이 카르타고를 그대의 것이라 생각하소서……."

여왕은 아이네이아스에게 그렇게 말하고, 시민들에게 자기와 마찬가지로 아이네이아스를 지배자로서 대우하도록 분부했다. 일개 표류자는 이제 마침내 왕과 마찬가지의 영예를 지니는 신분이 되었다. 그의 일행인 트로이 사람들도 각지에 싱응한 대우를 받게 되었다.

권세 있는 여왕에, 세상에도 드문 좋은 신부, 이 두 가지를 한꺼번에 얻은 격이어서 아이네이아스는 사냥에, 경기에, 그리고 달콤한 속삭임에 시간이 흐르는 줄을 몰랐다. 이대로라면 아무래도 낯선 땅에 가서 새로운 도시를 이룩하는 일은 할 수 있을 법도 하지 않았다. 유노의 계획은 성공한 것같아 보였다. 그러나 베누스는 유노보다도 깊이 유피테르를 신뢰하였다.

어느 날, 아이네이아스는 훌륭한 옷을 입고서 거리를 거닐었다. 푸른 옥을 다듬어 장식한 칼을 허리에 차고 금실을 짜 넣은 자색 망토를 입고 있었다. 물론 모든 것이 여왕으로부터 선물받은 것이지만, 그 중에서도 특히 망토는 여왕이 몸소 지은 것이었다.

"아이네이아스, 아이네이아스!"

어디선가 부르는 소리가 들렸다. 깜짝 놀란 아이네이아스의 눈앞에는 메르쿠리우스가 서 있었다.

"아이네이아스, 그대는 무엇 때문에 우물쭈물하면서 헛되이 나 날을 보내고 있는가."

메르쿠리우스는 엄한 어조로 다그쳤다.

"나는 하늘에 계신 왕의 사자, 분부를 받고 여기 이른 것이니라. 유피테르께서는 그대가 하루 속히 이 땅을 떠나 새로운 왕국을 이룩하도록 분부하고 계시느니라!"

그렇게 말하자마자 메르쿠리우스의 모습은 안개처럼 사라져버렸다. 아이네이아스는 크게 두려워하고 황공해하며 그 명령에 따르기로 결심했으나, 그러나 디도에게 이 사실이 알려진다면 일이 쉽지 않을 듯했다.

아이네이아스는 트로이 사람들을 모아놓고는 바로 출발할 수 있도록 선대를 정비하고 모든 것을 극비리에 수배하도록 명령했다. 그러나 이런 움직임에 대한 이야기는 이내 디도의 귀에 들어갔다. 그녀는 처음엔 조용히 아이네이아스에게 말했다.

"오, 아이네이아스! 당신이 여길 떠나시다니, 그런 일이 정녕 있을 수 있습니까! 설마 그런 일이……. 당신을 위해서 흘린 나의 이 눈물, 당신에게 드린 이 손을 설마 잊어버리진 않으셨겠지요."

아이네이아스는 그녀가 자기에게 해준 것을 결코 잊어버린 것은 아니지만 두 사람은 결혼한 것도 아니므로 언제나 헤어질 자유는 있는 것이라고 말했다. 유피테르가 명령한 것이다. 따르지 않을 수 없었다.

"부탁하오. 아무 말 말고 날 보내주시오. 그렇지 않으면 재앙이

우리 두 사람의 봄에 미칠 테니까……."

마침내 디도는 마음속에 생각하는 있는 것을 하소연하기 시작했다. 이만큼 아이네이아스를 사랑하는데, 어째서 버리고 가려는 것일까. 자기 자신과 이 왕국을 이만큼 그에게 다 바쳐왔는데, 그래도 만족하지 않는단 말인가……. 그러나, 아이네이아스의 마음이 움직일 기색이 없는 걸 보자 그녀는 차츰 절망적이 되어갔다. 격렬하게 설득하던 그녀의 말이 뚝 끊어졌다. 그리고 그 자리에서 뛰어나가 버리고, 두 번 다시 모습을 나타내지 않았다.

그날 밤, 트로이 사람들은 출범했다. 이것은 아주 현명한 행동이었다. 만일 여왕이 단 한마디만 명령을 내리면, 출범은 영원히 불가능해지는 것이다. 배 위에서 카르타고의 성벽을 되돌아보는 아이네이아스의 눈에 갑자기 큰 불꽃이 타올라 밤하늘에 붉게 비치는 것이 보였다. 불은 한참 동안 세차게 타올랐으나, 마침내 천천히 꺼져갔다. 대체 무슨 일일까 하고 아이네이아스는 의아스럽게 생각했다. 설마 그 불이 멀어져가는 아이네이아스의 배를 지켜보면서 스스로 목숨을 끊은 디도를 태우는 불일 줄은 꿈엔들 알 길이 없었다.

죽은 자들의 세계에 가다

카르타고로부터 이탈리아의 서쪽 해안에 이르는 길은 먼저의 항해에 비교하면 훨씬 편했다. 다만 충실한 뱃길 안내인 팔리누르스

252

가 넵투누스의 제물로서 바다에 빠져 죽은 것만은 애석하기 그지없는 일이었다.

배는 마침내 이탈리아의 해안에 도착했다. 일동은 기쁨에 넘쳐 용기백배하여 뭍에 올랐다. 아이네이아스는 여신 시빌의 동굴을 찾았다. 이 여신은 이제부터 그의 운명을 예언하고 충고를 해줄 터였다. 아이네이아스가 시빌을 찾자, 그녀는 이런 이야기를 했다.

"트로이인 안키세스의 아들이여, 아베르노스까지 내려가는 것은 쉬운 일이니라. 어두운 하데스의 문은 밤낮으로 활짝 열려 있도다. 다만 처음에 왔던 길로 되돌아와, 하늘의 달콤한 대기(大氣)가 있는 곳까지 돌아오는 것, 이것이야말로 진정 어려운 일이니라."

즉, 아이네이아스로선 무슨 일이 있어도 그 아버지한테 들어 알지 않으면 안 되는 일이 있고 그걸 위해선 지하의 죽음의 나라까지 갔다오지 않으면 안 된다는 것이다. 죽음의 나라에서 돌아오는 건 어렵기 짝이 없지만 그가 결심만 한다면 시빌 여신이 길 안내를 해주겠다는 것이었다. 다만 그러기 위해선 우선 황금의 가지가 붙어 있는 나무를 찾지 않으면 안 된다. 그것이 없이는 하데스의 문을 통과할 수 없었다.

아이네이아스는 항상 충실한 아카테스와 함께 숲 속으로 들어갔다. 그러나 황금의 가지를 찾는 것은 지극히 어려운 일이라는 생각이었다. 그때, 두 마리의 비둘기가 날아와서 그들에게 길을 안내해 주었다. 비둘기는 베누스가 보낸 것이었다. 비둘기 뒤를 따라가니까, 아베르노스 호수 가까이 오게 되었다. 이 호수의 물은 악취를 내뿜고 있었으며, 시빌의 이야기에 의하면 이 호숫가에 있는 동굴이 지하의 세계로 통한다는 것이었다. 그 순간, 비둘기가 날아올랐다. 그 모습을 눈으로 좇자니까 나뭇잎 덤불 속에서 빛나는 금빛이 보였다. 그것이 황금의 가지였다.

예언의 여신과 트로이의 영웅은 지하의 죽은 자들의 세계로 향했다. 우선 아베르노스 호수의 가장자리까지 왔다. 음울한 숲에 둘러싸여 있는 깊은 호수의 기슭에 동굴이 뻐끔 검은 입을 벌리고 있었다. 시빌은 새까만 황소 네 마리를 무서운 밤의 여신 헤카테를 위해서 제물로 바쳤다. 불타오르는 제단에 제물을 바치자, 발밑이 흔들리고 멀리 어둠 속에서 개 짖는 소리가 들렸다.

"자, 용기를 내야 할 때로다."

그렇게 말하면서 시빌이 동굴 속으로 달려들어갔기 때문에 아이네이아스도 그 뒤를 따랐다.

지하 세계로 가는 길을 더듬어 나아가자, 어둠에 싸인 길 양쪽에 무언가 무서운 모습들이 어슴푸레하게 보였다. '병', '불안', '기근', '공포' 등의 무리였다. '전쟁'도 있었으며 뱀 모양의 피투성이 머리칼을 하고 있는 것은 '불화'였다. 그 밖에 인간에게 갖가지 저주스러운 것들이 거기에 모여 있었다.

겨우 거기를 통과하니까, 눈앞엔 수면이 펼쳐졌다. 그 기슭에는 시들어서 떨어진 나뭇잎처럼 무수한 죽은 자들이 있었다. 물위엔 한 척의 작은 배가 떠 있는데, 음울한 얼굴을 한 노인이 노를 젓고 있었다. 죽은 이들은 모두 노인 쪽으로 손을 뻗어 건너편 기슭으로 건네달라고 부탁하고 있었다. 그러나 노인은 무뚝뚝하게 어떤 사람은 태우고 어떤 사람은 밀쳐내면서, 망령들의 탄원 같은 건 귀담아들으려고도 하지 않았다. 아이네이아스가 의아스러운 듯 눈을 크게 뜨자, 시빌이 속삭였다.

"여긴 땅 밑의 두 강 코키투스와 아케론이 합류하는 곳이니라. 사공 이름은 카론이라고 하며 격식을 갖춘 장례식을 치르지 않은 사람은 나룻배에 태워주지 않는 자다. 그런 사람들의 영혼은 먼저 한 1백 년 동안은 휴식할 곳도 없이 방황하지 않으면 안 되느니라."

시빌과 아이네이아스를 보자, 카론은 거절하는 태도를 보였다. 이 배는 죽은 이들을 나르는 배이지, 산 사람을 싣는 배는 아니라는 것이다. 그러나 아이네이아스가 황금의 가지를 보이자 겨우 승낙했다.

둘은 건너편 기슭으로 건너갈 수가 있었으나, 그곳에선 머리가 셋 있는 케르베로스라는 개가 기다리고 있었다. 케르베로스는 세 개의 목청으로 날뛰며 짖어대면서 덤비려고 하였으나, 시빌이 과자를 주어서 속이고 그 사이에 지나갈 수가 있었다.

마침내 두 사람은 미노스의 재판 법정으로 나왔다. 여기에선 에우로페의 아들 미노스가 죽은 사람이 한 짓을 조사하여 최종 판결을 내리고 있었다. 그 엄숙한 장소를 급히 지나가자 어느 결엔지 '슬픔의 들'에 도달했다. 여기엔 불행한 사랑 때문에 자살한 자들이 추방되어 방황하고 있었다. 도금양(桃金孃)의 덤불이 여기저기 보이고, 비탄에 싸인 중에도 어딘가 감미로운 풍경과 정취가 있었다. 갑자기, 아이네이아스는 죽은 이들 중의 한 사람에게 눈길을 멈추었다.

"디도가 아닌가?"

다가가 보니, 정녕 디도였다.

"디도, 그대는 세상을 버렸던가? 아, 그것도 나 때문에! 맹세하거니와, 내가 그대와 헤어진 것은 결코 본의가 아니었소. 알아주겠소?"

아이네이아스의 볼 위로 눈물이 흘러 떨어졌다. 그러나 디도는 아이네이아스의 얼굴은 보려고도 하지 않고 한마디 말도 하지 않았다. 마치 차가운 대리석이나 된 것처럼 꼼짝도 하지 않았다. 그동안에 그녀의 모습은 보이지 않게 되고, 아무리 찾아도 이미 아무 곳에서도 볼 수 없었다. 아이네이아스는 한참을 거기에 선 채로 눈물을 흘렸다.

드디어 길이 두 갈래로 갈라진 곳까지 왔다. 왼쪽 길로부터는 무언가 무서운 신음 소리며 채찍이 우는 소리, 쇠사슬을 끄는 소리 같은 게 들려왔다. 그곳은 에우로페의 아들인 라다만티스가 지배하는 나라로, 악업(惡業)을 행한 망인(亡人)들이 응징을 받고 있다고 했다. 그러나 길 오른쪽 엘리시온의 들에는 부드러운 햇빛이 내리쏟아지고 있었다. 공기는 형언할 수 없이 생기에 가득 차, 싱그럽고 푸른 풀밭, 덤불, 모든 것이 고요하고 평화스러운 곳이었다. 여기에는 위대하고도 착한 이들, 영웅, 시인, 신관, 그 밖에 살아 있을 때 세상을 위해서 일하고 이름을 후세에 남긴 사람들이 살고 있었다.

아이네이아스는 곧 안키세스를 찾아냈다. 부자는 서로 눈물을 흘리면서 재회를 기뻐했다. 서로 이야기하고 싶은 것은 산더미처럼 많았다. 안키세스는 아이네이아스를 레테 강까지 데리고 갔다.

"이것은 망각의 강이다. 영혼의 재생을 바라는 이는 이 강 기슭에 살면서 강물을 마시고 살지 않으면 안 된다. 그러는 동안에 전생의 일을 모조리 잊어버리는 거란다."

그리곤 안키세스는 강 기슭에 무리를 짓고 있는 망령들 중에서 두드러져 보이는 한 무리를 가리켰다.

"아들아, 보아라. 저 사람들이야말로 너의 미래의 후손들이란다. 마침내 전생을 다 잊어버리고 나서 내세에 태어났을 때, 그들은 오랫동안 인간의 역사 위에 결코 사라지는 일이 없는 업적을 남기고 세계의 지배자가 될 것이니라."

안키세스는 아이네이아스가 이탈리아에서 해야 할 일에 대해서 자세하게 지시를 해주었다. 그러고는 그 어떠한 곤란도 이겨내고 목적을 이루라고 격려했다.

부자는 마침내 작별을 고했다. 헤어짐을 슬퍼할 필요는 없었다. 두 사람은 서로 그 헤어짐이 아주 잠깐이라는 것을 알고 있었기 때문이다. 아이네이아스는 시빌과 함께 지상으로 돌아왔다.

아이네이아스가 돌아오자 바로 트로이 사람들은 돛을 올렸다. 배는 이탈리아의 해안을 따라 약속의 땅을 찾아 북쪽으로 나아갔다.

풀 덮인 유피테르의 언덕

아이네이아스와 트로이 사람들은 마침내 티베리스 강의 하구에 닻을 내렸다. 그러나 유노가 아이네이아스와 트로이 사람들을 방해

황금 가지를 들고 아이네이아스를 지하 세계로 인도하는 시빌

하는 일을 단념한 것은 아니다. 그녀는 그 근처에서 가장 강력한 민족인 라티니 사람과 루툴리 사람들을 트로이 사람들에게 대항케 하려고 생각했다.

사투르누스의 증손으로 라티움 성의 지배자인 늙은 왕 라티누스에게는 아름다운 외동딸 라비니아가 있었다. 그는 돌아가신 아버지

파우누스의 영혼에게 이런 경고를 받았다.

"라비니아를 가까운 이웃의 그 어떠한 사람에게도 시집보내서는 안 되느니라. 라비니아의 남편이 될 사람은 머지않아 먼 나라로부터 이 땅에 나타날 것이다. 이 혼인에 의해서 마침내 세계를 지배하는 운명을 가진 민족이 태어나게 되리라."

아이네이아스가 보낸 사자가 찾아와 "바닷가에 잠시 휴식할 장소를 주시고, 또 공기와 물을 자유로 쓸 수 있게 하여주시기를" 하는 부탁을 전하자, 늙은 왕은 이 일을 생각해냈다. 이 트로이 사람의 지도자야말로 파우누스가 예언한 사람임에 틀림없다고 생각했다. 그래서 그는 이 이국인을 크게 환영하는 뜻을 전하며 사자를 돌려보냈다.

이대로 놓아두면 모든 것이 순조롭게 진행되었을 것임에 틀림없다. 여기에서 유노가 또 방해를 한다. 복수의 여신 알렉토를 불러다가 지상에 전쟁을 일으키도록 했다. 알렉토는 기꺼이 승낙했다.

알렉토는 우선 라티누스의 아내인 왕비 아마타의 마음을 충동해서 딸과 아이네이아스의 결혼에 강경하게 반대하게 했다. 그러곤 이번에는 루툴리 사람들의 왕 투르누스의 마음에 작용했다. 투르누스는 라비니아의 남편감으로서 가장 유력시되고 있었다. 그랬는데 갑자기 나타난 이국인에게 가로채일 듯한 형세가 된 것이다. 투르누스의 분노는 타올랐다.

"라비니아는 그 누구한테도 줄 수 없다!"

그는 군사를 일으켜 무력으로 라티니 사람과 이국인과의 사이를 갈라놓으려고 라티움을 향해서 진군을 개시했다.

게다가 알렉토는 교묘한 짓을 해치웠다. 라티니 사람 중에서 한 농부의 딸이 사슴을 한 마리 기르면서, 매우 귀여워했다. 이웃 사람들은 이것을 알기 때문에 사슴을 함부로 하지 않고 있었다. 그런데 아무것도 모르는 아이네이아스의 아들인 아스카니우스는 이 사슴을 몰아 치명적인 중상을 입혔다. 물론 알렉토가 시킨 일이다. 사슴은 기르는 주인 집에 돌아가선 죽었다. 분격한 라티니 사람들은 아스카니우스를 죽이려 하고, 트로이 사람들은 그걸 막으려고 하여 싸움이 시작되었다.

이미 투르누스의 군대는 라티움에 도착하여 있었다. 왕비 아마타도, 라티니 사람들도 이국인에 대한 적개심에 불타고 있었다. 늙은 왕은 어떻게 해서든 그들의 마음을 가라앉히려 했으나, 소용없음을 알고는 궁전 안에 틀어박혀버렸다.

전쟁을 시작할 때 이 도시에는 하나의 관습이 있었다. 평화로운 때는 마냥 닫아놓기만 하는 야누스 신전의 문을 왕 스스로의 손으로 열지 않으면 안 되었다. 그런데 왕은 궁전 안에 틀어박힌 채 나오지 않았다. 시민들이 당황해하고 있노라니까, 유노 자신이 하늘에서 내려와 자기 손으로 문을 부숴버렸다. 나팔 소리가 울리고, 와아 하고 함성이 울렸다. 군사들의 갑옷이 눈부시게 빛났다.

라티니 사람과 루툴리인의 동맹군엔 대적할 자가 없는 것처럼 보였다. 그를 이끄는 것은 용감하고도 전략에 뛰어난 투르누스였다. 동맹군 대장 중엔 메젠티우스가 있었다. 뛰어난 전사였으나, 너무나 잔혹한 성질 때문에 자기 백성인 에트루리아인에게 반역을 당하여 투르누스한테로 도망쳐 와 있었던 것이다. 또 여자 무사인 카밀라도 있었다. 그녀의 아버지는 고향에서 쫓겨나 아직 갓난아기였던 카밀라를 데리고 변경으로 도망쳤다. 그녀는 투석기(投石器)며 활과 화살을 장난감으로 삼아 야생 그대로 자라났다. 그녀는 하늘을 나는 학이며 백조보다도 빨리 달리고, 또 그것을 쏘아 떨어뜨리는 것을 배웠다. 투창, 양날의 도끼, 활과 화살, 그 무엇이든 좋다는, 용맹스런 기마 여군(騎馬女軍)을 이끌었다.

트로이 사람들은 이제 말할 수 없는 위기에 빠졌다. 어느 날 밤, 티베르 강의 기슭에서 야영을 하고 있노라니까, 강의 신이 베갯머리에 서서 말했다.

"아이네이아스여, 여길 빨리 떠나도록 하라. 상류에 에반데르라는 왕이 있는 조그만 도시가 있느니라. 그 땅이야말로 그대를 위해서 약속된 땅이니라. 마침내 거기엔 지상에서 가장 자랑할 만한 도시가 세워질 것이니라."

날이 새자, 아이네이아스는 트로이 사람들 중에 고르고 고른 병사들을 따르게 하고선 배에 올라탔다. 배는 흐름을 거슬러 올라가기 시작했다. 한낮이 좀 지났을 무렵, 강 기슭에는 듬성듬성 인가가 보이기 시작했다. 그것이 강의 신이 말한 도시였다. 에반데르는 그 아들 팔라스와 함께 트로이 인들을 환영했다.

"자, 이리로 들어오소서" 하고 가리키는 쪽을 보니까, 궁전이라고는 이름뿐인 어설픈 건물이 보였다. 타르페의 큰 바위도, 유피테르의 인덕도 이때는 아직 풀에 덮여 거칠고 황폐한 상태였다. 소들이 한가로이 울면서 풀을 뜯는 목초지, 이곳이야말로 마침내 장려한 대건축물이 들어서고, 로마 대제국의 수도가 이룩될 장소인 것이다.

"여기엔 목축신이라든가 물의 요정 등이 살고 있어서 인간이라고 말하면, 순전한 야만인밖에 없었습니다. 유피테르에게 추방된 사투르누스가 여기에 와서부터는 모든 것이 변했습니다. 그는 야만인들을 잘 다스렸기 때문에 그 시대는 '황금 시대'라고 불렸습니다. 그런데 그 후 눈이 벌게 가지고 황금만을 쫓아다니는 시대가 되고, 나라는 어지러워졌습니다. 여기는 폭군들이 지배하는 땅이 되었습니다. 그럴 때, 나는 그리스에서 쫓겨나 고향 아르카디아에서 이리로 왔던 것입니다."

에반데르는 이 땅에 아르카디아의 이름을 붙였다. 아이네이아스는 그날 밤, 허술한 집에서 곰 가죽에 싸여 잠들었다.

이튿날 아침, 에반데르는 이런 이야기를 했다.

"손님, 우리는 보시는 바와 같이 미력하여 그다지 힘이 되어드리지 못합니다. 하지만 강 저쪽에 있는 에트루이아인은 상당한 세력이므로 내 편을 만들면 마음 든든할 것입니다. 그리고 장군은 마침 좋은 때 오신 셈입니다."

에트루리아인의 왕은 지금 투르누스의 진영에 있는 메젠티우스다. 이 왕은 상상을 초월하는 잔인성의 소유자였다. 이를테면 살아 있는 인간을 죽은 사람과 함께 껴안게 해서 한데 묶어 이 무서운 포옹을 한 채로 바작바작 지레 죽어가게 만드는 그런 방법을 생각해 냈다. 드디어 에트루리안인은 폭군에 반역을 감행했다. 에투루리아인은 메젠티우스를 맞아들인 투르누스에 대해서도 적의를 품고 있음에 틀림없었다.

"자, 가보십시오, 장군. 안내역으로는 제 자식 팔라스를 데리고 가주십시오. 아르카디아에서 엄격하게 고른 기마병을 호위로 붙여 드리겠습니다."

아이네이아스와 그 종자들도 모든 준비가 끝나 일행은 출발했다.

한편, 투르누스는 아이네이아스가 없는 것을 알고 트로이인을 공격했다. 아이네이아스는 출발할 때, 자기가 없는 동안은 절대로 이쪽에서 나아가서 싸우지 말라고 단단히 일러두었기 때문에 트로이인들은 흙으로 보루를 쌓고 방어에 힘쓸 뿐이었다. 겨우겨우 적의 공격은 방어할 수 있었으나, 이편 손실도 컸다. 투르누스의 대군은 트로이인의 진영을 포위해버렸다. 적의 포위를 돌파하여 아이네이아스와 연락을 취하려고 했던 니수스, 에우리알로스 두 청년은 적에게 붙잡혀 죽음을 당했다.

트로이인의 진영이 드디어 절대적인 위기에 빠졌을 때, 아이네이아스는 대군을 이끌고 달려왔다. 양군은 서로 양보하지 않고 피로써 피를 씻는 싸움이 시작되었다. 나팔 소리는 울려퍼지고, 화살은 윙윙 울면서 날고, 피는 흘러 강을 이루었다. 쓰러진 전사자들을 말발굽이 짓밟고 넘어갔다.

많은 용사와 영웅이 쓰러졌다. 전사자들을 장사지내기 위하여 며칠 동안의 휴전이 있었고, 또 격렬한 싸움이 되풀이되었다. 잔인한 메젠티우스는 야수와 같이 미쳐 날뛰었으나 아이네이아스의 창에 넘어졌다. 여자 무사 카밀라도 눈부시게 싸웠으나 에트루리아인의 창에 마구 찔려서 목숨을 잃었다. 아이네이아스의 편도 많이 다치고 또 넘어졌다. 그 중에는 에반데르의 아들 팔라스도 있었다.

불꽃이 타오르는 트로이로부터의 탈출, 괴로운 항해, 카르타고의 여왕과의 가슴 아픈 사랑—여기까지의 아이네이아스는 신인(神人)이라기보다는 보통 인간이었다. 그러나 이 이탈리아의 싸움터에서 그는 무서운 아수라로 변모한다.

'억센 떡갈나무를 떨게 하고, 눈덮인 산꼭대기가 하늘 높이 솟구쳐오른 아토스 산과도 같이 크고, 아버지이신 아페닌처럼 거대하게 또 1백 개의 팔을 가지고 50개의 입으로부터 불을 토하면, 50개의 강한 방패와 50개의 날카로운 칼을 맞부딪쳐 울리는 아에게온과 같이' 그는 온 싸움터를 미친 듯이 휩쓸었다.

드디어 아이네이아스는 투르누스와 맞부딪쳤다. 투르누스가 던진 창은 아이네이아스의 방패에 퉁겨 나왔다. 아이네이아스가 던진 창은 투르누스의 무릎에 꽂혔다. 투르누스는 전의를 상실하고 용서를 빌었으나, 그때 투르누스가 찬 황금의 허리띠가 아이네이아스의 눈에 들어왔다. 그것은 팔라스의 것이었다. 팔라스는 그에게 죽음을 당했던 것이다.

"팔라스여, 원수는 갚았네!"

소리치면서 아이네이아스는 칼로 투르누스를 꿰뚫었다.

이 승리 후에, 아이네이아스는 라비니아와 결혼하는 경사를 가졌다. 로마의 시조라고 불리는 로물루스와 레무스 쌍둥이 형제가 태어난 알바롱가의 도시는 아이네이아스와 라비니아의 아들 아스카니우스가 세운 것이라고 전해진다.

이 장은 로마의 가장 위대한 시인 베르길리우스(기원전 70~19)의 서사시 《아이네이스》에서 따온 것이 많다.

신과 인간의 이야기

오르페우스의 하프

이 세상에서 최초의 음악가라고 하면 그것은 신들이었다. 아테나는 스스로는 연주하지 않았으나, 플루트를 고안해냈다. 헤르메스는 하프를 만들어 아폴론에게 제공했고, 아폴론은 그 하프로 올림포스의 신들이 모든 것을 잊어버리고 넋을 잃을 정도로 아름다운 음색을 자아냈다. 헤르메스가 만든 것으로는 목동들의 피리도 있으며, 이것 또한 매력적인 음률을 이루었다. 목신(牧神)은 갈대 피리를 만들어 나이팅게일과 같은 아름다운 음색을 빚었다. 무사이 여신들은 특별히 악기를 가지고 있지는 않았으나, 그 목소리는 그 무엇에도 비길 수 없이 아름다운 음악 바로 그것이었다.

마침내 인간 중에도 뛰어난 음악가들이 나타나, 신에게 지지 않을 만한 역량을 보이기에 이르렀다. 그 중에서도 가장 탁월했던 것은 오르페우스였다. 그의 어머니는 무사이 여신의 하나요, 그는 여신과 트라키아의 왕 사이에 태어났다. 트라키아인은 그리스인 중에서도 음악의 재능이 뛰어났다. 무사이 여신에게 물려받은 재능은 트라키아의 풍토에서 닦일 대로 닦였다. 그리하여 인간 중에서는 그와 어깨를 겨눌 만한 사람이 없었다. 그가 악기를 연주하며 노래를 부르면 거기에 매혹되지 않는 사람이 없었다.

트라키아 산 깊은 숲 속
오르페우스가 연주하는
하프 소리에
아름드리 나무들
조용히 귀 기울이고,
들짐승들마저 그 소리에 넋을 잃다.

그 미묘한 음색에 바위는 흔들리고, 시내는 흐름을 바꾼다고까지 일러졌다.

오르페우스는 음악가로서의 이름이 드높아, 유명한 대모험에 참가했다는 사실에 대해서는 잊어버리기 쉽다. 그는 이아손을 대장으로 하는 아르고 호의 무리에 끼어 황금 양피를 구하러 대항해를 한 사람 중의 하나다. 사람들이 노젓기에 지쳤을 때, 그가 하프를 뜯어 힘찬 음악을 연주하면 금세 노 젓는 사람들은 힘을 얻고 노는 음악에 맞추어서 씩씩하게 물결을 가르곤 했다. 싸움이 일어나려 할 때에 그의 하프가 부드럽고 다정하게 타이르는 듯한 음악을 연주하면, 격분했던 사람들의 마음도 어느덧 가라앉는 것이었다. 또 아름다운 목소리로 사람을 꾀어 끌어당겨 죽이는 바다의 님프 세이렌에게서 동료들을 구원한 것도 그라고 알려져 있다. 사람들이 세이렌의 목소리에 끌려서 저도 모르게 배를 그쪽으로 돌리려 할 때, 오르페우스가 하프를 마구 켜대어 세이렌의 목소리를 들을 수 없게 했기 때문에 무사했다고 한다.

오르페우스가 어디서 에우리디케를 만나서 프러포즈를 했는지는 분명하지 않다. 그러나 그의 노랫소리의 매력에 넘어가지 않는 아가씨는 없다고 해도 틀림이 없으리라. 두 사람은 결혼했다. 그러나 행복은 눈깜짝할 사이에 지나갔다.

결혼식 직후, 에우리디케는 들러리 선 처녀들과 풀밭을 거닐다가 그만 독사에게 물려 죽고 말았다. 오르페우스의 슬픔은 대단히 컸다. 그는 슬픔을 참을 길 없어 죽은 자들의 세계로 가서 에우리디케를 되찾아 오리라고 결심했다.

내 노래로써
데메테르의 따님〔지하 세계의 여왕 페르세포네〕의 마음
사로잡으리.
염라대왕의 마음 사로잡으리.
내 선율로써
그들의 마음 흔들어놓아
죽은 자들의 세계에서 에우리디케를
되찾아오리.

그는 무서운 길을 더듬어 겨우 땅 밑 죽은 자들의 세계에 이를 수 있었다. 그가 일단 하프를 켜기 시작하자, 지하 세계의 주민들은 그 소리에 홀려 조용히 귀를 기울였다. 세 개의 머리와 뱀의 꼬리를 가진 파수군 개 케르베로스도 그 경계를 늦추었고 익시온의 수레(테살리아 왕 익시온은 제우스의 형벌을 받아 죽은 자들의 세계에서 영원히 멈추지 않는 수레에 매어져 있다 한다)도 멈추었다. 시시포스(시지프)도 돌 위에 걸터앉아 귀를 기울였다. 탄탈로스는 목마름을 잊어버렸다(리디아 왕 탄타로스는 물을 마시려 하면 물이 도망쳐버리는 형벌을 받고 있다). 무서운 복수의 여신들도 처음으로 눈물에 젖었다. 지하 세계의 왕은 왕비와 함께 이 형언할 길 없이 아름다운 선율을 듣고자 다가왔다. 오르페우스는 노래했다.

오, 어두운 침묵의 나라 다스리시는
신들이시여,
이 세상에 태어난 모든 여인들,
사랑스런 모든 것들은
마침내 이리로 오게 됩니다.
그것은 피할 길 없는 운명입니다.
땅 위의 목숨은 짧고,
이 나라에서의 머무름은 영원합니다.
제가 안타까이 찾아 구하는 것은
너무나 일찍 이리 온 한 여인입니다.

봉오리는

꽃도 피기 전에 꺾이고 말았습니다.

저는 참으려 해도 참을 수가 없습니다.

사랑은 너무나도 강한 신(神)입니다.

오, 지하 세계의 왕이시여,

정녕 옛 이야기가 거짓이 아니라면

꽃들은 페르세포네가 약탈당하는 걸 보았다는 것입니다.

너무나도 일찍 베틀에서 내려진 목숨의 옷감

사랑하는 에우리디케를 위해서

이제 한 번만 더, 한 번만 더 이어 짜주소서.

제 소원은 다만 이것뿐

에우리디케를 달라는 게 아니오라

다만 빌려주시라는 것입니다.

에우리디케의 목숨의 실이

다할 동안까지만.

이 노래를 듣고 눈물을 흘리지 않는 자가 없었다. 지하 세계의
왕 플루톤도 검은 눈물을 흘리며 오르페우스의 소원을 들어주었다.
에우리디케는 불려 나와 오르페우스 앞으로 인도되었으나, 다만 하
나의 조건이 붙었다. 에우리디케가 오르페우스의 뒤를 따라갈 터인
데 지상에 이르기까지 오르페우스는 결코 그녀를 돌아보아서는 안
된다는 것이었다.

이리하여 두 사람은 지하 세계의 문을 나와 지상으로 가는 길을 더듬어 나아갔다. 에우리디케는 틀림없이 오르페우스의 뒤를 따라오고 있었다. 몇 번이나 돌아보아 확인하고 싶었는지 모른다. 주위는 마침내 깜깜한 어둠에서 어스름한 어둠으로 바뀌기 시작했다. 지상은 이제 지척이다. 마침내 오르페우스는 밝은 햇빛 속으로 뛰어나갔다. 기쁜 나머지 오르페우스는 에우리디케를 돌아보았다. 그러나 너무 빨랐다. 에우리디케는 아직 죽은 자들의 세계에서 나오는 출구인 동굴 속에 있었던 것이다. 오르페우스는 부연 어스름 속에 에우리디케의 모습을 보았다. 오르페우스는 팔을 뻗어 에우리디케를 붙잡으려고 했다. 그 순간, 그녀의 모습은 어둠 속으로 되돌아가 사라져버렸다. 오르페우스는 다만 희미한 목소리를 들었을 뿐이었다.

"안녕히!"

오르페우스는 에우리디케의 뒤를 좇아 지하 세계로 뛰어내려갔다. 그러나 이번에는 죽은 자들의 세계로 들어가는 것을 허락받지 못하고 지상으로 쫓겨나왔다. 지상으로 돌아온 그는 절망 속에서 나날을 보냈다. 친구들을 떠나 하프 하나만을 벗하여 트라키아의 쓸쓸한 산과 들을 혼자서 헤매었다. 그의 빛나는 하프 소리를 듣는 것은 바위와 나무들과 시내의 흐름뿐이었다.

그런데 어느 날, 오르페우스는 마에나드의 무리와 부딪쳤다. 바코스 신이 들린 무서운 여자들로, 만난 사람들은 모두 갈기갈기 찢어버리는 그들이었다. 마침내 다시 찾아보기 힘들 이 음악가도 그녀들에게 붙잡혀 손발을 찢겨버렸다. 뽑힌 그의 머리는 헤르부스

아내 에우리디케를 구하러 지하 세계로 내려간 오르페우스

강에 속에 던져졌다. 머리는 강을 따라 바다로 흘러가 레스보스 섬의 기슭에 닿았다. 무사이 여신들은 이 머리를 발견하고 섬의 성지(聖地)에다 장사지냈다. 오르페우스의 손발도 무사이 여신들이 모아 올림포스 산 기슭에다 묻었다. 그 무덤 둘레에서는 오늘날에도 나

이팅게일이 다른 곳에서는 들을 수 없는 아름다운 목소리로 운다고
일러진다.

로마의 시인 베르길리우스, 오비디우스는 둘 다 이 이야기를 쓰고 있다. 로마
이름이 보이는 것은 그 때문이다. 아르고 호의 오르페우스 이야기는 기원전
3세기경의 그리스의 시인 로도스의 아폴로니오스에게서 보인다.

하늘을 나는 말과 벨레로폰

에피레, 후에 코린토스라고 불리게 된 도시의 왕은 글라우코스
였다. 이 왕은 제우스의 비밀을 폭로한 까닭에 죽은 자들의 세계에
서 영원히 산으로 돌을 굴려 올리는 형벌을 받은 시시포스의 아들
이었다. 그런데 이 글라우코스 자신도 신의 노여움을 사는 짓을 해
버렸다. 그는 뛰어난 기수(騎手)였으나, 말의 성질을 거칠게 만들어
전쟁에 쓰려고 사람의 살을 먹이로 주었다. 이와 같은 짓은 신들을
노엽게 만들었다. 신들은 그에게 그가 다른 사람들에게 준 것과 같
은 운명을 내리기로 했다. 그는 이륜 마차에 떨어졌고, 말들은 그를
갈가리 찢어 먹어버렸다.

이 도시에 벨레로폰이라는 용감하고 아름다운 젊은이가 있었다.
그는 글라우코스의 아들이라고 생각되었으나, 또 다른 소문으로는
포세이돈의 아들이라고도 일러지고 있었다. 사실, 그 튼튼하고 억

센 몸, 강한 마음은 바다의 제왕의 아들로서 부끄럽지 않았다. 그의 어머니 에우리노메는 아테나에게서 지혜를 받은, 거의 신과 맞먹는 여성이었다. 따라서 벨레로폰도 비록 신은 아닐망정 거의 그에 가까운 존재로 여겨졌다.

벨레로폰이 지상의 그 무엇과도 바꿀 수 없을 만큼 탐내고 있었던 것은 페가소스였다. 이 놀라운 말은 페르세우스가 죽인 고르곤의 피에서 태어났다고 알려져 있다. '이 지칠 줄을 모르는, 날개 달린 사나운 말은 질풍과 같이 하늘을 달린다'고 노래되었던 것이다. 시인들이 사랑한 샘, 무사의 산 헬리콘의 히포크레네 샘은 이 말이 발굽으로 대지를 찬 곳에서 솟아났다고 일러진다. 그러한 말을 붙잡아 길들여서 사람이 탈 수 있도록 만든다는 게 가능한 일일까? 그러나 벨레로폰은 이 꿈에 사로잡혀버렸던 것이다.

벨레로폰은 아테네의 예언자 폴리두스에게 이런 소망을 이야기했다. 그러자 예언자는 아테네의 신전으로 가 거기서 자도록 하라고 가르쳐주었다. 꿈속에 신이 나타나서 무언가 일러주는 일은 흔히 있다. 벨레로폰은 곧 아테네 신전으로 갔다. 그가 제단 옆에서 졸고 있으려니까 눈앞에 여신의 모습이 서 있었다. 손에는 무언가 금빛 나는 것을 가지고 있었다.

"벨레로폰, 자고 있느냐? 깨어라. 네가 원하는 말을 얻으려면 이것이 필요하리라."

벨레로폰은 소스라쳐 뛰어 일어났다. 여신의 모습은 이미 없었다. 그러나 그의 앞에는 금빛으로 빛나는 말 굴레―재갈 끈, 재갈,

고삐가 있었다. 그것은 지금까지 본 일이 없을 만큼 훌륭한 것이었다. 벨레로폰은 그걸 손에 들자 바라 마지않던 페가소스를 찾으러 길을 떠났다. 벨레로폰은 마침내 코린토스의 이름 높은 피레네의 샘물을 마시고 있는 페가소스를 찾아냈다. 벨레로폰은 조용히 하늘을 나는 말에게 다가갔다. 말도 이쪽을 보았으나, 별로 놀라는 기색은 보이지 않았다. 황금의 굴레를 씌우려 하자, 스스로 얌전히 거기에 따랐을 뿐만 아니라, 기쁜 듯한 몸짓을 해보였다. 벨레로폰은 드디어 이 세상에 둘도 없는 날개 달린 준마의 주인이 되었던 것이다.

벨레로폰은 청동의 갑옷으로 몸을 감싸고 페가소스의 등에 올라탔다. 말이 달리는 대로 장쾌하게 허공을 종횡으로 치달렸다. 이제 벨레로폰은 마음대로 아무데라도 날아갈 수가 있게 되었기 때문에 사람들의 선망의 대상이 되었다. 그러나 페가소스는 그저 놀이의 도구인 것은 아니었다. 만일의 경우에 크게 쓸모가 있을 것임은 불문가지의 일이었다.

자세히는 모르나, 아무튼 불의의 사고로 벨레로폰은 형제 한 사람을 죽였다고 전해진다. 그는 아르고스로 가 그곳 왕 프로이토스에게서 육친을 죽인 죄를 깨끗이 면죄받았다. 왕비 안테이아는 벨레로폰을 사랑하게 되었으나, 벨레로폰의 차가운 반응에 도리어 앙갚음으로 왕에게 참소를 했다.

"저 손님은 신첩에게 무례를 범했습니다. 사형에 처해주소서."

프로이토스는 크게 노했으나, 죽일 수는 없었다. 식탁을 같이 했던 자, 즉 손님에 대해서는 어떠한 결함이 있더라도 해를 가할 수 없다는 관습 때문이었다.

그러나 프로이토스에게는 다른 생각이 있었다. 리키아의 왕 이오바테스에게 편지를 좀 전해주지 않겠는가 하고 벨레로폰에게 부탁한 것이다. 벨레로폰은 쾌히 승낙했다. 페가소스를 타면 멀리 소아시아의 리키아라도 한 걸음이다. 리키아의 왕은 옛날 풍습 그대로 사자(使者)를 아흐레 동안에 걸쳐서 크게 대접을 하고, 그러고 나서야 비로소 편지를 보여줄 수 없겠는가 물었다. 리키아의 왕이 읽은 편지에는 이 젊은이를 죽여달라고 씌어 있었다.

리키아의 왕도 프로이토스와 같은 이유에서 벨레로폰을 죽이는 것을 내켜하지 않았다. 주인과 손님 사이의 예절을 깨뜨린 자는 제우스의 노여움을 사리라는 것을 알고 있었다. 그러나 손님에게 모험을 권하는 것은 상관없는 일이라고 생각했다. 벨레로폰이 결코 뒤로 물러서지 않는 사나이라는 것을 아는 리키아의 왕은 카마이라라는 괴물을 없애러 가지 않겠는가고 제의했다. 이 카마이라라는 것은 몸의 앞 부분은 사자요, 뒤는 큰 뱀이며, 그 사이는 염소인 괴물로, '거대하고, 발은 빠르고도 억세며, 토해내는 숨결은 끝 길 없는 불꽃'이라고 일러지는 무서운 괴물이었다.

벨레로폰은 페가소스에 올라타고 카마이라 토멸에 나섰다. 그는 카마이라가 뿜어내는 불꽃이 닿지 않는 하늘에서 겨냥을 하여 화살을 날렸다. 거의 아무런 위험도 겪지 않고 그는 카마이라를 죽일 수 있었다.

벨레로폰은 무사히 프로이토스한테로 돌아왔다. 그래서 프로이

토스는 또 다른 방법을 생각해내지 않으면 안 되었다. 그는 벨레로
폰을, 아주 강한 전사들인 솔리모 족의 정벌에 보냈다. 벨레로폰이
이에 성공하자, 이번엔 아마존 정벌에 보냈다. 이에도 벨레로폰은
성공했다. 그가 너무나도 강하고 또한 너무나도 강한 무운(武運)을
타고났기 때문에 프로이토스는 마침내 아집을 꺾고 신의의 맹세를
하고선 자기 딸을 벨레로폰에게 주어 아내로 삼게 했다.

벨레로폰은 오랫동안 행복하게 살았으나 마침내 신의 노여움을
사게 된다. 차츰 마음이 교만해져 인간으로서는 분수에 넘친 생각
을 하게 되고, 신들이 가장 싫어하는 일을 범한 것이다. 그는 페가소
스에 올라타고 올림포스로 달려 올라가려고 했다. 그는 신들의 자
리에 앉을 수 있다고 믿었던 것이다. 그러나 페가소스는 현명했다.
페가소스는 올림포스로 가려고 하지 않고 주인을 등에서 떨어뜨려
버렸다. 신들의 미움을 산 벨레로폰은 세상을 버리고 홀로 쓸쓸히
방황하던 끝에 죽었다.

페가소스는 제우스의 말들이 머무는 올림포스의 마구간으로 들
어갔다. 숱한 말들 중에서도 페가소스가 출중하여, 제우스가 천둥
번개를 쓰려 할 때 우레며 번개를 나르는 것은 이 말이라고 한다.

이 이야기는 주로 기원전 5세기 전반기의 핀다로스의 시에 의한 것이고, 카마
이라에 대해서는 기원전 8, 9세기경의 헤시오도스의 글에, 안티아 및 벨레로
폰의 말에 대해서는 《일리아스》에 의거했다.

쿠피도의 사랑

어느 왕에게 세 딸이 있었다. 세 공주가 모두 아름다운 처녀였으나, 그 중에서도 막내딸 프시케는 뛰어나게 아름다워 마치 여신이 인간 세상에 내려온 것 같았다. 소문을 듣고서 이 미녀를 한번 보려고 모여든 사람들도, 새삼스레 정녕 사람이라곤 생각할 수 없는 아름다움이라고 감탄해 마지않는 것이었다.

사람들이 너무나 프시케를 찬미하는 바람에 미의 여신 베누스의 신전을 참배하는 사람들의 수는 눈에 띄게 줄고, 제단의 불은 꺼지고, 신전이 있는 도시도 황폐해져갔다. 베누스는 이것을 보고 심히 언짢게 여겨 자기 아들을 불렀다. 날개를 가진 이 젊은이는 쿠피도, 또는 '사랑의 신'이라고 불리고 있었다. 그가 쏘는 화살을 막을 수 있는 자는 하늘에도 땅 위에도 없다. 베누스는 노여움으로 말미암아 그 초승달 같은 눈썹을 치켜올리고 말았다.

"쿠피도, 너라면 할 수 있겠지. 저 분수에 넘치게 떠받들리는 조그만 계집애를 미쳐버릴 지경의 사랑에 빠뜨리는 거다. 상대로는 세상에서 가장 천한 사나이를 골라줘라. 그리하면 저 계집애도 모든 사람의 웃음거리가 되고 말 테니까."

장난꾸러기인 쿠피도는 물론 승낙했다. 그런데 프시케를 한 번 본 쿠피도는 그 아름다움에 그만 자기 가슴에 자기 화살을 쏜 것같이 사랑에 빠져버렸다. 그런 줄도 모르는 베누스는 이것으로 프시케를 함정에 빠뜨리게 되었다고 생각해 안심했다.

그러나 베누스가 기대한 바와 같은 일은 일어나지 않았다. 프시케는 아무와도 사랑에 빠지지 않고, 아무와도 결혼하지 않았다. 사람들은 모두 다 프시케의 아름다움을 찬양했으나, 그것은 오히려 숭배에 가까워 아무도 그녀를 아내로 삼으려고 들지 않았다. 두 언니는 다 좋은 왕한테로 시집갈 수 있었는데, 가장 아름다운 프시케만은 슬프게도 홀로 뒤에 남았다.

양친은 걱정하여 부왕(父王)은 일부러 아폴론 신전에까지 가서 어떻게 하면 딸에게 좋은 남편감을 골라줄 수 있는가 신탁을 들어보기로 했다. 그런데 신탁은 무서운 것을 일러주었다.

"그 처녀는 산 위에서 홀로 기다리지 않으면 안 되느니라. 거기에 정해진 남편이 나타날 것이로다. 그는 신들도 맞설 수 없을 만큼 강한, 날개 달린 큰 뱀이다."

양친은 이 신탁에 놀라고 슬퍼했으나 프시케는 말했다.

"이제 새삼스레 슬퍼할 것은 없습니다. 아름다우니 어쩌니 하는 소릴 사람들에게서 들은 때문에 신의 노여움을 산 것이겠지요. 기꺼이 운명에 따르겠습니다."

양친은 울면서 프시케에게 옷을 입혀 마치 죽은 딸을 무덤에 묻으러 가는 것 같은 기분으로 정해진 산꼭대기로 향했다. 그리고 딸을 홀로 거기에 남겨놓고는 돌아와 궁전에 틀어박혀버렸다.

프시케는 산 위의 어둠 속에 혼자 앉아서 기다리고 있었다. 큰소리를 치기는 했지만, 어떤 괴물이 나타날까 생각하니 다만 무섭고, 몸이 저절로 떨리며 눈물이 그칠 줄을 몰랐다. 그때 제피로스가 살랑살랑 불어옴과 동시에 그녀의 몸이 살며시 떠올랐다. 그리고 산 꼭대기에서 아래로 둥실둥실 내려가 꽃향기 향그러운 목초 위에 살 그머니 뉘어졌다. 너무나 조용한 곳이어서, 프시케는 사르르 잠 속으로 빠졌다.

눈을 떠보니 프시케는 아름다운 시냇가에 있었다. 시냇가에는 마치 신이 사는 곳처럼 아름다운 저택이 있었다. 기둥은 황금, 벽은 은, 그리고 마루에는 보석이 깔려 있었다. 저택에 다가가 보았으나, 사람의 그림자는 없었다. 목소리만 또렷이 들렸다.

"제발 들어오소서. 목욕을 마치면, 식사를 하도록 하소서. 저희는 당신의 하인들입니다. 무엇이나 시키실 것이 있으시면 분부내리소서."

목욕은 희한했고, 음식은 지금껏 입에 대본 적이 없는 훌륭한 것이었다. 식사가 끝나자, 연주하는 이의 모습은 보이지 않았으나, 하프 소리가 들리고, 거기에 맞춰서 노래하는 합창 소리도 들려왔다. 그녀는 내내 홀로 있었다. 그러나 밤이 되면 자기 남편이 곁에 있는 것을 알 수 있었다. 그 무어라 설명할 길은 없었으나, 확실히 그렇다는 걸 알 수 있었다.

그뿐만 아니라, 실로 다정하고 부드러운 속삭임이 귓가에 들려오는 것이었다. 그걸 들으면, 불안은 사라졌다. 눈으로 볼 수는 없었으나, 상대는 괴물 같은 게 아니라, 자기가 꿈꾸고 있는 것 같은 연인이요, 남편임에 틀림없다고 생각했다.

남편의 모습을 볼 수 없는 것은 불만이었으나, 프시케는 행복하게 살고 있었다. 그러나 어느 날 보이지 않는 남편은 말소리를 바꾸어서 프시케에게 주의를 시켰다. 그녀의 두 언니가 찾아오려 한다는 것이다.

"언니들은 당신이 없어진 산 위에까지 가려고 하고 있소. 거기서 당신 일을 생각하고는 울겠지. 그러나 절대로 당신의 모습을 언니들에게 보여선 안 되오. 나뿐만 아니라 당신 신상에도 커다란 불행이 덮쳐 올 것이오."

프시케는 언니들을 만나지 않겠다고 약속했다. 하지만 이튿날은 하루 종일 울고 있었다. 남편은 마침내 꺾였다.

"그럼, 좋도록 하오. 그러나 분명히 말해두지만, 언니들이 뭐라고 하더라도 내 얼굴을 보고 싶다는 생각은 갖지 않도록 해야 하오. 그렇지 않으면 우린 헤어져야 하니까."

프시케는 그 없이는 살 수 없으니까, 약속은 반드시 지키겠다고 맹세했다.

이튿날 아침, 프시케의 두 언니는 제피로스를 타고 저택에 도착했다. 오래간만에 만난 자매는 다만 서로 끌어안고 울 뿐이었다. 그러나 집 안에 들어가자 언니들은 그 훌륭함에 놀랐다. 훌륭한 음식을 먹고 아름다운 음악을 듣는 동안에 차츰 질투심이 일어났다. 그리고 호기심에 사로잡혀 이 저택에 대해서 알고 싶어했다. 프시케는 남편은 아직 젊고, 지금 사냥 여행을 떠났다고만 말해두었다. 프시케는 언니들에게 황금이며 보석을 주어 제피로스에 태워서 산 위까지 돌려보내어주었다. 그러나 질투심에 사로잡힌 언니들은 그것으로 만족하지 못하고 무언가 꼬투리를 잡으려고 생각했다.

그날 밤, 남편은 또 프시케에게 주의를 주며, 두 번 다시 언니들을 오게 하지 말라고 했으나, 그녀는 들으려 하지 않았다. 남편의 모습을 볼 수 없을 뿐만 아니라, 언니들조차 만날 수 없다는 것인가……. 남편은 할 수 없이 또 꺾였다.

아침이 되자, 또 두 언니가 왔다. 그리고 프시케의 남편이 어떤 모습을 하고 있는지 물어보았으나, 프시케는 만족스러운 대답을 해주지 못했다. 언니들은 프시케가 제 남편의 얼굴을 제대로 본 적이 없다는 것을 알았다.

"뭐 그리 감추려 할 것까진 없잖니? 네 남편이란 건 아폴론의 신탁에 나왔던 것처럼 틀림없이 무서운 큰 뱀일 거야. 그렇잖니, 아무리 다정하다 하더라도, 어느 날 밤엔 갑자기 달려들어 널 잡아먹을 것임에 틀림없다, 애."

프시케는 그 말을 듣자 갑자기 불안해졌다. 그렇다. 어째서 남편은 모습을 보이려 들지 않는 걸까? 무언가 무서운 이유가 있는 것은 아닐까?

"그렇게 말하니, 남편은 햇빛을 두려워하는 것 같아요. 무언가 있는 게 아닐까?"

언니들은 이때다 싶어 열을 올려 프시케에게 충고를 했다.

"애, 이렇게 해보렴. 오늘 밤에 말이지, 침대 가까이에 조그만 칼과 등불을 준비해두는 거야. 그랬다가 상대가 곤히 잠들면 등불과 칼을 가지고 가, 큰 뱀의 정체를 확인함과 동시에 단칼에 찔러버리는 거야."

언니들은 돌아갔으나, 그녀는 하루 종일 괴로워했다. 사랑하는 남편을 죽일 수가 있을까. 그러나 정말로 큰 뱀이라고 한다면…….

날이 저물었을 때, 드디어 프시케는 결심을 했다. 아무튼 남편의 모습을 보기나 하자.

그날 밤, 프시케는 남편이 잠드는 것을 기다려, 등불을 밝히고 발소리를 죽여 침대로 다가갔다. 등불을 들고 거기에 누워 있는 자를 보았다. 괴물은커녕, 거기엔 세상에서도 드물게 아름답고 매력적인 젊은이가 자고 있었다. 프시케는 자기의 어리석음과 남편에 대한 의혹을 부끄러워했다.

프시케는 무릎을 꿇었다. 떨리는 그 손에서 칼이 떨어졌다. 그렇지 않았더라면 프시케는 스스로 제 가슴을 찔렀을지도 몰랐다. 프시케는 젊은이의 아름다운 얼굴을 더 자세히 보려고 했다. 그때, 뜨거운 등불의 기름이 젊은이의 어깨 위에 떨어졌다. 젊은이는 눈을 떴다. 그리고 프시케의 불성실한 행위를 알자, 한마디 말도 없이 그 자리에서 달려 나가버렸다.

프시케가 젊은이를 좇아서 밤의 어둠 속으로 뛰어나오자, 그녀에게 말하는 목소리만 들려올 뿐, 그의 모습은 찾아볼 수 없었다.

"사랑은 믿음 없는 곳엔 생겨날 수 없도다."

그뿐, 밤하늘 어디론지 그는 날아가버린 것이다.

"사랑의 신이었어!"

프시케는 생각했다.

"내 남편은 사랑의 신이었어! 어리석은 난 남편을 믿을 수가 없었어. 이젠 두 번 다시 돌아와주지 않으려는가?"

프시케는 평생에 걸쳐서라도 남편을 찾아내어, 얼마나 자기가 그를 사랑하고 있는가를 보여주리라고 결심했다. 프시케는 길을 떠났다.

쿠피도는 아폴론에게 부탁하여 푸시케에 대해 그런 신탁을 내리도록 하여 자기 사랑을 이루어보려고 했던 것이지만, 뜻하지 않은 상처를 입었다. 그 상처를 낫게 해달라고 하고자 어머니한테 갔으나, 베누스는 그가 한 일을 듣고 노하여 상처를 치료해주지 않았다. 베누스는 아직도 프시케에 대해서 화가 풀리지 않았기 때문에, 여신을 노엽게 하는 것이 어떤 것인지 깊이 깨닫게 만들려고 결심하고 프시케를 찾기 시작했다.

가련한 프시케는 정처 없는 여행을 계속하면서 어떻게 해서든 신들의 가호를 얻으려 열심히 기원을 계속했으나, 그 어떤 신도 베누스를 적으로 삼고 싶지는 않았다. 하늘 위에도 땅 위에도 희망이 없다는 걸 알자, 그녀는 절망 속에서 생각했다. 차라리 베누스한테 직접 가보는 게 어떨까. 그리곤 예의를 다해서 주인으로서 섬기겠다고 하면 여신의 노여움도 풀릴지 모른다. 베누스는 쿠피도의 어머니니까 거기에 가면 무슨 소식이든 들을 수가 있겠지…… 하고.

프시케가 베누스 앞에 나타나자, 여신은 소리 높이 웃었다.

"넌 글쎄, 죽을지도 모르는 깊은 상처를 제 스스로 남편에게 입혔으면서, 무슨 염치로 그 남편을 찾아 나섰으며, 찾아서 어쩌겠다는 것이냐? 그렇게 네 맘대로 굴어도 되는 건 줄 알고 있었더냐? 이 제 좀 괴로운 일을 하며 쓰라린 꼴을 겪어보는 게 좋겠다. 다른 것 은 다 그 다음에 할 이야기니라."

베누스는 보리, 양귀비, 조 등을 산같이 쌓아 섞어놓고는 명령을 내렸다.

"자, 이걸 해질 무렵까지 다 골라서 종류대로 따로 갈라놓도록 해라."

프시케는 망연히 곡식의 산을 바라보고 있었다. 그건 될 성싶지 도 않은 일이었다. 그때 사람에게도 신에게도 버림받은 가련한 프 시케를 동정하는 무리가 나타났다. 그것은 땅을 기는 조그만 개미 들이었다. 그들은 저마다 서로 부르면서 모여들었다.

"저 봐, 불쌍하지 않아? 모두들 도와주자구!"

무수한 개미들은 일제히 덤벼들었다. 곧 보리는 보리대로 양귀 비는 양귀비대로 조는 조대로 골라놓아졌다.

드디어 베누스가 돌아와서 이것을 보았다. 그리고 일이 다 되어 있는 것을 보자 불쾌해했다.

"아직도 멀었느니라. 이걸로 다 되었다고는 생각지 말거라."

베누스는 프시케에게 빵 한 조각을 주며 땅바닥에서 자도록 분 부하고는 자기는 부드럽고 향그러운 침대로 돌아갔다. 베누스는 이 렇게 두면 프시케의 아름다움도 많이 사그라들리라고 생각했다. 쿠 피도는 아직도 상처로 괴로워하면서 자기 침실에 틀어박힌 채였다.

이튿날 아침, 베누스는 또 프시케에게 일을 시켰다. 이번에는 위험한 일이있다.

"시냇가 덤불 속에 금빛 털을 가진 양이 있느니라. 그 금빛 털을 조금만 뽑아 오도록 해라."

굶주림과 피로함으로 말미암아 파리해진 프시케는 천천히 흐르는 시냇가까지 왔다. 차라리 이 강물에 몸을 던져 죽어버리고 싶다고 생각하며 물위로 몸을 구부렸다. 그때, 발 밑에서 작은 소리가 들렸다. 보니, 그것은 한 줄기의 푸른 갈대가 부르고 있는 소리였다.

"몸을 던지다니 그래선 안 돼요. 속 태울 건 없어요. 금빛 양은 성질이 사나우니까 조심하지 않으면 위험해요. 이제 날이 저물면 양들은 덤불 속에서 시냇가로 나올 거예요, 그때 덤불 속으로 들어가 보면 가시나무의 가시에 붙어 있는 금빛 양털을 찾을 수 있답니다."

프시케가 금빛 양털을 가지고 돌아오자, 베누스는 심술궂은 웃음을 띠었다.

"누군가 도와주었구나. 너 혼자서 할 수 있는 일이 아니니라. 음, 좋아. 그럼, 이번엔 너만의 힘을 구경시켜주실까. 건너편 산에 검은 물이 떨어지는 폭포가 있느니라. 이것은 혐오스러운 지하 세계의 강 스틱스의 원천이라고 일러지고 있는 것이다. 거기에 가서, 병에 하나 가득 물을 채워 가지고 오너라."

프시케가 그 폭포에 다가갔을 때, 그 일은 도저히 불가능하다는 것을 깨달았다. 벼랑은 깎아지른 듯했고, 손댈 데도 발붙일 곳도 없으며, 물은 무서운 기세로 떨어져내리고 있었다. 날개가 없으면 도저히 다가갈 수조차 없었다. 그런데 이번에도 또 구해주는 이가 나타났다. 한 마리의 독수리가 날아 내려와 프시케의 손에 든 병을 부리로 물어 폭포까지 날아가 물을 채워 가지고 돌아왔다.

베누스는 그래도 또 프시케를 괴롭히는 일을 그만두지 않았다.

"이번엔 땅속 죽은 자들의 세계에 갔다와야겠구나. 이 상자를 가지고 가서 페르세포네를 만나거든, 그녀의 아름다움을 이 상자 가득히 채워달라고 전해야 하느니라. 어쩐지 요사이 자식 병 간호로 내 아름다움이 손상되고 있는 것 같으니까 말이다."

프시케는 상자를 가지고 죽은 자들의 세계로 향했다. 도중에 어느 높은 탑 옆을 지나자니까, 그 탑이 소리쳐 불렀다.

"페르세포네의 저택으로 가는 데는 우선 대지의 큰 구멍을 빠져나가, 죽음의 강가의 나룻배 사공 카론에게 배삯을 주고 건네달라고 하지 않으면 안 됩니다. 거기서부터는 길은 한 줄기이지만, 문을 지키고 있는, 세 개의 머리가 달린 개 케르베로스가 있으니까 과자를 주고 달래어 그동안에 지나가십시오."

그 충고대로 하여 프시케는 죽은 자들의 세계에 이르러 페르세포네를 만날 수 있었다. 페르세포네는 조금이라도 베누스에게 도움이 되는 일이라면 하고 쾌히 승낙했다.

프시케는 무사히 지상으로 나올 수 있었으나, 마지막 고난은 그녀 자신의 호기심과 허영으로 말미암아 덮쳐왔다. 프시케는 상자 속이 보고 싶어 견딜 수가 없었다. 그리고 그 속의 아름다움을 조그만 자기를 위해서 쓰고 싶었다. 그녀는 요즈음 자기의 아름다움이 많이 사라진 것이 아닌가 하고 그게 마음에 걸렸다. 갑자기 쿠피도를 만나게 되면 어쩌나 하는 생각도 했다. 쿠피도에게 될 수 있는 대로 곱게 보이고 싶다는 마음을 억누를 수는 없었다. 프시케는 상자를 열었다. 그러나 낙담하고 말았다. 그 속에는 아무것도 보이지 않았다. 빈 상자 같았다. 갑자기 프시케는 온몸이 마비된 것같이 되면서 의식이 멀어져가는 것을 느꼈다. 그녀는 그대로 거기에 쓰러져버렸다.

쿠피도는 상처가 아물어감에 따라서 프시케의 일이 생각나 견딜 수가 없었다. 프시케를 만나고 싶다고 생각해도, 베누스가 방에 자물쇠를 채워놓아 어쩔 수 없었다. 결국 쿠피도는 창으로 뛰쳐나갔다. 그러다가 길가에 쓰러져 있는 프시케를 발견했다. 그는 프시케로부터 무거운 잠을 떼어내어 상자 속에다 도로 넣었다. 그리고 자기의 화살로 프시케를 가볍게 찔렀다. 프시케는 눈을 떴다.

"상자 속 같은 것을 들여다보고 싶어하니까 그런 꼴을 당하는 거요."

쿠피도는 말했다.

"아무튼 명령받은 일을 해내도록 해요. 이젠 아무것도 걱정하지 말고."

쿠피도는 올림포스로 날아갔다. 그는 베누스가 이젠 더 이상 자기들의 사랑을 방해하지 않도록 유피테르에게 부탁을 하러 간 것이었다. 신들과 인간의 아버지인 유피테르는 이렇게 말했다.

"너는 지금까지 나에게 꽤나 짓궂은 장난을 쳐왔지. 네가 쏜 화살에 맞은 덕분에 난 황소나 백조로까지 모습을 바꾸지 않으면 안 되었느니라. 하지만, 좋아. 너의 간절한 부탁을 들어주지 않을 수는 없지."

유피테르는 베누스를 포함한 모든 신들을 소집해서 쿠피도와 프시케가 정식으로 결혼한다는 것, 신부에게 불멸의 생명을 베풀어줄 것을 선언했다. 메르쿠리우스가 프시케를 신들의 궁전으로 데려오자, 유피테르는 몸소 암브로시아를 프시케에게 주었다. 이것을 마시면 영원한 생명이 주어지는 것이다. 이로써 사정은 완전히 달라졌다. 프시케는 여신이 되었으니까, 베누스도 그렇게 소홀히 대우할 수는 없었다.

더구나 정식으로 며느리가 되었으니까 화해하지 않을 수 없었다. 거기다가 베누스는 생각했다. 프시케가 하늘 위에서 남편과 살고 또 태어난 아들을 돌보게 되면 지상의 인간들도 프시케에게만 정신이 팔려 자기를 업신여기는 일도 없어질 것이라고…….

프시케라는 말은 그리스어로 '나비'라는 뜻이요, 또 영혼을 의미하기도 한다. '사랑'과 '영혼'은 서로를 구하여 혹독한 시련 끝에 맺어질 수가 있었다. 그 단단한 끈은 두 번 다시 끊어지는 일이 없었다.

이 이야기는 2세기경의 로마 작가 아폴레이우스에 의하여 씌어진 것으로, 신들의 이름이 로마 이름으로 된 것도 그 때문이다.

오이디푸스와 스핑크스

카드모스 왕으로부터 세어서 3대째의 테베 왕 라이오스는 먼 곳에 사는 사촌누이 이오카테스와 결혼했다. 테베의 왕실이 델포이의 아폴론 신전의 신탁을 소홀히 하지 않게 된 것은 이 시대로부터의 일이다.

아폴론은 진리의 신이었다. 델포이 신전의 무녀는 미래의 일을 틀림없이 예언할 수가 있었다. 그 예언에 거역하는 것은 운명에 거역하는 것과 같이 무익한 일이었다. 그럼에도 불구하고 라이오스는 자기가 아들의 손에 죽을 것이라는 신탁이 내려졌을 때, 설마 그렇게 되랴 하고 마음에 다짐했다. 아이가 태어나자, 두 발을 묶어 쓸쓸한 산중에 버려서 죽게 했다. 이것으로 그는 안심하고, 신보다도 자기 쪽이 훨씬 앞을 내다보는 것인 양 알고 있었다.

시간이 흘러 그는 어떤 사람에게 죽음을 당했지만, 그렇게 죽을 때에도 아폴론의 신탁이 옳았다고는 깨닫지 못했다.

라이오스 왕이 죽은 것은 자기 집에서 멀리 떨어진 곳에서고, 더구나 그 갓난아이를 산중에 버리고서부터 긴 세월이 흐른 뒤였다. 라이오스 왕은 도적 떼에게 습격당하여, 그 종자들과 함께 살해당했다고 알려졌다. 다만 한 사람 살아남은 종자가 그렇게 알렸던 것이다. 그 무렵, 테베는 매우 어려운 일을 당하고 있었기 때문에, 자세히 조사할 수조차 없었다.

그 어려운 일이라는 것은 스핑크스라는 괴물 때문이었다. 날개가 달린 사자와 같은 모습을 하고 가슴 위부터 머리는 여자인 이 괴물은 테베로 통하는 길가에 있는 큰 바위 위에서 기다리고 있다가 지나가는 나그네에게 수수께끼를 냈다. 거기에 대답할 수 있으면 무사히 보내주지만, 지금까지 그 어려운 문제에 대답한 사람은 하나도 없었고, 모두 괴물의 밥이 되고 말았다. 이 때문에, 테베로 들어갈 수도, 또 나갈 수도 없게 되어 도시는 마치 새장의 성과 같이 되었다. 테베의 자랑이라 일컬어지는 일곱 성문은 닫힌 채 열릴 줄 모르게 되었고, 시민들은 굶주림에 시달렸다.

이때, 용기도 지혜도 출중한 한 젊은이가 나타났다. 그 이름은 오이디푸스라고 했다. 그는 고향 코린토스에서는 폴리보스 왕의 아들이라고 여겨지고 있었다. 그가 스스로 방랑의 길을 나선 것도 역시 아폴론의 신탁에 의한 것이었다. 신탁은 그에게 일렀다.

"너는 아비를 그 손으로 죽일 운명을 지녔느니라."

그도 라이오스와 마찬가지로, 신탁이 말한 운명에 항거하려고 했다. 폴리보스 왕을 두 번 다시 만나지 않으리라고 다짐하고, 여행을 계속한 것이다.

혼자서 정처도 없이 헤매는 동안에, 오이디푸스는 테베 근처로 왔다. 그리고 스핑크스의 소문을 들었다. 집도 없고 친구도 없고, 그다지 목숨도 아깝지 않았기 때문에 오이디푸스는 스핑크스의 수수께끼를 한번 풀어보리라 생각하고 길을 걸어갔다. 스핑크스는 큰 바위 위에 나타나 물었다.

"아침엔 네 개의 다리, 낮엔 두 개의 다리, 저녁 나절엔 세 개의 다리로 걸어다니는 동물은?"

"인간이다."

오이디푸스는 대답했다.

"어릴 땐 두 손과 두 발로 기어 다니고, 장년이 되면 꼿꼿이 서서 두 발로 걸어 다니고, 노년이 되면 지팡이의 도움을 받아서 걸어 다니는 거야."

그것은 정답이었다. 스핑크스는 자기 수수께끼가 풀렸기 때문에 분하고 또 부끄러워 바위 위에서 몸을 던져 죽어버렸다.

테베 시민은 구원되었다. 그들은 죽은 왕 내신에 오이디푸스를 왕위에 앉히고, 왕비 이오카테스를 아내로 맞이하게 하였다. 오랫동안 두 사람은 행복하게 살았다. 여기까지만으로는 아폴론의 신탁은 옳지 않은 것같이 생각되었다.

오이디푸스와 이오카테스 사이에서 태어난 두 아들은 성년이 되었다. 그때 테베는 무서운 질병의 엄습을 받았다. 시민들은 쓰러져 죽어갔다. 그뿐만 아니라, 가축들도 죽고, 과일 나무며 농작물도 말라갔다. 병을 면한 자들도 굶어 죽는 두려움 앞에서 떨었다. 누구보다도 깊은 고뇌를 겪고 있었던 것은 오이디푸스 왕이었다. 왕은 시민들의 아버지요, 시민들은 왕의 친자식들이라고 그는 생각하고 있었다. 시민 한 사람 한 사람의 괴로움은 또한 그 자신의 괴로움이기도 하다. 그는 이오카테스의 형제인 크레온을 델포이에 보내어 신탁을 듣기로 했다.

크레온은 좋은 소식을 가지고 왔다. 질병을 없앨 방법이 있다는 것이다. 그것은 라이오스 왕을 죽인 범인을 찾아 벌을 주라는 신탁이었다. 오이디푸스는 크게 안도의 숨을 내쉬었다. 이미 옛날 일이지만, 그 하수인을 찾아낼 수 있을지도 몰랐다. 그는 시민들을 모아 크레온이 가지고 돌아온 신탁을 알리고 협력을 구했다.

오이디푸스는 테베에서 가장 존경받은 눈먼 예언자 테이레시아스를 불러, 어떻게 해서든지 범인을 찾아낼 방법은 없겠는가, 누가 범인인지 알 수 없겠는가 물었다. 놀랍게도 예언자는 대답을 거부했다. 오이디푸스는 간절히 부탁했다.

"부탁이오, 알고 있는 게 있으면 가르쳐주지 않으시겠소?"

"아닙니다. 아무래도 대답할 수는 없습니다."

테이레시아스가 너무 강력히 거부하는 바람에 오이디푸스는 노해서 말했다.

"그렇게 감추기만 하려고 든다면 그대도 살인과 관계가 있는 자로 보겠소. 그래도 할 말은 없겠지?"

그러자 예언자도 성을 내면서, 가까스로 그 입술에서 무서운 말을 뱉어냈다.

"대왕마마, 마마가 찾고 있는 살인자는 바로 마마 자신이십니다."

오이디푸스는 예언자의 심중을 알 수 없었다. 그 말은 미치광이의 말로밖엔 생각되지 않았다. 그는 두 번 다시 눈앞에 나타나지 말라고 호통을 치며 당장 테이레시아스를 물러가게 하였다.

왕비 이오카테스도 예언자의 말을 비웃고 있었다.

"예언이니 신탁이니 하는 것은 믿을 것이 못 되는가 봅니다."

스핑크스의 수수께끼를 푸는 오이디푸스

그녀는 전왕 라이오스도 아들의 손에 죽게 된다고 아폴론의 신탁을 받았지만, 그대로는 되지 않았다고 말했다.

"확실히 전왕께선 남의 손에 의해 목숨을 잃으셨으나, 그 남이란 게 아들일 리 만무한 일입니다. 들리는 말로는 델포이로 가는 길에 세 갈래길에서 도적의 습격을 받으셨다 하니…….."

오이디푸스는 묘한 얼굴을 하고 아내를 바라보았다.

"그건 언제의 일이오?"

"마침 마마가 테베에 오시기 바로 전의 일이었습니다."

"전왕께선 몇 사람 데리고 거동을 하시었소?"

"시종 넷이었는데, 살아 온 것은 단 한 사람뿐이었습니다."

"그 살아남은 사나이를 만나고 싶소. 불러주시오."

"예, 마마, 하지만! 대체 무얼 생각하고 계십니까?"

"음, 그럼 말하리라. 그 무렵, 과인은 어떤 사람으로부터, 난 폴리보스의 아들이 아니라고 하는 말을 들은 적이 있었소. 그래서 신에게 물어보려고 델포이에 가지 않았겠소. 그런데 신탁은 거기엔 대답하지 않고 무서운 것을 말했소. '그대는 그대의 아버지를 죽이리라. 그리고 그대의 어머니와 결혼하여 저주받은 아이들을 낳으리라.' 그래서 과인은 두 번 다시 코린토스로는 돌아가지 않기로 결심했소. 아폴론의 신전을 나와 걸어가다가 길이 세 갈래로 나뉜 곳에서 네 사람의 종자를 거느린 사나이와 만났소. 이 사나이는 길을 비키라고 하면서 지팡이로 내 등을 내리쳤소. 나는 화가 나 그들과 싸워 주종(主從) 다섯 사람을 다 죽였소. 혹시 그때의 사나이가 라이오스 왕은 아니었을까?"

"하지만 살아돌아온 사나이는 도적에게 습격당했다고 말하였습니다."

이오카테스는 말했다.

"라이오스 왕께선 도적에게 살해당하신 것입니다. 아무튼 아들이 죽인 것은 아닙니다. 아들은 아직 갓난아기였을 때 산에서 죽었을 테니까요……."

두 사람이 이야기하고 있을 때, 코린토스에서 사신이 와서 폴리보스 왕의 죽음을 알렸다.

"보세요."

이오카테스는 소리쳤다.

"그러니까 신탁 같은 건 믿을 수가 없는 것입니다. 마마는 여기 계시고, 그리고 먼 코린토스에서 부왕마마께서는 돌아가셨습니다. 아드님이신 마마께서 돌아가시게 하실 수 있었을 리 없지 않겠습니까."

그러나 사신은 웃으면서 말했다.

"부왕마마를 해치실까 하는 두려움 때문에 코린토스에서 떠나오셨습니까. 마마, 그것은 불필요한 우려이셨사옵니다. 마마께서는 폴리보스 왕의 친아드님이 아니셨습니다. 폴리보스 왕이 친자식같이 기르시긴 하셨사오나, 실상 마마는 저의 손으로 바쳐졌습니다."

"무어라고?"

오이디푸스는 놀라서 물었다.

"그럼, 경은 과인을 어디서 발견했던고? 과인의 양친은 누구인

296

가 말해주오.”

“그것은 전혀 모르는 일이옵니다. 라이오스 왕의 고용인이라는 방랑의 양치기가 저에게 건네준 것이옵니다.”

이오카테스의 얼굴이 백지장처럼 하얘졌다.

“그런, 쓸데없는 말을⋯⋯.”

“쓸데없는 말? 과인의 출생에 대한 이야기가 쓸데없는 이야기라니?”

오이디푸스는 말했다.

“아니옵니다, 아무튼, 이제 그만두어주소서, 그만해도 충분하니까⋯⋯.”

이오카테스는 갑자기 일어나자, 궁전 안으로 달려가버렸다.

그때, 한 노인이 그 자리에 들어왔다. 사신과 노인은 서로 얼굴을 마주보았다.

“아, 이 사람입니다. 이 사람입니다. 마마!”

사신은 소리쳤다.

“저에게 어린 아기를 건네주고 갔다는 양치기란 바로 이 노인입니다.”

“저쪽에선 너를 알고 있다고 하는데, 너 이 사람을 본 기억이 있느냐?”

이 오이디푸스의 질문에 노인은 대답하지 않았으나, 사신은 자꾸만 말했다.

“아니, 모를 리가 없습니다. 노인장, 그때, 분명히 어린 아기를 나한테 건네주지 않았소? 그 갓난아기가 여기 이분이시란 말씀이오."

"무슨 말을 지껄이는가. 말을 삼가라!"

늘어선 가신들이 화를 냈다.

"조용히들 하라!"

오이디푸스는 신하들을 꾸짖었다.

"그대들은 모두 과인이 알고 싶어하는 것을 듣지 못하게 하려는가! 자, 늙은이, 말해보라. 아무리 해도 이야기하지 않으려 든다면, 말하게 해주겠노라!"

노인은 거의 울상이 되었다.

"아, 제발, 마마, 이 늙은 것을 불쌍히 여기소서! 분명히 신은 이분에게 갓난아기를 건네었습니다. 하지만 그 이상은 더 묻지 말아주소서."

"어디서 그 갓난아이를 얻었는가 묻고 있는 것이니라."

"그, 그것은 왕비마마께 여쭈어보소서. 왕비마마께서라면 잘 알고 계실 터이오니……."

"이오카테스가 갓난아이를 너에게 건네주었다는 것이냐?"

"예, 예에. 그 갓난아기는 신이 죽이기로…… 그 예언이……."

"예언? 아버지를 죽인다는 예언 말이냐?"

"예에……."

비통한 소리가 왕의 입술에서 흘러나왔다. 마침내 그는 모든 것을 알았다.

"오, 모든 것은 진실이로다! 과인의 빛은 온통 어둠으로 화해버렸도다. 과인은 얼마나 저주받은 사나이인가!"

아버지를 죽이고, 어머니를 아내로 삼아 아들까지 낳은 것이다. 이 집안에 어떠한 구원이 있을 수 있겠는가.

오이디푸스는 아내를—어머니이기도 한 이오카테스를 찾아 궁전 안을 돌아다녔다. 어느 방에서 그녀를 발견했을 때, 그녀는 이미 죽어 있었다. 모든 것을 알았을 때, 이오카테스는 죽음을 택한 것이었다.

"과인의 빛은 온통 어둠으로 화했도다."

오이디푸스는 스스로 두 눈을 도려내버렸다. 그처럼 밝았던 세계를 그 부끄러운 눈으로 보기보다 눈멀어 있는 쪽이 그래도 조금의 구원이 되었던 것이다.

이 이야기는 소포클레스의 극에 의한 것이고, 스핑크스의 이야기 일부는 다른 데서 인용했다.

태양 마차의 폭주

태양의 궁전은 눈부신 곳이었다. 그곳은 황금이며 상아며 보석으로 빛나고 있었다. 모든 것은 빛을 발하고, 항상 한낮이었다. 저녁도 밤도 그곳에는 없다. 이와 같은 찬란함 속에서는 인간은 거의 견뎌낼 수가 없는 것이다.

그럼에도 불구하고 한 젊은이가 이 궁전으로 다가갔다. 몇 번인가 멈춰 서서 눈부심에 힘들어 하면서도 그는 궁전으로 들어가 찬란히 빛나는 문을 열고, 눈이 부신 태양 신의 옥좌로 다가갔다. 그러나 옥좌 둘레의 눈부심 때문에 젊은이는 그 이상 나아갈 수 없었다.

"어떻게 이러한 곳까지 왔느냐?"

태양 신은 다정하게 물었다.

"말씀하시는 분이 우리 아버지이신지 아닌지 확인하고 싶어서입니다. 어머니께서는 제 아버지가 태양 신이라고 말씀하셨지만, 친구들은 믿으려 하지 않습니다."

태양 신은 눈부신 왕관을 벗고서 젊은이를 다가오라고 했다.

"이리 오너라, 파에톤. 네 어머니 클리메네가 한 말은 거짓이 아니니라. 다만, 다른 사람들이 믿지 않으려 한다면 무언가 증거가 되는 걸 주지. 스틱스 강의 물에 걸고 맹세하마. 네 소망을 이루어주리라."

"아버님, 제가 바라는 것은 다른 게 아닙니다. 하루라도 좋으니까, 태양의 이륜 마차를 몰게 해달라는 겁니다."

태양 신은 후회했다. 그러나 신으로서 깨뜨릴 수가 없는 약속을 한 것이다.

"아들아, 틀림없이 나는 약속했느니라. 그러나 이것만은 단념해 주지 않겠느냐? 네 어머니 클리메네는 신이 아니다. 따라서, 너도 신이 아니니라. 신이 아닌 자는 그 누구도 태양의 이륜 마차를 몰 수가 없는 것, 아니, 신들 중에서조차 내 이륜 마차를 몰 수 있는 이는 없다. 유피테르조차도 불가능한 것이다. 생각해보아라. 아침 일찍

300

말들이 힘이 좋을 때에도 바다에서 급히 말을 몰아 올라가기는 어려운 일이다. 또 말이란 놈들은 달려 올라감에 따라서 성질이 사나워지고, 고삐를 다루기조차 쉽지가 않느니라. 하늘 위에는 아름다운 신들의 도시가 있다고 생각해서는 큰 잘못이니라. 가는 길목엔 황소며 사자며 전갈이며 게며 여러 가지 괴물이 기다리고 있다. 그리고 내려갈 때에는 올라갈 때보다도 더 고삐를 다루기가 어려우니라."

그러나 파에톤은 아무래도 태양의 이륜 마차를 타고 싶다고 말하며 듣지 않았다. 젊은이는 드디어 유피테르조차도 다루어낼 수 없는 이륜 마차를 타고 자랑스레 고삐를 잡았다. 이미 동쪽 새벽빛 문은 열려 있었다. 새벽의 여신은 장밋빛을 길 앞에 채웠다. 별은 사라지고 샛별도 희미해져갔다. 이젠 말릴 시간도 없었다. 태양의 신은 단념했다.

태양의 이륜 마차는 하늘을 달리기 시작했다. 굴레도 기둥도 바퀴도 다 황금이고, 은으로 만든 브레이크 장치가 붙어 있었다. 자리엔 다이아몬드 등의 보석이 아로새겨져 있었고, 거기서 팔방으로 햇살이 눈부시게 쏟아져 나갔다. 동녘 바람을 따라 앞질러, 아침 안개가 나부끼는 바다도 훨씬 저 눈 아래로 깔렸다. 마차는 위로 위로 달려 올라갔다. 파에톤은 하늘의 왕이 된 것 같은 기분이 되어 기뻐 어쩔 줄을 몰랐다.

그러나 갑자기 마차는 격렬하게 흔들리기 시작했다. 속도는 점점 더 빨라졌다. 파에톤은 고삐를 다루어낼 수 없게 되었다. 말이란 놈들이 제멋대로 달리기 시작한 것이다. 이륜 마차는 금세 늘 다니던 길에서 벗어났다. 그리고 위로 아래로 오른쪽으로 왼쪽으로 사정 없이 질주했다. 하마터면 전갈에 부딪칠 뻔했다. 게 다리 사이로 뛰어들 뻔도 했다. 파에톤은 무서워서 거의 정신을 잃을 정도가 되고, 저도 모르게 그만 고삐를 떨어뜨렸다. 말은 점점 더 무섭게 달렸다.

이륜 마차는 하늘 높이 치솟아 올라갔는가 싶다가, 거꾸로 떨어져 내려오곤 했다. 땅 위의 높은 산들 꼭대기에 마차가 닿아서 거기에 불이 붙었다. 그것은 무사이 여신들이 사는 곳이다. 헬리콘 등의 산이며, 파르나소스, 올림포스 따위의 높은 산들이었다. 불꽃은 골짜기며 숲으로 번져 그 모든 것이 불길에 싸였다. 온 세계가 뜨겁게 되고, 리비아 사막은 이때에 말랐다고 하며, 나일 강은 사막에 머리를 감추었기 때문에 지금도 그 상류는 숨은 채라고 한다.

자욱한 연기가 온 세상을 뒤덮고, 마치 화로 속처럼 뜨거워졌다. 이륜 마차 속은 견딜 수 없이 뜨거워, 파에톤은 이 공포와 고통으로부터 벗어날 수만 있다면 어찌 되어도 좋다고 생각했다. '어머니인 대지'도 이제 이 이상은 견딜 수가 없었다. 그녀는 하늘을 쳐다보고 큰 소리로 고통을 호소했다.

올림포스에서 땅을 내려다본 신들도 바로 세상을 구하지 않으면 큰일이라고 생각했다. 유피테르는 번개를 손에 들고, 이륜 마차를 모는 젊은이를 향해서 던졌다. 파에톤은 죽고, 이륜 마차는 박살이 나 사방으로 흩어지고, 말들은 바다로 떨어져갔다.

파에톤은 불덩어리가 되어 공중에서 땅 위로 떨어졌다. 일찍이 사람은 한 번도 본 일이 없다고 하는 신비로운 강 에리다누스가 그

몸뚱이를 받아서 불을 껐다. 물의 님프들인 나이아드들은 파에톤을
묻어주고 그 묘비에 이런 묘비명을 새겼다.

태양 신의 불수레를 몰려고 했던 파에톤 여기 잠들다.
그가 저지른 것은 위대한 실패,
그가 실천한 것은 위대한 용기였더니라.

태양의 신 헬리오스의 딸로 헬리아데스라고 불리는 파에톤의 자
매들은 친동기의 죽음을 슬퍼하여, 에리다누스 강 기슭에서 눈물을
흘리다가 미루나무들이 되어버렸다. 그녀들의 눈물은 강물의 흐름
으로 방울져 떨어져 그 한 방울이 호박(琥珀)의 알갱이가 되었다고
한다.

로마의 시인 오비디우스에 의한 것이다.

옮긴이의 말

언제인지도 헤아릴 길 없는 아득한 옛날, 이오니아의 바닷가에서는 신과 인간들이 몸을 비비대며 함께 살고 있었다. 제우스는 올림포스의 산정에서 그러한 그리스의 하늘과 땅을 다스렸고, 우애 있는 삼두 정치를 실시하여 그들 제우스 삼형제는 세계를 하늘과 바다와 지하 셋으로 나누어 통치·관장했다. 이 과거가 곧 신과 영웅의 시대인 신화 시대…….

잠깐 여기서 멈추어 선행되어야 할 당연한 물음부터 먼저 제기해보기로 하자. 그것은, 신화란 무엇인가? 하는 것이다. 신화란 한마디로 말해, 인류 문화의 모태요 원천이다. 그것은 다시 말하면 역사 이전의 역사요, 과학이요, 종교요, 문학이요, 철학이요…… 아니, 그것들의 혼연한 종합 그것인 것이다.

옛날도 그 옛날, 아직 문명의 앙칼진 손톱에 상처를 입지 않았던 처녀 대지 위, 그 광막한 구릉과 평야, 숲과 계곡과 치솟은 산들, 울부짖는 바다의 자연 앞에서 인간이 처음으로, 아무런 선입견도 없이 순수하게 두려워하고 생각하고 바란 그 일체가 거기에 있다. 그것은 입에서 입으로 옮겨지며 저마다의 생각과 느낌을 거기에 보태어 달라지고 바뀌면서 가슴에서 가슴으로, 머리에서 머리로, 아니, 전존재적인 전수로써 전해져 내려왔던 그것이다. 그것은 인간 최초의 세계 해석이요 인생의 모습이었으며, 더구나 그것은 개인적이 아닌 집단 공동체의 그것이었다. 그때에 사람들은 신화를 통해서 함께 생각하고 더불어 느꼈으며 같이 두려워 떨며 나란히 의욕의 들판에 섰다. 그들은 신화 속에서 함께 세계를 바라보기 이전에 함께 호흡했으며, 더불어 생멸을 영위했다. 그들은 신화 속에서 나누어진 적이 없었던 것이다.

신화를 흔히 인간의 세계관 및 인생관의 가장 원시적인 형태라고들 말한다. 세계의 기원과 본체 및 장래, 인간의 유래와 정체 및 미래에 관한 설명을 주력과 마술이 인격화된 신에게서 구하는 것, 그것이 곧 신화라고 규정하는 것이다. 그러한 신화에는 대체로, 세계의 기원과 본체에 관해서 이야기하는 건국 및 천지 개벽의 신화, 세계의 장래에 대해서 말하는 예언의 신화, 인간의 유래와 정체를 이야기하는 토템과 영웅의 전설 신화, 인간의 미래를 점치는 운명의 신화 등이 있다. 그것들은 또 자연 신화와 인문 신화로 크게 구별된다.

한편 역사적으로는 신화에 대한 비평적·역사적 연구가 시작되어 그것이 신화학으로서 성립되기에 이르렀다. 그것은 그리스의 계몽 시대라 불리는 소피스트 시대부터의 일이거니와, 당시엔 사변적·자연 과학적·윤리적·종교적 진리가 감추어진 형태로 신화 속에 내포되어 있는 것이라 보고, 알레고리적인 해석이 시도되었다. 그러한 해석법은 스토아 학파와 신플라톤 학파에 이르기까지 성행했고, 다시 중세와 르네상스 시대에까지 미쳤다. 그러나 근세에 와선 신화를 그것이 발생한 민족과 시대와 연관시켜 고찰하고, 다시 신화 그 자체 특유의 사고법과 신화적 세계 형상의 내적 법칙을 밝히는 데 노력하기에 이르렀다.

뿐만 아니라, 근세의 신화의 학문적 연구는 철학적 연구와 과학적 연구로 나누어지게 되었다. 전자의 창시자로서는 비코(Giovanni Battista Vico)가 꼽히나, 셸링(Friedrich Wilhelm Joseph von Schel-ling)도 그 두드러진 대표자로 지목된다. 그는 사변학의 입장에서 신화의 과정을 절대자의 한 발전 단계로 보고, 이 점에 있어서 신화의 독특한 의의와 가치를 인정하려 했다. 또 카시러(Ernst Cassirer)는 비판 철학의 입장에서 신화적 의식의 내재적 형식과 법칙을 이해하려고 시도했다.

신화의 과학적 연구에도 여러 가지의 입장이 있으나, 신화를 민족 심리학적 연구 대상을 삼는 분트(Max Wundt), 언어학과 밀접하게 연관시키면서 신화적 개념 구성을 언어학적으로 설명하려고 하는 뮐러(Friedrich Max Müler), 위제너(Hermann Usener) 등, 또 인류학적 연구에 의해서 신화 해석에 새로운 조명을 가해보려는 랭(Andrew Lang), 바스티안(Adolf Bastian) 등, 그리고 비교 신화학적 방법으로써 신화에 접근하려는 뮐러 등의 입장이 그것이다. 그 중에서도 분트는 정신의 발달을 민족 심리학적 방법으로 네 단계로 나누어 원시

시대, 토테미즘의 시대, 영웅 및 신의 시대, 인간성의 시대로 분류했다. 반드시 그의 설명이 아니더라도, 몇억 년의 원시 시대를 거쳐 인간의 의식이 비로소 싹튼 이후 시간의 성숙을 기다려 바야흐로 역사 시대로 접어들기 직전, 유사 시대가 태동하며 거기 역사의 먼동이 터가는 그 새벽 어스름 속에서, 신과 영웅들이 하늘을 날고 대지를 주름잡으며 세계를 지배하고 있었을 것임은 추측하기에 어렵지 않다. 그러면, 신화란 '시간의 박물관'의 고대 진열장 속에서 먼지에 덮여 잊혀져가고 있는 것인가. 그리하여 이따금씩 어린애들을 위한 심심풀이로 끄집어내졌다가 다시 그 구석에 처박히고 마는, 그러한 것인가. 그러나 그것은 그러한 것이거나, 학자들의 아카데믹한 연구 대상이기만 한 것은 아니다. 신화는 그것 자체로서는 어떠한 것이든—그것은 알레고리든 절대자의 발전 단계든 상관없이, 오늘의 삶에 점화되어 절실하게 되살아와 이어지는 것이 아니어선 의미가 없다. 그러면, 그것은 어떻게 하여 가능해지는가? 우리는 그것을 이야기하기에 앞서 여기서 다시 한번, 그리스의 옛 하늘로 돌아가야만 할 것 같다.

올림포스의 열두 가족과 영웅들이 다스렸던 그리스의 세계는 한마디로 말하여 조화와 절도와 균형을 지닌 인간 중심의 세계였다. 그리스의 신들은, 신과 인간의 아버지라고 일컬어지는 제우스조차도 독단 전제하는 일은 없었다. 그들은 신이라 불리기엔 너무나 결함투성이인, 인간인 우리의 눈으로도 우스꽝스럽게만 보이는, 위엄

있기보다는 차라리 애교 있는 존재들이다. 이 신들의 인격화―심한 인격화는 신들 사이의 힘의 균형과 그것에 의한 일종의 민주주의를 낳았으니, 신들의 왕이요 하늘의 지배자인 제우스로서도 마음대로 할 수 없는 일이 한두 가지가 아니었던 것이다. 그것은 저 천둥과 번개의 신적인 위엄과 한 지방의 족장인 인간으로서의 모습이 뒤섞인 것이어서, 거기 자연과 인간과의 친화와 접합이 보인다. 이렇듯 자연과 친화의 관계를 이루고, 거기서도 조화를 추구하는 그리스적인 세계관과 인생관―그것은 동양의 자연 귀의와는 또 다른 것이다. 그리스인에게 자연은 무조건석인 귀의의 절대적 대상이 아니었다. 자연은―나아가서는 그 신격화로서의 신들은 어디까지나 숭앙의 대상이면서도 동시에 비판과 비난과 원망과 애착의 인간적인 대상이었으니, 어디까지나 그것은 상대적인 대상이었던 것이다. 이러한 그리스의 원초적인 세계관·인생관은 유사 시대로 들어와 학문·예술·종교로 분화하여 성숙하였으며, 그것은 로마를 거쳐 면면히 계승되어 르네상스에 이르러 다시 소생하여 서구 문화의 큰 한 줄기를 이루었으니, 그리스 로마 신화야말로 헬레니즘의 모태요 그 가장 순수한 원형인 것이다. 히브리 신화인 창세기와 그리스 로마 신화를 비교해보라.

절대 유일의 신에 지배당하는 섭리 밑의 코스모스와, 신과 인간들을 한데 감싸 포괄하여 모순 속의 조화(개(個)의 존중 속의 다(多)의 조화)를 이룩하고 있는 섭리 자체인 코스모스 사이의 아찔할 만큼 현격한 두 세계 정위의 차이가 거기 가로놓여 있음을 볼 수 있지 않은가. 히브리의 세계에서는 신의 섭리에 무조건 복종하는 일만이 인간에겐 지고 절대의 의미로 주어져 있었다. 인간은 신을 예배하고 찬송하고, '주여, 아버지는 옳습니다'라고 긍정하기 위해서만 있는 것이다. 인간은 신의 섭리를 성취하기 위해서 신의 영광을 드러내기 위해서만 있는 존재다. 신에 대한 절대적 귀의와 반역의 양자택일만이 인간 앞에 제시되어 있는 것이다. 그것은 조화의 추구가 아니라 조화의 파괴다.

그리스의 세계가 인간 중심의 세계인 데 반하여, 히브리의 세계는 신 중심의 세계다. 하나는 자연을 중시하고 사랑하고 거기에 신성을 인정하되, 또한 비판하고 연구하는 세계요, 하나는 자연 같은 건 거들떠보지도 않는 세계다. 이 너무나 서로 다른 세계관과 인생관은 서구 문명 속에서 녹아 하나가 되었다. 그들은 영혼의 구원은 히브리의 유일신에게 의존했지만 자연 연구와 과학의 개발, 학문 예술의 개화는 헬레니즘에 의거했던 것이다. 이제 우리의 거부할 수 없는 이웃인 서구를 이해하려 할 때 헬레니즘의 그 원형을 도외시할 수는 없지 않겠는가. 그 원형을 보고 그 발전을 볼 때 그 과거가 이해되며 미래를 내다볼 수 있는 것이다. 신화를 모르고서 그 문화를 안다는 것은 그 어머니를 모르고서 그 아들을 보는 것과도 같다. 아들의 오늘의 사상과 경론을 이해할 수 없을 때에도 그 어머니를 보자 금세 어둠 속에서 불을 보듯 환히 이해될 뿐만 아니라 그의 미래의 행동까지 예상되는 수가 있다.

서구인은 또 모든 학문·예술에서 그 신화의 부연·재해석 또는 인용을 거듭하고 있다. 그들에겐, 그들의 신화는 가장 친근한 또 하나의 언어로, 표현 수단이기도 한 것이다.

그리고 여기 한 가지 덧붙일 것은 그리스와 로마 신화의 관계다. 흔히 두 신화가 하나로 불리는 것은 두 문화의 인계와 계승에 의해 신화 역시 계승되어, 제우스가 주피터라는 이름으로 올림포스의 가족들을 데리고 로마로 그대로 옮아왔기 때문인 것이다. 그리스 신화는 로마로 옮아온 뒤 독자적인 발전·부연·재해석·추가·변경을 보게 되었다. 그러나 오늘날 두 신화는 한데 섞여 구별할 필요도 없고 구별하는 일도 없게 되어 사실상 하나의 신화를 이루기에 이른 것이다.

에디스 해밀턴의 *Mythology*(1940)는, 부제인 '신과 영웅의 영원한 이야기'가 그 내용을 단적으로 잘 말해주고 있다. 신과 영웅의 시대를, 그리고 그 시대의 세계 해석과 인생 해석을 전하고자 그 나름의 체계를 세운 것이요, 그것의 효과적인 표현을 위해서 호메로스와 베르길리우스의 작품에서 인용한 시들과 소설적 구성 및 희곡적 대화로 다채롭게 엮어가며 발전시키고 있다. 이것이 이 책이 그 숱한 그리스 신화집들 중에 가장 정평이 있는 명저로 꼽히는 이유다. 여기에서 헤아릴 수 없이 많은 취미물, 소개·안내서인 다른 책들과 이 책의 다른 점을 찾을 수 있다. 해밀턴은 독일의 드레스덴 태생으로, 어렸을 때를 미국에서 보낸 저명한 고전학자요, 아테네의 명예 시민이다. 그녀는 1963년에 죽었다. 이 신화집에도 여성만이 보일 수 있는 그녀의 감각이 도처에서 번득이고 있다.

신들에겐 저마다 두 가지 이름이 있다. 그리스식 이름과 로마식 이름이 그것이다. 그리스에서의 제우스는 로마에 와서는 주피터요, 그리스의 아프로디테는 로마에 와선 베누스다. 우리 나라에선 신들의 이름이 그 두 가지 외에 영어식 발음으로 많이 알려져 두 본국음과 영어식 발음이 뒤섞여 무엇이 무엇인지를 분간하기 어려운 일대 난맥상을 빚어내고 있다. 그리하여 이 책에선 신들의 이름을 본국 원음으로 읽는 것을 원칙으로 하였다. 그리고 그리스 신의 이름이 익숙지 않은 경우엔 귀에 익은 로마 신의 이름을, 귀에 선 로마 신의 이름인 경우엔 그리스 신의 이름을 괄호 속 영어식 발음 앞에다 두었다.

옮긴이

옮긴이 **장왕록**

서울대학교 문리대학 영문학과 졸업

같은 대학원 영문학과 졸업

서울대학교 교수, 한림대학교 교수 역임

저서 : 《영문학사》

역서 : 존 몰건 《영문학사》

　　　토머스 울프 《그대 다시는 고향에 못 가리》

　　　어니스트 헤밍웨이 《오후의 죽음》

　　　셔웃 앤더슨 《괴상한 사람들》

　　　리처드 김 《순교자》, 《심판자》 (주석)

　　　존 업다이크 《부부들》 외 다수

그리스 로마 신화

1판 1쇄 발행　1972년 10월 30일

4판 4쇄 발행　2021년　3월 30일

지은이 에디스 해밀턴 ｜ **옮긴이** 장왕록

펴낸곳 (주)문예출판사 ｜ **펴낸이** 전준배

출판등록 2004. 02. 12. 제 2013-000360호 (1966. 12. 2. 제 1-134호)

주소 03992 서울시 마포구 월드컵북로 6길 30

전화 393-5681 ｜ **팩스** 393-5685

홈페이지 www.moonye.com ｜ **블로그** blog.naver.com/imoonye

페이스북 www.facebook.com/moonyepublishing ｜ **이메일** info@moonye.com

ISBN 978-89-310-0678-0 03840

• 잘못 만든 책은 구입하신 서점에서 바꿔드립니다.

🐜**문예출판사**® 상표등록 제 40-0833187호, 제 41-0200044호

(뒷면 계속)